译文经典

纯真年代
The Age of Innocence
Edith Wharton

〔美〕伊迪丝·华顿 著

吴其尧 译

上海译文出版社

作者像

乔舒亚·雷诺兹画作《纯真年代》(1875),据说是华顿的书名来源

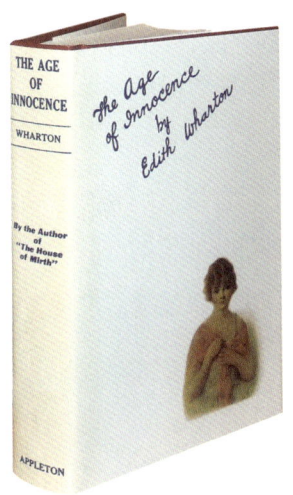

《纯真年代》复刻初版书影

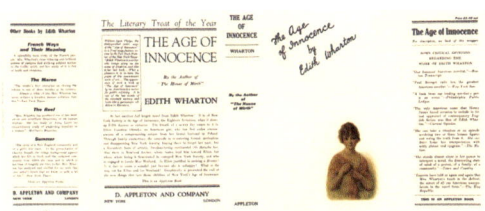

《纯真年代》复刻初版书衣

Was She Justified In Seeking a Divorce?

Why was this American girl forced to leave her brutal Polish husband? Why did Ellen, Countess Olenska return to New York, seeking to forget? Whispers came all too soon that she had been compromised in the artistic continental society from which she had fled. But in the narrow New York Society of the 1870's she was welcomed back, and the whispers of far-off Europe ignored, until she and Newland Archer are swept together by mutual attraction, and the old, old question is renewed, shall she create a scandal just because she is unhappy?

All the glamor of the society life of the original Four Hundred is the background for this story—the nights at the opera, the balls, the intimate amusements of the society leaders of the day. Newland Archer's life is spent among them, and Ellen, with her charm of other lands, comes to him as a breath of a new day. But he is engaged to lovely May Welland, a girl of his own circle, and his whole living is firm-rooted in cramped New York. Graphically and with a sure understanding of the moral values of the situation, is presented the call of the new things that lure them, these children of New York's Age of Innocence, in

The Age of Innocence
By EDITH WHARTON

America's Greatest Woman Novelist

"Our foremost American novelist."
   Boston Transcript.

"Paul Bourget calls her the greatest American novelist."
   New York Sun.

"A book from our leading novelist's pen is an event."
   Philadelphia Public Ledger.

"Mrs. Wharton's touch is the deftest, the surest, of all our American manipulators in the novel form."
   The New Republic.

"Each of Mrs. Wharton's later books has represented a new difficulty mastered."
   Quarterly Review.

This is a full length novel by the foremost American woman novelist which in strength and breadth of appeal rivals "The House of Mirth." It is entertaining from the opening scene at the Opera in New York to the last pages laid in Paris. The leading characters appear as living human beings against the keen pictures of society, and the book, as a whole, will take its place beside "The House of Mirth" as the outstanding depiction of New York Society.

"The Age of Innocence" represents Mrs. Wharton's art at its pinnacle. All her splendid abilities find their choicest material in this her greatest novel, and in it she has given the world of readers a book that is unsurpassed for entertaining qualities. $2.00 net.

D. Appleton and Company
Publishers   New York

《纯真年代》广告

华顿的书桌与手迹

华顿的旅行箱

华顿书斋一景

重要的时刻总是那么软弱
——重看《纯真年代》

梁永安

"单身节"前夜,在首尔,把马丁·斯科塞斯导演的《纯真年代》(The Age of Innocence)又看了一遍。本来只打算重新看看其中几个片段,一开了头却停不下来,很凝重地看完了。这个电影是根据伊迪丝·华顿的同名小说改编的,很想再翻翻小说原著,但人在异国,中文版无处可寻,于是从亚马逊下载英文版,与电影的几个镜头段落对比着读。

自己也有些不解,在一个生造出来的奇怪"节日"前夕,怎么会蓦然想到这个电影?读到小说的结局,看到一段久别重逢的文字,才恍然大悟:"沧海桑田由此可见。今天的人们太忙碌——忙于各种改革和"运动",忙于各种风潮、崇拜和无聊活动——再没有工夫理会邻居家的事情。万千原子都在同一个平面上旋转——在这样一个巨大的社会万花筒中,某个人的过去又算得了什么?"

伊迪丝·华顿是在1921年写下这段文字，那时一战结束，消费主义的新浪潮腾腾升起，精雕细刻的"老日子"恍若隔世，人们都席卷在万商更新、人人购买的欣悦中。在一个天天被陌生的年代里，"过去"是一个遥远的故事，无暇回望，也不值得判断。作为在上流社会的生活中历经沧桑的贵族遗绪，华顿显然对社会大众这种一往无前的文化决绝怅若失，她要溯流而上，把发黄的历史重新拉到公众眼前，于是她写了《纯真年代》。

小说情节并不复杂，主要人物只有三个，都是贵族圈里的年轻人：律师纽兰·阿切尔、女孩梅·韦兰和她的表姐艾伦·奥兰斯卡。纽兰曾经暗恋艾伦，但艾伦嫁给了一个很有"艺术气质"的波兰贵族。暗恋的那个人轻轻地走了，这种事在男孩的成长中很多很多，谁见过男人娶了自己的暗恋呢？正常的成长总是又遇上一个女孩，一下子打开人生叙事的正篇。纽兰也是这样，他相遇了梅，很自然地喜欢她的美丽和青春活力，进入到相恋、订婚的轨道。偏偏这时候艾伦从欧洲返回纽约，并且要跟风流的丈夫离婚。这个举动十分不寻常，它打破了纽约上流社会的规矩。贵族阶层永远是道德的集中代表（尽管败絮其中），他们体现的是婚姻的本质：社会需要婚姻稳定远远大于个人的情感追求，没有爱情地球照转不误，但没有婚姻人类就无法存在，所有的财产也失去了意义。艾伦的返回，引来昔日亲友无数的白眼，甚至集体拒绝参加欢迎她的盛宴。

在一片冰凉中,重逢艾伦的纽兰心火却越来越旺,他在贵族生活的千篇一律中看到了一个异数,这个异数冲破了富贵的价值指向,追求的完全是另外一种东西:"我要自己安排生活,这让她们都有点恼火,尤其是可怜的奶奶。她要我留在她身边;但我必须要自由——"艾伦的生命指向,在梅的精神地图里是完全看不到的。在与艾伦的对比中,梅显得那么规范优雅,但这正是让纽兰畏惧的地方:"如果'美好'到极致而仅仅成为其反面,如果帷幕落下,后面仅仅是虚空呢?"

小说写到这里,基本上还是十九世纪的格局:快要结婚的男人或女人,突然重逢了另一个吹动心扉的异性,然后一番暴风骤雨,划清爱与不爱,该散的散,该合的合,风雨后的阳光下有情人幸福相拥。然而华顿毕竟是在二十世纪初期的美国上流阶层长大的女人,她洞悉那是中下层出身的作家不知深浅,以为爱情就是一跺脚,社会就让出一道裂缝向真爱致敬——哪有这么简单,赤脚的岂知穿鞋的辛苦,贵族阶层的压力大如山啊!纽兰很清醒地看到,上流社会总是会用冠冕堂皇的理由封闭一切扰乱秩序的通道,"在此类情况下,个人几乎都要为所谓的团体利益牺牲:人人都要恪守维系家族的规则。"他知道,对于艾伦来说,"单纯而亲切"的纽约上流社会"才是她最不能指望获得宽容的地方"。眼看众人对艾伦冰山一样的阻击，纽兰本能地一边接近艾伦，一边却又向梅要求提前一年举行婚礼。

这种情节看上去有些荒诞，而且后患无穷。但略一体会，就能看到华顿这一笔写得颇不简单。人常有这样的机会主义本能：为了回避一种两难困境，貌似聪明地躲到另外一种选择中，以为如此避难就易，生存就能驶入不是最好却也不差的道路上。生活优越的人最容易犯这样的大错，因为他们可走的路太多，处处都有两可，好像条条道路通幸福，只不过味道稍有不同。他们忘记的只有一条：人的内心是最大的世界，背离了真正的感情，所有的东西都不真实了。在一个不真实的世界上，人生必然是一场空幻的游戏，永远只能向前跑，不能向后看，因为看到的都是陌生和废墟。

后面的悲剧也就不可避免——纽兰一次次凝望艾伦，两个人心知肚明，但都失之毫厘。特别是海边那一幕：纽兰在山坡上看着艾伦，"要是那帆船驶到石灰山崖的灯塔了她还不转过来，我就回去"。

"那船随着退去的潮水漂远，来到石灰山崖前，遮住了伊达·刘易斯的小屋，驶过了悬挂灯盏的塔楼。阿切尔等待着，直到船尾和小岛最远处那块礁石之间的宽阔水面闪动起来，那凉亭里的人影依然一动不动。"就这样，在貌似深情的期待中，什么也没有发生。倘若艾伦回头望一眼，他很可能会奋不顾身冲过去，和她生死相依远行天涯。就在这一动不动的假设中，游丝般的可能远去了。悲剧在于纽兰并不知道艾伦也在期待，她知道纽兰在眺望，也知道自己一回首，什么都会改变。她多么盼望这个男人不管不顾地奔过来，大声喊出自己的爱，这样的回头才是女人的幸福，然而，他只是站着，如一朵水中花，没有一大步，也没有一小步！心事就这样空寂地摇荡，春天悄悄地过去了。

小说将近终局出现了意想不到的疯狂一笔：艾伦与纽兰在纽约相会，她忽然提出和纽兰"来一次"，然后各归其位，不再相互牵挂。这是一个让读者顿时凝神屏息的突转，因为再傻的人也知道，这"来一次"之后，绝不会是一刀两断，而是满山野火。小说在这里用了高强度的描写，把事态推向极致："她将手腕挣脱出来，但两人依然对视着，他瞧见她苍白的脸庞从心底里焕发出光彩。他狂跳的心充满敬畏：他从未见过如此明白的爱情。"这样的叙事几乎就是古希腊戏剧"发现——突转"模式的倒叙，仿佛要导向浪漫化的现代喜剧。但彷徨的男人总是会播下悲剧的种子，在这千钧一发的人生关头，梅告论艾伦和纽兰，她怀孕了。一切都烟消云散，因为"纽兰·阿切尔向来是个沉静克制的年轻人，恪守小圈子里的准则几乎已成为他的第二天性"。临近小说结尾的这一连串情节意蕴很深，但构思得其实并不好，不但让人感觉是情节剧的老套路，而且超出了原本的逻辑，使三个人物都变得怪异起来。特别是梅，她对丈夫和艾伦的暗恋心知肚明，故意把尚不确定的怀孕说得板上钉钉，一举粉碎了他们的可能。这样的心机，简直就是个手腕老到的可怕女人了。实际上梅这类头脑简单的女子往往心肠很好，遇到事情不知所措，经常因为害怕别人痛苦而把自己逼上了死角。幸好华顿一笔扫过二十六年，在结尾把梅的形象又挽救回来：梅生了三个孩子，后来染病去世，死前把纽兰的秘密告诉了大儿子，让他带着爸爸去巴黎看艾伦。这一节把梅的善良写得淋漓尽致，而且还有力地反衬出纽兰的本性：他和儿子到了巴黎，来到艾伦家的楼下，他让儿子上去，自己动情地望着那扇窗，喃喃地想："对我来说，留在这里比上楼去更真实。"他在长椅上坐了很久，暮色越来越浓，他的眼睛一直没有离开那阳台。最后，"慢慢站起身，独自朝旅馆走去"。

这就是一个男人的一生啊！他在每一个最重要的时刻总是那么软弱，空有满腹的脉脉深情。在这苍茫的世界上，这样的男性实在是太多了，他们看上去拥有很多，实际上连自己也不拥有，浑身挂满了种种未实现。从精神层面上说，这样的男人永远是单身的，他们没有磅礴的力量去融化里里外外的枷锁，只能在无限的憧憬中接受现实。身为女性的华顿，很明白男性人生的南辕北辙，她把纽兰风雨飘摇的心路故事反讽地取名为《纯真年代》，其中有多少感叹，多少期望！写到这里，华顿的苦心一览无余，她想大声告诉人们，"老日子"并不老，它是一代代重复的故事。在人类社会中活着,不但需要自由的渴望,更需要百倍的勇气。不然,生存就如夹在众人之书中的一片枯叶,标本一样存在,如同纽兰最后的伤感:"他知道自己错失了什么!生命之花。"

第一卷

一

七十年代初某个一月的晚上,克里斯汀·尼尔森①正在纽约音乐厅演唱《浮士德》。

尽管早有传闻说"第四十街之外"的远郊将新建一座歌剧院②,其奢华壮丽堪与欧洲大都会的歌剧院媲美,但上流社会仍然喜欢每年冬天回到这社交圈中心的老剧院,回到他们金红两色的旧包厢。守旧者爱惜它的狭小不便,可借以排拒那些令纽约既惧怕又向往的"新贵";多愁善感者恋恋不舍,因为它常能引发历史的遐思;音乐爱好者则是因为它出众的音响效果——这对于专门的音乐厅来说,往往是个问题。

那是尼尔森夫人当年冬天的首场演出。日报形容的所谓"出类拔萃的听众"为聆听她的歌喉,纷纷乘着私人轻便马车、家庭敞篷马车,或虽不够气派但颇为便捷的布朗马车,穿过湿滑积雪的街道而济济一堂。上歌剧院坐布朗马车几乎同坐私人马车一样体面,离开时则更显出优势(仿佛是在调侃民主制度):只需跳上排队等候的第一辆布朗马车即可,不必苦等自家马车夫因寒风和酒精而通红的鼻头从音乐厅柱廊底下闪现。是哪位了不起的马车行老板凭着绝妙直觉发现,美国人离开娱乐场时想要比前往娱乐场时更迅速。

纽兰·阿切尔推开俱乐部包厢门之时,花园那场戏恰巧启幕。这年轻人没理由不来得更早些,他七点钟便和母亲、妹妹一道用了餐,然后在摆着黑胡桃木玻璃门书柜和尖顶靠背椅的哥特式书房里慢悠悠抽了一支雪茄——房子里只有这间屋子是阿切尔夫人允许抽烟的。但是,纽约既然是大都市,而人人又都知道,大都市里早早赶到歌剧院并不"合宜";是否"合宜",对于纽兰·阿切尔所生活的纽约,就同数千年前主宰其祖先命运的不可捉摸的图腾恐惧一样重要。

他之所以拖延,也是出于个人原因。慢悠悠抽雪茄是因为他从心底里爱好艺术,玩味即将到来的赏心乐事比真正经历更令他感到一种微妙的满足,尤其当这乐事是精致优雅的时候,而他的乐趣大多如此;这一次,他所期盼的时刻更是难得而美妙——如果他将抵达的时机计算得恰与女主角的舞台监督合拍,那将是再意味深长不过了,当他踏进剧场,她刚好在唱:"他爱我——他不爱我——他爱我!"一边伴着露珠般清澈的音符,抛落下雏菊花瓣。

当然,她唱的不是"他爱我",而是"嗨啊嘛",因为根据音乐界那条不得更改、不容置疑的规则,瑞典歌唱家演唱

---

① Christine Nilsson (1843—1921):瑞典女高音歌唱家。
② 指1883年建成的纽约大都会歌剧院。

法国歌剧中的德语歌词,必须译成意大利语,以便说英语的观众更为清晰地理解。这在纽兰·阿切尔看来是理所当然,就像构成他生活的所有那些惯例和义务,比如,必须用两把饰有蓝色珐琅姓名缩写图案的银背梳子分开头发,必须在纽孔里插上鲜花(最好是栀子)才能在社交场合露面。

"呣啊嘛……哝呣啊嘛……"那女主角娓娓唱着,直到怀着爱情的胜利,迸发出最后一声:"呣啊嘛!"然后,她将那蓬凌乱的雏菊按在唇边,抬起一双大眼睛,瞥向那位满脸世故、五短身材、棕色皮肤的浮士德——男高音卡普尔①穿着紫色天鹅绒紧身上衣,头戴羽毛帽子,正努力装出一副与那天真的受害者同样纯洁真挚的表情。

纽兰·阿切尔倚着包厢后墙,目光从舞台移向剧院对面。正对着他的是曼森·明戈特老夫人的包厢。老夫人由于肥胖过度,很久没能上歌剧院了,不过她总是在社交活动之夜派遣家里年轻一辈代表出席。今天,坐在包厢前排的是她的儿媳罗维尔·明戈特夫人和女儿韦兰夫人;两位锦缎华服的妇人略靠后些,坐着一位白衣少女,正心醉神迷地注视着舞台上的那对情侣。当尼尔森夫人的"呣啊嘛"令寂静的剧院上下激动痴狂之时(所有包厢都会在"雏菊歌"响起后停止交谈),一片红晕从那少女的颊边飞起,泛过额角和金色

---

① Victor Capoul (1839—1924):法国男高音歌唱家。

发辫的根际，涌过年轻的胸脯，直到端庄的领纱边缘别着的那枝栀子花。她垂下眼帘，看看膝头一大捧铃兰，纽兰·阿切尔望见她用戴着白手套的指尖轻轻抚弄那花朵。虚荣心得到了满足，他深深吸了一口气，目光回到舞台上。

布景制作真是不惜工本，就连熟悉巴黎和维也纳各大歌剧院的人也不得不承认其精美。前景至脚灯铺着翡翠色地毯。中景对称布置着槌球门围起的团团绿苔，上面立着灌木丛，形状如橘树，却缀着粉色与红色的大朵玫瑰。玫瑰丛底下的绿苔上又冒出比玫瑰更大的巨型三色堇，仿佛女信徒为时髦牧师制作的花形擦笔布；而玫瑰枝头处处嫁接着蓬勃盛开的雏菊，预示着路德·伯班克先生①多年以后的园艺奇迹。

在这中了魔法般的花园中心，尼尔森夫人披着镶嵌浅蓝缎子的白色开司米外衣，蓝色腰带上挂着小网袋，粗粗的黄色发辫精心地摆在细棉胸衣两侧，眼眸低垂，倾听着卡普尔先生的热烈求爱，而无论他怎样以言语或眼色示意她去舞台右侧那座斜出的砖墙小楼底层的窗子那儿，她都作出一副对他的意图不甚领会的单纯样儿。

"亲爱的！"纽兰·阿切尔默默唤着，目光再次掠向那位手捧铃兰的少女。"她哪里猜得出他们在做些什么！"他

---

① Luther Burbank (1849—1926)：美国植物学家，以培育植物新品种闻名。

端详着她那全神贯注的年轻面庞,满怀拥有的兴奋,其中半是对自己新生的男子气概的骄傲,半是对她那深不可测的纯洁的温柔敬意。"我们将一起读《浮士德》……就在意大利的湖畔……"他想着,朦胧中将设想的蜜月场景与那文学巨著糅合在一起,向新娘揭示那部巨著将是他作为丈夫的特权。就在这天下午,梅·韦兰刚刚让他猜出她确实"有意"(纽约少女表明心迹的神圣用语),他便已浮想联翩,越过订婚戒指、定情之吻和《罗恩格林》的《婚礼进行曲》,而开始想象他与新娘并肩出现在某个古老欧洲的魔幻场景中了。

他才不希望未来的纽兰·阿切尔夫人是个痴儿。他想要她培养起社交手腕和才智(这想法多亏他的启蒙好友),即便与"新生代"中风头最健的几位夫人相比也毫不逊色,要知道这圈子里的风气是既需有让男人俯首帖耳的魅力,又能够在谈笑间拒人千里。假如他仔细思索自己这份虚荣心从何而来(有几次他果然就要做到了),或许便会发现,他原来是希望妻子能够像那位曾令他整整两年心神不宁的夫人一样练达圆通、殷勤周到,当然喽,还不可以表现出任何软弱,当时正是软弱险些毁了那位不幸人物的生活,也打乱了他自己一个冬天的计划。

这冰与火的奇迹该如何制造,又该如何在这残酷的世界中保持,他没有时间思考,但他愿意这样不加分析地保留自己的想法，因为他知道这想法也属于所有那些头发一丝不苟、背心洁白雪亮、纽孔里插着鲜花的绅士们，此刻他们正陆续走进俱乐部包厢，友好地与他问候寒暄，然后举起观剧望远镜，将品评的目光转向一众女士——这个体制的产物。纽兰·阿切尔自认在智识与艺术方面明显胜过这批纽约的贵胄精英，他恐怕比他们中任何人都更为博览而勤思。个别来看，他们难免显出寡陋，但合在一起，他们却代表了"纽约"，而绅士们从来喜欢立场一致，他便也接受了他们对所有事件的信条，即所谓道德。他本能地感觉，若在这一点上特立独行将会惹来麻烦，同时也会伤及体面。

"哟，我的天啊！"劳伦斯·莱弗茨嚷着，猛然将望远镜从舞台方向移开。总的来说，劳伦斯·莱弗茨是纽约对于"得体"的最高权威。为了研究这个复杂却有趣的问题，他投入的时间恐怕比任何人都要多；但仅仅是研究尚不足以解释他那完美而自如的表现。只需瞧他一眼，无论是倾斜的光亮前额、优美弯曲的金色髭须，还是清瘦的身材、窄长的双足，以及那双漆皮鞋，便会感觉到，穿戴如此精美却又如此漫不经心，举止如此高贵却又如此闲散，此人只可能是天生便熟谙"得体"为何物了。某位年轻的仰慕者曾这样评论他："如果说有一个人能说得清什么时候可以戴黑领带配晚礼服，什么时候不可以，那这个人必然是劳伦斯·莱弗茨。"

至于何时该穿轻便舞鞋，何时该穿漆皮"牛津鞋"，从未有人质疑过他的权威。

"我的上帝！"他说着，默默地将望远镜递给老西勒顿·杰克逊。

纽兰·阿切尔循着莱弗茨的目光，惊讶地发现他之所以惊呼是因为刚才有人踏进了明戈特老夫人的包厢。那是一位窈窕的少妇，比梅·韦兰略矮一些，棕色的鬈发密密覆在两鬓，束一道窄窄的钻石发带。那发饰仿佛属于时下所谓"约瑟芬式"①，果然，她那一袭深蓝色丝绒长袍在胸脯下方便用腰带夸张地束起，中间一枚巨大的老式扣环。这奇装异服固然引人注目，少妇本人却似乎毫无觉察，她站在包厢中央，与韦兰夫人讨论占据后者在前排右手的座位是否得当，然后才嫣然一笑，顺从地在另一头坐下，与韦兰夫人的嫂嫂罗维尔·明戈特夫人并排。

西勒顿·杰克逊将望远镜交还给劳伦斯·莱弗茨。整个俱乐部的人都本能地转过脸，等待老先生发表高论，因为杰克逊先生对于"家族"问题就像劳伦斯·莱弗茨对于"得体"问题一样堪称权威。纽约每个家族的旁系分支他都了然于心，不管是明戈特家族与南卡罗来纳州达拉斯家族的关联（那是通过索利家族），或是费城索利家族的上一代与阿巴

---

① 指拿破仑一世的皇后约瑟芬（Josephine, 1763—1814）的服装式样。

纯真年代 | 009

尼·契佛斯家族（可不要跟大学街的曼森·契佛斯家族混淆）的亲缘，他能讲得明明白白，就连每个家族的主要特点也都能一一举出，比如，莱弗茨家族的小一辈（住在长岛的）如何一毛不拔，拉什沃思家族如何总在联姻大事上铸下愚蠢的大错，阿巴尼·契佛斯家族如何隔一代就出一个疯子，以至于他们在纽约的亲戚都拒绝与其通婚——除了可怜的梅朵拉·曼森，谁都知道她后来……而她的母亲正是拉什沃思家的。

除了林林总总的各家族谱，西勒顿·杰克逊先生狭窄凹陷的两鬓之间、柔软浓密的银发之下还存着近五十年来纽约社交界波澜不惊的表面底下发酵蒸郁的绝大部分丑闻秘史。以他的见闻之广、记忆之强，应该只有他才能说得出那位银行家裘力斯·波福特究竟是何方神圣，而英俊的鲍勃·斯派赛——曼森·明戈特老夫人的父亲——又是下落如何，他结婚不到一年便（随巨额信托金）神秘失踪，而就在同一天，曾在巴特利老歌剧院吸引并倾倒无数观众的那位美丽的西班牙舞蹈家登上了驶往古巴的船。许许多多这一类秘史都牢牢锁在杰克逊先生胸中，强烈的道义感不允许他转述任何人透露给他的秘密，同时他也很清楚，正因为人人知道他谨言慎行，他也就有了更多机会了解到自己想要了解的事情。

因此，当西勒顿·杰克逊先生将望远镜还给劳伦斯·莱弗茨的时候，俱乐部包厢里的每一个人都明显在等他开腔。他低垂着布满青筋的眼睑，一双昏花的蓝眼睛默默审视着侧耳谛听的这些人，然后若有所思地捻一捻髭须，只说了一句："我原以为明戈特家的人不至于会耍诡计。"

二

这一段小小插曲令纽兰·阿切尔顿时好不尴尬。

就在吸引了纽约绅士一致目光的那个包厢里,自己的未婚妻正坐在母亲和舅母之间,这很令他气恼。他一时认不出那位约瑟芬皇后装束的少妇,也想不出为何她的出现会引发如此骚动。突然,他恍然大悟,不由一阵愤慨。的确,没人以为明戈特家会耍诡计!

但他们真这么做了,毫无疑问。身后其他人的窃窃私语使阿切尔认定那少妇正是梅·韦兰的表姐,这家人口中那个"可怜的艾伦·奥兰斯卡"。阿切尔知道就在一两天之前她突然从欧洲返回,他甚至已经听韦兰小姐说她去明戈特老夫人那儿看过可怜的艾伦了(对此他并不反对)。阿切尔完全赞同家族团结,而明戈特家最令他钦佩的品质也正是他们坚决捍卫玷污其清白家世的那几个不肖子。这年轻人既非生性刻薄也绝不肚量狭窄,相反他很高兴自己未来的妻子没有故作正经,她是应该(私下)善待不幸的表姐;家族中可以接纳奥兰斯卡伯爵夫人,但让她抛头露面,又偏偏将她带到歌剧院,与他纽兰·阿切尔的未婚妻——他们几周之内就会宣布订婚——坐在同一个包厢,那可就是另一回事了。的确,他的反应同老西勒顿·杰克逊一样,他原以为明戈特家的人不至于会耍诡计!

他自然明白,凡是男人(在第五大道范围内)敢做的事,这位女族长曼森·明戈特老夫人都敢做。他素来敬重这位傲慢强势的老夫人,早先她不过是纽约南郊斯塔腾岛上的凯瑟琳·斯派赛,没有足够的财富或权势让人忘记自己那个名誉扫地的神秘父亲,但她竟与富有的明戈特家的首脑成功联姻,把两个女儿嫁给了"外国人"(一个是意大利侯爵,一个是英格兰银行家),还在中央公园旁的偏远荒地里建起一幢乳白色砖石宅邸(而当时人们造房子都只用棕色砂岩,就像午后都只穿双排扣常礼服),至此她的惊世骇俗算是到了顶点。

明戈特老夫人那两个远嫁海外的女儿已然成为传奇人物。她们从没回来看望过母亲,而她们的母亲,则同许多思维活跃、意志强大的人士一样,安于静养发福,泰然自若地再不踏出家门。但那幢乳白色的宅邸(据说是仿照巴黎贵族的私宅而建)却成了她正义勇气的明证;那是她的王座,摆着独立战争前的家具以及拿破仑三世杜伊勒里宫的纪念品(她中年时曾在那里大出风头),而她安之若素,仿佛这幢位于三十四街之外、装了门一般的法式落地窗而非普通推拉窗的大宅并没有任何不寻常。

谁都说老凯瑟琳从来就不是美人(连西勒顿·杰克逊先

生也不例外),而在纽约人看来,天赋的美貌是每一个成功的缘由,也是某一些失败的借口。苛刻的人说,她就跟那位同名女皇①一样,取得成功依靠的是强力意志、铁石心肠,以及某种傲慢无礼——但她的私生活极其正派稳重,这也就能够理解了。曼森·明戈特先生过世时,她不过二十八岁。她丈夫同所有人一样不信任斯派赛家族,因此特别谨慎地"冻结"了遗产。可这位胆大妄为的年轻寡妇我行我素,随心所欲地混迹于外国社交界,将女儿嫁进天知道何等堕落时髦的圈子,与公爵、大使把酒言欢,与天主教徒过从甚密,结交歌剧名伶,甚至和塔利奥尼夫人②成了密友;而与此同时(正如西勒顿·杰克逊率先强调的),她的清誉却没有丝毫瑕疵;杰克逊先生认为,这正是她与另一位凯瑟琳的唯一一点不同。

曼森·明戈特夫人在多年以前就成功解冻了丈夫的遗产,过了半个世纪的富裕日子,但她并没有忘记早年间的拮据,因此格外俭省,虽然添置衣裙、家具时刻意要最好的,却绝不会为餐桌上的短暂享受而多破费。因此,她吃得跟阿切尔夫人一样差,尽管两者的原因完全不同,而喝的酒也无法略作弥补。亲戚都认为她的寒酸饭菜有损明戈特家的声誉,

---

① 指俄国女皇叶卡捷琳娜二世(1729—1796),英文名为 Catherine the Great。
② Mme. Taglioni(1804—1884):意大利芭蕾艺术家,首创以足尖舞蹈。

因为他们向来是与锦衣玉食相连的；但人们还是愿意到她这儿来，即使吃的是"杂烩"，喝的是走了气的香槟。儿子罗维尔为此强烈抗议，并打算聘请纽约最好的厨师以挽回家族声誉，对此，明戈特老夫人只是哈哈大笑说："一家请两个好厨子有什么用？既然女儿都出嫁了，我又吃不来酱汁。"

纽兰·阿切尔心里想着这些事，目光再次转向明戈特家的包厢。他看见韦兰夫人姑嫂俩正以老凯瑟琳传授家人的那种沉着直面那些个批评者，只有梅·韦兰面色绯红（也许是因为知道他在看她），透露出事态的严重。而引起这场骚乱的主角却优雅地坐在包厢一角，眼睛凝视舞台，身体微倾，肩膀和胸脯袒露得比纽约人看惯的略多一些，尤其对那些有理由希望不被注意的女士来说。

在纽兰·阿切尔看来，几乎没有什么比有违"品位"更糟糕的了。"品位"是一种不可即的神性，而"得体"只是它的有形代表和替身。他认为，奥兰斯卡夫人苍白的面色和严肃的神情的确适合现在的场合与她不幸的境遇，但她的袍子（没有领纱）就那样从薄削的肩头披垂下去，着实令他震惊而不安。他不敢设想梅·韦兰有可能受到这样一个对品位约束如此满不在乎的女子影响。

"到底，"这时候他听见身后一个岁数比他更小的人发话了（在演梅菲斯特和玛莎的戏时，大家都在交谈），"到底出了什么事？"

纯真年代 | 015

"哦,她离开他了。没人试图否认这一点。"

"他是个混账,不是吗?"那年轻人又说。他是索利家的人,非常坦率,显然正准备加入为她辩护的行列。

"极其糟糕。我在尼斯见过他,"劳伦斯·莱弗茨以不容置疑的口吻答道,"一个半瘫子,脸色苍白,总是一副讥诮的表情,挺漂亮的脑袋,但眼神太飘忽。这么说吧:他不跟女人在一起的时候,就是在找男伴①。而且据我所知,对两者都不惜代价。"

众人大笑起来。那年轻人继续说道:"后来呢?"

"后来,她就跟他的秘书跑了。"

"哦,我明白了。"辩护者脸色一沉。

"但那没持续多久。几个月之后我就听说她独自住在威尼斯了。我猜罗维尔·明戈特去接她来的。他说她非常伤心。那倒没什么——可让她这样在歌剧院招摇就是另一回事了。"

"也许,"年轻的索利先生脱口而出,"她太伤心,不能一个人留在家里。"

一听这话,众人都嘲讽地大笑起来,窘得年轻人脸都红了,佯装自己本打算说一句聪明人所谓"双关语"的。

---

① 原文为"collecting china",这是运用了伦敦同韵俚语,china 即 china plate(瓷盘),暗指其同韵词 mate(男伴)。

"不管怎么说，把韦兰小姐牵扯进来就颇为奇怪了。"有人低声说着，瞥了阿切尔一眼。

"哦，那是行动的一部分，毫无疑问是祖母的命令，"莱弗茨笑道，"老太太要是想做一件事情，就会做得彻彻底底。"

这一幕临近尾声，包厢里依然议论纷纷。突然，纽兰·阿切尔感到有必要果断行动。他要第一个走进明戈特夫人的包厢，向所有已抱期待的人们宣布自己与梅·韦兰订婚，表姐的处境不同寻常，无论那会给她带来什么麻烦，他都要帮助她渡过。这一冲动刹那间压倒了一切疑虑与迟疑，驱使他匆匆穿过红色走廊，赶往剧院另一边。

当他踏进明戈特家的包厢，恰与韦兰小姐四目相遇，他看出她立即明白了他的意图，尽管两人都极为看重的家族尊严并不允许她向他挑明。他们这个圈子里的人都生活在心照不宣的微妙气氛中，那年轻人觉得，既然他与她不用语言就能互相理解，那么他们的默契已超越了任何解释所能达到的程度。她的眼睛在说："你明白妈妈为什么带我来了吧。"他的眼睛回答："我绝不会让你离开。"

"你认识我的侄女奥兰斯卡伯爵夫人吗？"韦兰夫人一边同未来的乘龙快婿握手，一边问道。阿切尔依着引见给女士时的礼节，欠一欠身；艾伦·奥兰斯卡则微微颔首，戴着浅色手套的双手握着一把巨大的鹰羽扇。阿切尔又问候了罗维尔·明戈特夫人——满头金发,身材高大,一身绸缎窸窣作响——然后在未婚妻身边坐下,悄声说:"我想你已经告诉奥兰斯卡夫人我们订婚了?我想让大家都知道——我希望你允许我今晚在舞会上宣布。"

韦兰小姐的面庞泛起晨曦般的玫瑰色,双眸熠熠地望着他。"如果你能说服妈妈,"她说,"不过,已经说定了,又何必改变呢?"他没有作声,却用眼睛回答了。她愈发自信地微笑着,说道:"你自己告诉我表姐吧,我允许你。她说你小时候经常同她一起玩。"

她将椅子往后挪了挪让出路,阿切尔便立刻起身,有意让剧院上下都看见,来到奥兰斯卡伯爵夫人身边坐下。

"我们的确经常一起玩,对不对?"她严肃地看着他,说,"那时候你很讨人厌,有一次在门背后吻我,可我爱的是你的堂兄范迪·纽兰,他却从来不看我一眼。"她扫视那环抱着的包厢,"啊,真是把我带回到了过去——我见过这儿每个人穿灯笼裤和长衬裤的样子。"她说,略带拖长的外国口音,目光最后回到他脸上。

尽管两人的对话显得很愉快,却似乎不合时宜地令人想到威严的法庭,眼下她的案子正在审理。没有什么比不合时宜的轻浮更有伤品位的了,于是他生硬地说道:"是啊,你离开太久了。"

"噢,都几百年了,那么久那么久了,"她说,"我觉得自己都已经死了,葬了,而这亲爱的故乡便如同天堂。"出于某种无法言明的原因,纽兰·阿切尔觉得她如此形容纽约反而愈加不敬了。

三

一切依然按着原样进行。

裘力斯·波福特夫人在她举办年度舞会的晚上,绝不会不去歌剧院;事实上,她总是在上演歌剧的晚上举办舞会,为的是突显她非凡的理家才能,炫耀自己的仆人即使她不在也有能力将活动安排得事事妥帖。

波福特家是纽约屈指可数拥有舞厅的大宅之一(其建造甚至早于曼森·明戈特夫人家和黑德利·契佛斯家);当时,人们开始认为,为保护客厅地板而铺起"粗布"并将家具搬到楼上未免"土气",而家中有这么一间不作他用的舞厅——一年里有三百六十四天不见天日,镀金椅子堆在角落,大吊灯收进袋子——如此毋庸置疑的不同凡响应当能够补偿波福特家任何令人遗憾的过去了。

阿切尔夫人很喜欢把她的社交哲学编成格言。她曾说过:"我们都有自己钟爱的平民。"这话虽然很大胆,但许多高贵人物都暗中承认她说得没错。然而波福特家不完全是平民;有人说他们甚至连平民都不如。波福特夫人的确出身于美国最受尊敬的家族,出嫁前是可爱的瑞吉娜·达拉斯(属于南卡罗来纳州一支),一位不名一文的美人,引荐她进入纽约社交界的是她那位总是好心办坏事的鲁莽表姐梅朵拉·曼森。谁只要是曼森家或拉什沃思家的亲戚，谁就有了纽约社交界的"一席之地"（这是早年出入于杜伊勒里宫的西勒顿·杰克逊先生说的）；但若是嫁给了裘力斯·波福特，这"一席之地"岂有不被剥夺的？

问题是：波福特究竟是何许人也？他应该是英国人，亲切友好，相貌堂堂，脾气暴躁，热情好客，机智风趣。当初他拿着曼森·明戈特老夫人那位英国银行家女婿的推荐信来到美国，很快就在商界赢得了重要地位；但他生活放荡，言辞尖酸，来历神秘，所以当梅朵拉·曼森宣布自己的表妹同他订婚时，大家都认为这是梅朵拉为自己那一长串鲁莽行为记录又添了一桩蠢行。

但从后果来看，蠢行往往和智慧一样合理。结婚两年之后，年轻的波福特夫人就拥有了纽约公认的一等一的宅子。没人说得准这奇迹是如何诞生的。她为人懒散，事事被动，刻薄的人甚至说她呆；但她打扮得如一尊神，挂着珍珠，年复一年，越来越年轻，越来越是个金发美人，成了波福特先生那座庞大的棕色砂岩宫殿里的女王，戴着宝石的小指都不需抬一抬，便引得众人趋之若鹜。知情者都说是波福特亲自训练仆人，传授厨师新菜式，告诉园丁应当培育哪些温室鲜花来分别装饰餐桌和客厅，挑选宾客，酿制餐后潘趣酒，向妻子口授写给朋友的短笺。若果真如此，那这些家务事便都是悄悄进行的，而当他出现在众人面前时的神气，分明是一位好客的富豪，漫不经心地溜达进自家客厅，以嘉宾的客观口吻说道："我妻子的大岩桐还真不一般呢，是不是？我猜她准是从伦敦的皇家植物园搬来的。"

没有人否认，波福特先生的秘诀在于他处理事情的从容。尽管传闻说他是在其效力的国际银行"协助"之下离开英格兰的，但他对这个谣言就像对其他谣言一样无所谓——虽然纽约的商业良心同它的道德标准一样敏感——他将面前的一切，将整个纽约统统搬进了他的客厅，使得人们二十年来说起"要去波福特家"就跟说要去曼森·明戈特夫人家一样心安理得，此外更有一份满足，因为他们知道要品尝到的是野鸭和佳酿，而不是小年份的凯歌香槟和热过的费城炸丸子。

波福特夫人和往常一样，恰在第三幕"珠宝歌"响起之前踏进包厢；然后，又和往常一样，在第三幕结束时起身，将斗篷披上她的美丽肩膀，扬长而去，而纽约人知道，那意味着舞会将在半小时后开场。

波福特宅邸是纽约人乐于向外国人炫耀的，尤其是它的年度舞会之夜。波福特属于纽约第一批拥有红丝绒地毯的人家，地毯由男仆在雨篷下沿台阶铺开，而不是同晚餐、舞厅椅子一道租来。他们还创出了让女士在前厅脱下斗篷的规矩，而不是乱哄哄跑到女主人卧室，再用煤气喷嘴重新卷头发。据说波福特曾表示，他以为妻子的所有那些朋友都应该有女仆负责在她们出门前将头发收拾停当。

然后那宅子带舞厅的格局设计也极为大胆，众人不必从狭窄的过道挤进舞厅（像契佛斯家那样），而是郑重地穿过一间间相连的大厅（碧蓝的、猩红的、金黄的），遥遥望见锃亮的拼花地板辉映着无数烛光，以及更远处温室里昂贵的山茶与抄椤枝叶交错，掩着乌与金交织的竹椅。

纽兰·阿切尔依照自己的身份，稍晚些才姗姗到来。他将大衣交给穿长丝袜的男仆（这丝袜是波福特不多见的昏招之一），在挂着西班牙皮革、摆着嵌花家具和孔雀石陈设的书房里流连片刻——还有几位男士正在那儿闲聊，一边戴上跳舞手套——最后才汇入宾客之中，而波福特夫人已经在猩红色大厅门前迎接他们了。

阿切尔的确很紧张。歌剧落幕后他并没有返回俱乐部（像公子哥儿们通常那样），而是趁着夜色清朗沿第五大道走了一段，然后才转回头往波福特府上去。他无疑是担心明戈特家会做得过分，事实上，他们很可能会听从明戈特老夫人的命令，将奥兰斯卡伯爵夫人带到舞会上。

俱乐部包厢里的气氛令他感觉那将是多么严重的错误；而尽管他打定主意"坚持到底"，但在剧院里同未婚妻的表姐略作交谈之后，想要支持她的那一份侠肝义胆便已有些动摇了。

纯真年代 | 023

阿切尔慢慢踱到金色大厅(波福特竟然胆敢在那儿挂了布格罗那幅颇受非议的裸体画作《胜利的爱神》[①]),看见韦兰夫人母女俩正站在舞厅门前。在她们身后,已有人在舞池里成双作对翩翩起舞,蜡烛的光辉洒在旋转的纱裙上,洒在少女头顶端庄的花环上,洒在少妇云鬓间的华丽羽饰和珠宝上,洒在闪闪发亮的衬衫前胸和崭新的皮手套上。

韦兰小姐显然正准备加入跳舞的行列,她站在门口,手中捧着铃兰(她不带其他花),脸色略带苍白,眼睛闪着发自内心的激动光芒。一群青年男女围着她,与她握手寒暄,笑语连连,韦兰夫人站在不远处,微带笑意。韦兰小姐显然正在宣布她订婚的消息,而她母亲则似乎很不情愿,那正是这场合下父母宜有的表情。

阿切尔略一犹豫。他是明确表示过要宣布订婚,但他并不想以这样的方式将幸福公之于众。在热闹喧嚷、人头攒动的舞厅宣布,如同强夺了隐私的柔美花朵,而那是属于心底最深处的东西。但他的喜悦实在深切,因此表面的混乱并未改变其本质;虽然他希望表面同样能保持纯洁。令他高兴的是,梅·韦兰也有这样的感觉。她用恳求的目光看着他,仿

[①] Bouguereau (1825—1905):法国学院派画家,其表现裸女的画作曾在纽约社交界引发轩然大波。《胜利的爱神》("Love Victorious")原为意大利画家卡拉瓦乔作品,描绘了丘比特的裸体形象。因男性裸体画被19世纪晚期的纽约社交界视为有伤风化,故作者有意将布格罗与《胜利的爱神》相提并论。

佛在说:"请别忘记,我们这样做是因为它是对的。"

谁的恳求都不会如此迅速地激起阿切尔内心的回应;但他仍希望有完美的理由来解释他们必须如此行动,而不是仅仅为了可怜的艾伦·奥兰斯卡。簇拥着韦兰小姐的人们纷纷为他让出一条路,脸上都带着意味深长的微笑。他接受了属于他的祝福,然后牵着未婚妻的手走到舞池中央,抬手扶着她的腰。

"现在我们不用非得讲话了。"他说着,笑吟吟地望着她坦诚的眼睛。两人一道随着《蓝色多瑙河》的温柔波浪飘荡而去。

她没有回答,嘴唇动了动,挤出一丝笑意,但眼神却恍惚而凝重,仿佛正专注于某种不可言说的幻象。"亲爱的,"阿切尔悄声说着,将她搂得更紧一些:他认为订婚之初是庄严神圣的时刻,即便他们身在舞厅。与这位光彩照人、纯洁善良的人儿在一起,将会有怎样的新生活啊!

一曲结束,这对未婚夫妇漫步到温室,在挱椤与山茶交织的高大屏障之后坐下,纽兰便将她戴着手套的手按到唇边。

"你看你吩咐我的我已经做了。"她说。

"是的,我等不及了,"他笑答,沉吟片刻后又说道,"只不过我希望并非这样不得不在舞会上宣布。"

"是的,我知道,"她会心地望着他的眼睛,"但毕竟——即便在这里,我们也能单独在一起,是不是?"

"哦,亲爱的——我们要永远如此!"阿切尔嚷道。

显然她会永远理解,永远不会说错话。想到这一点,他只觉得满怀幸福,又开心地说道:"最糟糕的是我想吻你却不能够。"他一边说着,一边朝温室四下里迅速扫了一眼,确认附近并没有其他人,便将她揽到怀中,在她唇上匆匆一吻。为了抵消这一次的胆大妄为,他将她带到温室不那么隐蔽的一头,在一张竹长椅上与她并肩坐下,从她那捧铃兰中摘下一朵。她静静地坐着,仿佛整个世界便是一道铺满阳光的峡谷,卧在他们脚下。

"你告诉我的表姐艾伦了吗?"过了一会儿,她问道,声音如从梦境中传来。

他惊醒过来,想起来还没有告诉她。向那个陌生的异国女子提这样一件事令他有一种无法克服的反感,因此话到嘴边,他并没有说出来。

"还没有。我终究没找到机会。"他忙撒了个谎。

"哦,"她似乎很失望,但仍温柔地坚持自己的主张,"那你还是必须告诉她,因为我也没说,而我不希望她认为——"

"当然。但是,终究还是应该由你来说的,对不对?"

她斟酌着。"如果我找到合适的时机说了,那的确是没错;但既然已经晚了,我想必须由你去向她解释我在看歌剧的时候就请你告诉她的,那可是在我们向大家宣布之前啊。不然,她会以为是我忘记告诉她了。你看,她是我们家里人,在国外那么久,因此非常——敏感。"

阿切尔热烈地凝视着她。"亲爱的天使!我当然会告诉她的。"他有些担忧地瞥一眼人头攒动的舞厅。"可我没见到她。她来了吗?"

"没有。她到最后一刻决定不来了。"

"最后一刻?"他重复道,很惊讶她竟然改变了主意。

"是的。她极爱跳舞的,"姑娘坦率地答道,"可突然说她的裙子来跳舞不够美,虽然我们都觉得她穿得很好看;所以舅妈只好带她回去了。"

"哦,是这样——"阿切尔无动于衷似的说,心里却有几分喜悦。未婚妻最令他满意的地方便是她总是坚定地竭力维护他们从小就养成的习惯:忽略"不愉快"。

"她跟我一样知道得很清楚,"他心想,"她表姐避开的真正原因;但我绝不能让她有一丁点察觉,我已经意识到可怜的艾伦·奥兰斯卡的名誉已蒙上了阴影。"

四

第二天进行了订婚后的第一轮例行互访。纽约在此类事情上的规矩是一丝不苟、不可更改的。依照礼节,纽兰·阿切尔先同母亲和妹妹一道拜访了韦兰夫人,随后他与韦兰夫人和梅三人驱车前往曼森·明戈特老夫人府上去接受德高望重的老祖宗的祝福。

对于这个年轻人来说,每次拜访曼森·明戈特老夫人都很有意思。那宅子本身便已是一部历史文献,尽管它自然无法如大学街及南第五大道的某些老宅一样令人肃然起敬。那些老宅是纯粹的1830年产物,百叶蔷薇地毯、黄檀木半桌、黑色大理石圆拱壁炉以及巨大的红木玻璃门书柜,所有这些如浑然一体,冷冷地令人生畏。而后来才建造宅第的明戈特老夫人却大胆抛弃了她风华正茂年代的笨重家具,将明戈特的家传与法兰西第二帝国时代的浮华装潢相融合。她总是坐在一楼起居室的窗边,仿佛在静观生活与时尚之潮一路北上流淌到她隐居所的门前。她似乎并不急于让它们到来,因为她的耐心堪比她的自信。她相信用不了多久,所有那些临时板墙、采石场和单层酒馆,那些破败花园里的木头温室以及山羊眺望风景的岩石都将消失,随后推进到此的将是与她的房子一样宏伟的住宅,也许更加宏伟(她从来不带偏见);公共马车咔哒咔哒颠簸而过的卵石路将被光滑的柏油路所替代,就像据说人们在巴黎看到的那样。但与此同时,每一个她乐意见到的人都会过来看她(而她也能像波福特夫妇一样轻易便能邀来高朋满座,根本无须在晚餐菜单上多添一道菜),因此她从不为住得偏远而苦恼。

当她人到中年时,脂肪开始激增,如同火山熔岩降临厄运难逃的城市,将她从一个丰腴活泼、脚步灵活的小巧女人变成了一座庞大威严的自然奇观。她豁达地接受了这一沉沦,就同接受其他所有考验一样;如今,在风烛残年,她所获得的报偿便是镜中一团白里透红、几乎没有皱纹的结实皮肉,中间一张小脸,眉目痕迹仿佛正等待发掘。一叠光润的双下巴连着令人晕眩的雪白胸脯,雪白的细棉胸衣用一枚已故明戈特先生的肖像徽章固定,在那周边及下方是一波又一波的黑色丝绸,涌过宽大的扶手椅边缘,两只雪白的小手如海鸥一般悬在巨浪之上。

曼森·明戈特老夫人的身体重负早已使她无法上下楼,她便以特有的独立精神将会客室安排在楼上,而将自己安排在住宅的一楼(公然触犯纽约的一切规范);于是,当你陪她坐在起居室窗前,便能(透过始终敞开的门和卷起的黄缎门帘)看见一道意外的风景:那是她的卧室,里面一张铺得沙发似的巨大矮床,一张梳妆台装饰着浮华的荷叶花边,摆着一面镀金框的镜子。

对于这种有悖常规的安排,客人们既惊诧又着迷。这让人想起法国小说中的场景,想到建筑有可能诱发伤风败俗,这是头脑简单的美国人连做梦都想不到的。在淫邪成风的旧时代,女人就是这样和情人住在那种所有房间全在同一层楼的公寓里,小说里描述的种种亵昵也就是发生在那里。纽兰·阿切尔(暗暗将小说《德·卡莫斯先生》①中的欢爱场景设在了明戈特老夫人的卧室)想象她无可指摘的生活竟是在通奸的布景前上演,不觉好笑;但他又想到,假如果真存在一个符合她条件的情人,那么这个无所畏惧的女人也是会要他的。

在未婚夫妇拜访期间,奥兰斯卡伯爵夫人并没有在祖母的客厅现身,这让大家都松了一口气。明戈特老夫人说她出门了;如此晴朗的天气,又是"购物时间",对于一个名誉受损的女子,这虽然并不适宜,但毕竟使他们免去了与她见面的尴尬,也不会因为她不幸的过去而给他们的美好未来投上淡淡的阴影。拜访如期望的一般顺利。明戈特老夫人对这桩婚事很满意,留心的亲戚们早有预料,已在家族会议上审慎认可。那枚订婚戒指——透明戒托衬着一颗硕大的蓝宝石——得到了她百分之百的赞赏。

---

① *Monsieur de Camors*:法国作家奥克塔夫·弗耶(Octave Feuillet, 1821—1890)的小说。

"这种戒托是新式的，无疑能够将宝石衬托得很完美，但用老眼光来看，就有点简单了。"韦兰夫人一边解释，一边用安慰的眼神瞥了一眼未来的女婿。

"老眼光？我希望你不是指我吧，亲爱的？新奇的东西我都喜欢，"老祖母说着，将宝石举到明亮的小眼睛前——她从未戴过丑陋的眼镜，"非常漂亮，"她说，一边把戒指还回去，"非常开明。我年轻的时候，珍珠浮雕首饰就已经被认为是够好了。不过戒指还是得靠手来衬托，对不对，阿切尔先生？"她挥了挥自己的一只小手，指甲尖尖，岁月积累起的脂肪仿佛环绕腕间的象牙手镯。"我自己的戒指是去罗马找著名的费里加尼定做的。你也应该为梅定做。他一定能做好的，我的孩子。她的手大了——那些现代运动都让骨节粗大——但皮肤很白。那婚礼什么时候举行？"她突然话锋一转，眼睛注视着阿切尔的脸。

"哦，"韦兰夫人嗫嚅道。那年轻人却微笑着望着未婚妻，答道："越快越好，如果您支持，明戈特夫人。"

"我们必须给他们时间更好地互相了解，妈妈，"韦兰夫人插话道，恰如其分地表现出不舍，老祖母却反驳道："互相了解？胡扯！纽约人都是互相了解的。就让年轻人照自己的意思办，亲爱的，可别等到酒走了味。大斋节前就把婚礼办了。现在我一到冬天都有可能得肺炎的。我还想给他们办婚宴呢。"

祖母这几番话得到了晚辈各种恰当的反应，时而愉快地欢笑，时而表示难以置信，时而万分感激。但温馨的交谈突然中断，门一开，奥兰斯卡伯爵夫人戴着软帽裹着披风进来了，身后竟然跟着裘力斯·波福特。

女士们亲热地低声聊起来，明戈特夫人把费里加尼的戒指拿给银行家看。"哈！波福特，难得这么给面子啊！"（她用少见的外国方式直呼男士的姓。）

"非常感谢，我希望能够常来拜访，"客人以惯常的傲慢态度从容答道，"我总是脱不开身；但方才在麦迪逊广场遇到艾伦夫人，她非常客气，允许我送她回家。"

"啊——艾伦回来了，我想家里就更热闹了！"明戈特夫人毫无顾忌似的兴高采烈地嚷道，"坐下，坐下，波福特，把那儿的黄色扶手椅推过来，既然你来了，我们就好好聊聊。我听说你家的舞会非常成功。我知道你请了勒缪尔·斯图瑟夫人？哟，我真想亲眼见见这个女人。"

她已经把亲戚们忘了。这会儿他们正由艾伦·奥兰斯卡领着慢慢往门厅走。明戈特老夫人向来自称欣赏裘力斯·波福特，两人独断专行、简化常规的做法的确有相似之处。此刻，她极想知道是什么促使波福特夫妇（第一次）下决心邀请勒缪尔·斯图瑟夫人，这位"鞋油斯图瑟"的遗孀暂居欧洲多年，一年前才回来准备攻下纽约这个顽固的小小堡垒。

"当然，如果你和瑞吉娜请她，那事情就解决了。我们需要新鲜血液和资源，而我听说她依然非常漂亮。"肉食性的老夫人说道。

门厅里，韦兰夫人和梅正穿上裘皮大衣，阿切尔发现奥兰斯卡伯爵夫人正带着询问的神气看着他微笑。

"你一定知道了——我和梅的事，"他腼腆地笑着回答她的眼神，"她责备我昨晚看歌剧的时候没有告诉你。她吩咐我告诉你我们订婚了，但有那么多人在场，我没说出口。"

笑意从奥兰斯卡伯爵夫人的眼睛荡漾到唇边，她显得愈发年轻了，仿佛他儿时常见的那个大胆的棕发女孩艾伦·明戈特。"我当然理解，是的。我太高兴了。不过这样的事的确不该首先在人多的场合宣布。"这时女士们已经来到大门前，她伸出手。

"再会，改天过来看我。"她说着，眼睛依然望着阿切尔。

马车沿第五大道而行，他们谈论起明戈特夫人，她的年纪、她的精神以及她所有的非凡品质。没人提到艾伦·奥兰斯卡，但阿切尔知道韦兰夫人在想："艾伦可真不应该，回来的第二天，就在人来人往的时候跟裘力斯·波福特在第五大道招摇过市——"而年轻人心中又补充道："而且她也应该知道，刚订婚的男人是不会花时间拜访已婚女人的。但我猜想，在她生活的圈子里，这是他们唯一做的事情。"然后，尽管他为自己见多识广而洋洋得意，却庆幸自己是纽约人，而且即将与自己的同类联姻。

五

第二天晚上,老西勒顿·杰克逊过来与阿切尔一家共进晚餐。

阿切尔夫人是个腼腆的女人,总是躲着社交界,但又乐于了解社交界的近况。她的老朋友西勒顿·杰克逊将收藏家的耐心与博物学家的学识运用于调查朋友们的私事。与他同住的妹妹索菲·杰克逊小姐——人们争取不到她那位吃香的哥哥,便竞相款待她——则常常带回来各种闲言碎语,帮助他将那些故事填充完整。

因此,每当发生了阿切尔夫人想了解的事情,她就请杰克逊先生来吃晚饭;由于极少有人能有幸得到她的邀请,她和女儿简妮又都是极为出色的听众,所以杰克逊先生常常亲自光临,而不是派他的妹妹代表。如果一切都能由他决定,那么他会选择纽兰不在家的时候,倒不是因为这年轻人跟他合不来(他们俩在俱乐部相处得非常融洽),而是因为这位掌故大王有时觉得纽兰往往会推敲他的证据,而女士们是绝不会这么做的。

如果人世间存在十全十美,杰克逊先生还会要求阿切尔夫人能将晚餐水准再提高一点点。不过以人们所能回溯的历史看，当时的纽约一直主要分为两派。一派是明戈特、曼森及其宗族，他们热衷的是吃穿和金钱，另一派是阿切尔-纽兰-范·德尔·吕顿宗族，他们关注的是旅行、园艺和最好的小说，而不屑于那些粗俗的享乐。

毕竟人不可能什么都有。如果你在罗维尔·明戈特家吃饭，就能够享用野鸭、淡水龟和佳酿；而在阿德琳·阿切尔家，你可以畅谈阿尔卑斯的美景和霍桑的《大理石牧神》；而且阿切尔家的马德拉酒可是到过好望角的。因此，每当接到阿切尔夫人的友好召唤，衷心信奉兼容并蓄的杰克逊先生常常会对妹妹说："我上次在罗维尔·明戈特家吃饭之后就一直有点痛风——去阿德琳家吃清淡点对我有好处。"

阿切尔夫人寡居多年，和儿子女儿一同住在西二十八街。楼上全归纽兰，两个女人挤在楼下狭小的房间里。他们的趣味与爱好极为和谐，用华德箱[1]培植蕨类，编织花边，在亚麻布上做毛线刺绣，收藏独立战争时期的陶器，订阅伦敦的《善言》[2]杂志，读薇达[3]的小说以感受意大利情调。（他们偏爱讲述乡村生活的小说，为其中的风景描写和明朗情感所吸引；不过总体而言他们也喜欢关于上流社会人物的小

---

[1] 英国人华德（Nathan Bagshaw Ward, 1791—1868）发明的种植植物的密闭容器。
[2] *Good Words*：19世纪后半期在伦敦出版的期刊。
[3] Ouida（1839—1908）：英国小说家，本名玛丽·路易丝·德·拉·拉梅。

说，因为这些人物的动机和习惯更容易理解；他们极不喜欢狄更斯，说他"从未刻画过一位绅士"，并认为萨克雷对于上流社会不如布尔沃①得心应手——尽管后者已经开始被认为过时了。）

阿切尔夫人与阿切尔小姐都极爱自然风景。她们为数不多的海外旅行主要就是为了寻求和欣赏风景。她们认为建筑与绘画是男人的范畴，尤其适合爱读拉斯金②的饱学之士。阿切尔夫人出身于纽兰家，母女俩形如姐妹，大家都说她俩是"真正的纽兰家的人"：高挑白皙，肩膀微曲，鼻子狭长，笑容亲切，常有一种眉眼低垂的神态，仿佛雷诺兹③某些褪色的肖像画中的人物。两人相貌酷似，只是晚年发福的身材撑开了阿切尔夫人的黑缎裙，而阿切尔小姐那处女的身子骨上，棕紫色绸裙却是一年比一年宽松。

纽兰意识到，尽管母女俩言谈举止毕肖，但心理却并非完全相似。长期共同生活，彼此亲密无间，她们的用语已趋一致，也都喜欢以"母亲以为"或"简妮以为"作开场白，进而提出的却是自己的看法；但事实上，阿切尔夫人沉静而缺乏想象力，往往满足于公认与熟知的事物，简妮却因为被压抑的浪漫情感而幻想喷涌，以至于常常情绪激动甚至行为

---

① Edward Bulwer-Lytton (1803—1873)：英国小说家、剧作家、诗人。
② John Ruskin (1819—1900)：英国艺术评论家。
③ Joshua Reynolds (1723—1792)：英国画家。

反常。

母女俩彼此深爱，也敬重她们的儿子和兄长；阿切尔对她们怀着温柔爱意，她们的过分赞赏令他私心窃喜，但也令他愧疚并不再对她们加以评判。毕竟，他认为一个男人的权威得到自己家人的尊重是一件好事，虽然他的幽默感有时会让他怀疑自己的话究竟有多少分量。

这一次，年轻人很清楚杰克逊先生希望他出去吃饭；但他自有理由留在家里。

老杰克逊当然是要谈谈艾伦·奥兰斯卡的，而阿切尔夫人和简妮当然也是要听他不得不说的话的。既然大家都已经知道纽兰未来与明戈特家的关系，那么他在场，另三个人都多多少少会有些尴尬。对此，年轻人是乐呵呵地等着看他们将如何处理这个麻烦。

他们先拐弯抹角地从勒缪尔·斯图瑟夫人谈起。

"可惜波福特夫妇还请了她，"阿切尔夫人缓缓地说，"不过瑞吉娜总是对他言听计从，而波福特——"

"有些微妙处波福特忽略了，"杰克逊先生说着，审视着面前的烤鲱鱼，心里第一千次纳闷为什么阿切尔夫人的厨子总是把鱼子烤成黑渣。（纽兰也早有同感，而且总能够从老人不以为然的沮丧神色中觉察他的困惑。）

"哦，那是必然的；波福特是个粗俗的人，"阿切尔夫人说道，"我的外祖父纽兰以前常对我母亲说：'无论你做什么,就是不能把那个波福特引见给姑娘们。'但至少他跟绅士们结交就对他有利了;据说他在英国的时候也是如此。说起来很神秘——"她瞥了简妮一眼,便不说下去了。对于波福特的秘密,她和简妮连细枝末节都知道得清清楚楚,但在外人面前,阿切尔夫人却依然装作这个话题不便让未婚女子听见。

"但这个斯图瑟夫人,"阿切尔夫人继续说道,"你说她是什么来路,西勒顿?"

"矿上来的,或者说,矿井口上的酒馆里来的。后来跟着'活人蜡像'①剧团在新英格兰各地巡演。剧团被警察解散之后,据说她就跟——"这回是杰克逊先生瞥了简妮一眼,见她眼睛已经从鼓出的眼皮底下瞪起来了。她对于斯图瑟夫人的过去仍有几处不明了的地方。

"后来,"杰克逊先生接着说道(阿切尔瞧见他正在思忖为什么没人告诉管家绝不能用钢刀切黄瓜),"后来勒缪尔·斯图瑟来了。据说他的广告商就用的是她的头给鞋油画广告;她的头发漆黑,你知道的,跟埃及人似的。总而言之,他——事到终了——娶了她。""事到终了"四个字之间有意停顿,每个字都适当强调,显得意味深长。

"这个嘛——到我们如今这时候,也没什么关系了。"阿

---

① Living Wax-Works:真人模仿名人蜡像的表演。

切尔夫人淡淡地说。两位女士此时感兴趣的并非斯图瑟夫人,艾伦·奥兰斯卡才是真正吸引她们的新鲜话题。事实上,阿切尔夫人之所以提到斯图瑟夫人的名字不过是为了可以立刻接着说:"那纽兰的新表姐——奥兰斯卡伯爵夫人呢?她也去舞会了吗?"

提到儿子时,她的语气略带嘲讽,阿切尔自然清楚,也早有预料。阿切尔夫人极少对世事表现出过分乐观,但她对儿子订婚却喜出望外。("尤其是在跟拉什沃思夫人的那桩傻事之后,"她曾这样对简妮说,所指的那件事,在纽兰看来是一场悲剧,并将在他的心中留下永远的伤痕。)无论从哪个角度看,梅·韦兰都是纽约最好的结婚对象,而这段婚姻也才是纽兰应该获得的,但年轻人总是那么蠢,那么捉摸不透——某些已婚女人又那么诡计多端,毫无廉耻——看到自己的独生子安全绕过塞壬①岛,进入无可指摘的家庭生活的港湾,不能不说是一个奇迹。

这就是阿切尔夫人的感觉,而她的儿子了解她的感觉,但他也知道,她因为过早宣布订婚而烦恼,或者不如说,是为其中的原因而烦恼。也正是出于这个原因——因为他总的来说是一个温和宽容的人——他决定今天晚上留在家里。"并非我不赞成明戈特家的团结一心,可我就是不明白为什

---

① Siren:希腊神话中人首鸟身的海妖,以歌声引诱水手,导致船只触礁沉没。

么要把纽兰订婚的事跟奥兰斯卡那个女人的来来去去搅在一起。"阿切尔夫人这样对简妮抱怨。阿切尔夫人偶然有不够亲切的时候,那只有简妮看得到。

在拜访韦兰夫人的时候,她的举止很优雅——而她的优雅举止无人能及;但纽兰看得出(他的未婚妻无疑也猜到了),她和简妮在整个过程中都非常紧张,生怕奥兰斯卡夫人会突然闯进来。当他们一起离开韦兰家的时候,她竟然对儿子说:"我很高兴奥古斯塔·韦兰单独接待了我们。"

母亲流露内心的不安,令阿切尔愈发感动,他也认为明戈特家的行为有些过分。但是,母子之间提到各自最担忧的事情是违背他们的规范的,因此他仅仅回答说:"哦,订婚之后总有一段时间的家族会面,这个过程还是尽早结束为好。"听见这话,他母亲只是在白霜葡萄饰边的灰丝绒帽网纱后面噘了噘嘴。

他感觉,她的报复——合法的报复——就是这天晚上"引"杰克逊先生说奥兰斯卡伯爵夫人的事;而他既然已在大庭广众之下尽到了明戈特家族未来成员的义务,便也不反对在私底下听一听那位夫人的闲话——只是这个话题已经开始让他厌烦了。

杰克逊先生吃了一块温吞吞的鱼片——是那位满脸悲痛的管家带着与杰克逊先生一样的怀疑眼神送上来的——几乎难以觉察地嗅了嗅蘑菇酱之后便拒绝了。他显得很为难,饥肠辘辘似的，阿切尔猜想他恐怕得靠艾伦·奥兰斯卡来结束这一餐了。

杰克逊先生往椅背上一靠，抬眼瞅了瞅黑沉沉的墙壁上挂着的深色画框，烛光映着画框中阿切尔、纽兰和范·德尔·吕顿家各位先人的面庞。

"唉，你的祖父阿切尔当年是多么热爱考究的晚餐啊，我亲爱的纽兰！"他说着，眼睛落到一位胸膛饱满、微微发福的年轻人肖像上，他戴着白领结，穿着蓝外套，背景是一幢白色柱子的乡村别墅。"哎呀呀，不知道他对那些异国婚姻会有何高见！"

阿切尔夫人并不理会他提到祖上的美食。杰克逊先生字斟句酌地说下去："没有，她没有去舞会。"

"噢——"阿切尔低声道，那口气仿佛是说："那她还懂得礼节。"

"也许波福特不认识她。"简妮推测道，并不掩饰她的恶意。

杰克逊先生微微吸了吸嘴唇，仿佛在品味想象中的马德拉酒。"波福特夫人有可能不认识她——但波福特先生是一定认识的，因为昨天下午全纽约的人都看见她同他一起在第五大道散步。"

"天啊——"阿切尔夫人呻吟道，显然她发现实在无法将这种外国人的行为理解为优雅感。

纯真年代 | 041

"不知道当时她戴的是圆帽还是软帽,"简妮猜测着,"我知道看歌剧那天她穿了一身深蓝色丝绒,太过平淡——就像睡袍。"

"简妮!"母亲说道。阿切尔小姐脸一红,竭力装出无所谓的样子。

"无论如何,不去舞会还算得体些。"阿切尔夫人又说道。

儿子一时任性,反驳道:"我不认为这是她得体不得体的问题。梅说她是想去的,但后来就是觉得你们刚才说到的那身裙子不够漂亮。"

见儿子这样证实她的推论,阿切尔夫人微微一笑,只说了一句:"可怜的艾伦。"然后,她又怜悯地说道:"我们可不要忘了她在梅朵拉·曼森那儿得到的奇怪教养。初入社交界的舞会就允许她穿黑缎子,你能指望这样的女孩会变成什么样子?①"

"啊——我还真记得她那个样子!"杰克逊先生说;而后又加了一句:"可怜的孩子!"那口气,既是回忆,又表示他当时便已完全意识到那景象预示了什么。

"真奇怪,"简妮说,"她竟然一直用那么个丑名字。艾伦。如果是我,就改成艾莲了。"她瞥一眼桌边那几个人,看

---

① 初入社交界的女孩传统上穿白裙,以象征其纯洁。

他们的反应。

她哥哥笑起来:"为什么叫艾莲?"

"我不知道。听着好像更加——更加像波兰人。"简妮说着,脸红了。

"那听着更引人注意了。恐怕不是她所希望的。"阿切尔夫人冷冷地说。

"为什么不行?"她儿子插嘴道。他突然变得好辩起来。"如果她愿意,为什么就不能引人注意?为什么她要鬼鬼祟祟的,好像她的耻辱是她自己造成的?她当然是'可怜的艾伦',因为她不幸有了一段失败的婚姻;但我不认为她因此就该躲躲藏藏像个罪犯。"

"我想,"杰克逊先生若有所思地说,"那也正是明戈特家想要采取的态度。"

年轻人脸红了。"我没有必要等他们的暗示,如果你是这个意思,先生。奥兰斯卡夫人的生活很不幸,但她并不因此而无家可归。"

"是有传言。"杰克逊先生说到这里,瞥了简妮一眼。

"哦,我知道,就是那个秘书,"年轻人接过他的话头说,"算了吧,妈妈,简妮已经是大人了。"他继续说道,"他们不就是在说,那个秘书帮她从那个把她当犯人看的混蛋丈夫那儿逃走了吗?那又怎么样?我希望,如果遇到类似情况,我们中间的任何人都会那么做。"

杰克逊先生侧过脸对那位悲伤的管家说:"也许……那个酱汁……一点点就够了,毕竟——"他吃了一口,说道:"听说她在找房子。她要住在这儿。"

"听说她要离婚。"简妮放肆地说道。

"我希望她离婚!"阿切尔嚷道。

这话如炸弹飞落,打破了阿切尔家餐厅高尚、宁静的气氛。阿切尔夫人将精致的眉毛一挑,仿佛在说:"管家还在——"而年轻人意识到这样在外人面前谈论如此私密的事情,实在不得体,便急忙转移话题,讲起了拜访明戈特老夫人的经过。

晚餐结束,依照由来已久的传统,男士们在楼下吸烟,阿切尔夫人和简妮则拖着曳地绸裙来到起居室。一盏带雕花灯罩的卡索油灯旁是一张黄檀木缝纫台,台面底下挂着一个绿绸袋子。母女俩面对面坐在缝纫台两边,分别从两头开始绣一块花毯,那是准备用来装饰年轻的纽兰·阿切尔夫人起居室里的一把"备用"椅子的。

当起居室中的仪式正在进行之时,阿切尔将杰克逊先生让到哥特式书房火炉边的扶手椅上,递给他一支雪茄。杰克逊先生舒舒服服地陷在扶手椅里,很有把握地点燃雪茄(那是纽兰买的),将细瘦的脚踝伸到燃烧的煤块前,开口道:"你以为那个秘书只是帮助她逃跑,我亲爱的朋友?不过,一年之后他依然在帮助她呢,因为有人看见他们在洛桑同居。"

纽兰脸红了。"同居？哦，有什么不行呢？如果她没有结束自己的生活，那谁又有这个权力呢？丈夫宁可跟娼妓鬼混，而她年纪轻轻却得被伪善活活葬送，这真让我厌恶。"

他不再说下去，怒气冲冲地转身去点雪茄。"女人应当有自由——和我们一样自由。"他宣称，但他过于恼火，未能估计到这一发现的可怕后果。

西勒顿·杰克逊先生将脚踝又往炉火前伸了伸，讥讽地吹了一声口哨。

"哦，"他顿了顿，说道，"奥兰斯基伯爵显然与你观点相同，因为我从未听说他动过一根手指头要把妻子找回来。"

六

那天晚上,当杰克逊先生告辞,两位女士回到她们挂着印花窗帘的卧室,纽兰·阿切尔若有所思地上楼来到他的书房。已有人仔细地拨旺炉火,调亮油灯;房间里列着一排排书架,壁炉台上摆着青铜与钢制的"剑客"小雕像,墙上挂着许多名画的照片,一切都显得格外温馨舒适。

他在炉边的扶手椅上坐下,目光落在一张梅·韦兰的大照片上,那是他们刚相爱时姑娘送给他的,如今已取代了桌上的所有其他肖像。他怀着一种前所未有的敬畏之情望着那坦诚的前额、严肃的双眸和愉快天真的嘴唇,这年轻生命的灵魂即将由他来守护。这个女孩就是他所属于、所信奉的社会制度的可怕产物,对一切都全然无知,对一切都怀有期望。此刻女孩也正望着他,再熟悉不过的梅·韦兰的面孔,却是陌生人一般的神情。他再一次意识到,婚姻并非一个安全的港湾——如他从小被教导的那样,而是一次驶往未知海域的航程。

一成不变的旧习俗被奥兰斯卡伯爵夫人的事搅动起来,开始在他头脑中危险地飘荡。他宣称"女人应当有自由——和我们一样自由",这击中了问题的要害,但这个问题在他所属的圈子里是不存在的。"好"女人无论受到多大的委屈，都不会要求他所说的那种自由，像他这样慷慨宽宏的男人也就因此——在激烈的辩论中——更加侠肝义胆似的愿意将那自由赋予她们。而那些慷慨宽宏的言辞其实不过是骗人的伪装，伪装下面依然是根深蒂固的习俗，将世事人情束缚在陈旧的模式上。此刻他誓为未婚妻的表姐辩护，然而，她的那些行为若是发生在他妻子身上，他也完全可以要求教会与国家降罪于她。当然这样的左右两难纯粹只是假设；既然他不是无赖的波兰贵族，那么也就没有必要荒唐地假设他是，再推测他妻子的权利。但纽兰·阿切尔实在是想象力丰富，无法不联想到他和梅，他们之间的关系也可能受到伤害，即便其中的原因没有那么严重、那么明显。他们之间如何能够真正互相了解，既然他作为一个"体面"的人，有义务隐瞒自己的过去，而她作为一个当嫁的姑娘，有义务坦白自己的过去？如果他们两人因为某种微妙的原因而彼此厌倦、误解或不悦，那又当如何？想一想朋友们的婚姻——那些貌似美满的婚姻，他认为根本没有哪一对能够称得上是深情温柔、志同道合的终生伴侣，符合他想象自己将与梅·韦兰结下的关系。他意识到，若要实现他所想象的这种关系，梅就必须阅历丰富，多才多艺，并具有判断的自由，但这些早已在她的教养中被小心剔除了；不祥的预感令他打了一个寒颤，他发现自己的婚姻将会同身边大多数人一样：以一方的无知与另一方的虚伪为纽带、基于物质利益与社会利益的无聊联盟。他想到,劳伦斯·莱弗茨便是一个完全实现这一令人艳羡的理想的丈夫。作为"得体"方面的权威,他依着自己的便利塑造了一位妻子,当他与别人的妻子频频发生风流韵事并被所有人注意到的时候,他的妻子却总是微笑着浑然不知,说什么"劳伦斯真是循规蹈矩"。当有人在她面前提到裘力斯·波福特(作为一个来历不明的"外国人")有纽约人所谓的"外室"时,据说她气得脸一红,慌忙把目光移开。

阿切尔试图安慰自己说,他不会像劳伦斯·莱弗茨那样蠢,梅也不会像格特鲁德那样呆;但那区别的毕竟只是才智,而不是准则。事实上,他们生活在一个符号的世界,在这里真实从来不会被说起、做到,甚至都不会被想到,而是仅仅用一套随意的符号来表示;就像韦兰夫人,她非常清楚阿切尔为什么要催促她在波福特家的舞会上宣布女儿订婚(而她也的确希望他如此),但依然认为必须装出不情愿的样子;她那种不得不为之的神态让人想起那些有关原始人的书中所描绘的情景——处于先进文明的人们正开始阅读这一类书——原始部落的新娘尖叫着被拖出父母的帐篷。

结果无疑是处于这神秘化复杂体系中心的年轻女孩因其坦率和自信而变得难以捉摸。她坦率——可怜的宝贝——是因为她无所隐藏,她自信是因为她不知道自己需要戒备什么；就凭着这么一点点准备，她便在一夜之间被抛入人们语焉不详的所谓"人生的真相"之中了。

年轻人的爱真诚而平和。他喜爱未婚妻光彩照人的容貌，喜她的健康活力、她的骑术、她在运动中表现出的优雅和敏捷，以及在他指点下刚刚培养起的对书籍与思想的羞涩的兴趣。（她已经能够与他一起嘲笑《国王田园诗》，但还不能感受《尤利西斯》和《食忘忧果者》①中的美。）她率真、忠诚、勇敢；她不乏幽默感（主要从她听到他的笑话而大笑可见）；他猜想，在她那颗纯真凝神的灵魂深处藏着一种热情，唤醒它将会带来喜悦。可是再稍一思索，他却又失望地想到她那种坦率和纯真不过是人工的产物。天然的人性不应是坦率和纯真，而应充满出于狡诈本能的种种扭曲与戒心。他感到自己正受到这种人为的虚假纯洁的压迫——这种由母亲、姑姨、祖母以及早已入土的祖先精心策划、巧妙制造的纯真——因为它应当是他想要的，是他有权得到的，为的是让他行使自己高贵的消遣，将它如雪人般击碎。

以上思考并无新意：那是即将举行婚礼的年轻人都会有的想法。但那通常伴随着内疚与自卑，而纽兰·阿切尔却丝毫没有这样的感觉。他没有向自己的新娘奉上空白的过去以换取她将交给他的白璧无瑕，对此他并不感到痛惜（萨克雷

---

① 三首均为英国诗人丁尼生（Alfred Tennyson，1809—1892）的诗。

纯真年代 | 049

笔下的主人公却常常如此，让他愤怒）。他不能否认的事实是，如果他所接受的教养同她一样，那么他们只能像树林中的弃儿一般无力找到出路；同时他无论如何苦思冥想也找不出任何（与他一时的欢娱和强烈的男性虚荣无关的）正当理由，不让自己的新娘与他一样有自由获得阅历。

在这样的时刻，这样的问题必然会飘过他的脑海；但他也意识到，这些令人不安的问题之所以如此长久而清晰盘踞，全因为奥兰斯卡伯爵夫人不合时宜的到来。正当他订婚的时候——本该是迎接纯净的思想和明媚的希望的时刻——却被推入丑闻的漩涡，不得不面对丑闻所引发的种种特殊问题，而这些问题他原本宁可置之不理的。"去他的艾伦·奥兰斯卡！"他咕哝着，一边盖上炉火，开始脱衣服。他看不出为什么她的命运会对他有任何影响；但他隐隐感觉到自己只是刚刚开始估量由于订婚而不得不充当的捍卫者角色的风险。

几天之后，突然发生了一件大事。

罗维尔·明戈特家要举办所谓"正式晚宴"（即增加三名男仆，每道菜两种菜式，中间有一道罗马潘趣果冻），他们发出请柬，上面赫然写着"一晤奥兰斯卡伯爵夫人"——按照美国式的待客方式，来自异国的人往往被视为王族，或至少是大使。

客人的选择大胆而有眼光,明察秋毫者看得出那是出自"凯瑟琳大帝"的铁腕。永远招之即来的塞尔弗里奇·梅里夫妇——哪里都有他们的身影因为哪里都会邀请他们,波福特夫妇——有权要求他们来往,西勒顿·杰克逊及其妹妹索菲(哥哥让她去哪儿她就去哪儿),此外,在最具影响力的"年轻夫妇"中最时髦也最无懈可击的几对也在受邀之列;还有劳伦斯·莱弗茨夫妇,莱弗茨·拉什沃思夫人(那位可爱的寡妇),哈里·索利夫妇,瑞吉·契佛斯夫妇,以及小莫里斯·达格内特和他的妻子(来自范·德尔·吕顿家族)。这群宾客实在是完美的组合,因为其中每一个都属于那个核心小团体,在漫长的纽约社交季,永远热情饱满地日夜在一起寻欢作乐。

四十八小时之后,令人难以置信的事情发生了:除了波福特夫妇和杰克逊兄妹,所有人都拒绝了明戈特的邀请,尤其是瑞吉·契佛斯夫妇作为明戈特宗族成员的拒绝,愈发显出人们是有意冷淡;而且回函的措辞竟也完全一致——"遗憾无法接受邀请",甚至没有像平常那样出于礼貌而找一个"已另有约"的委婉借口。

当时的纽约社交圈极小,娱乐也极少,所以每个人(包括车行老板、管家和厨师)都应该能确切知道大家哪几天晚上有空;因此,接到罗维尔·明戈特夫人请柬的人很可能就是为了无情表明自己不愿与奥兰斯卡伯爵夫人会面的决心。

这一打击出人意料；而明戈特家则以一贯的英勇来应对。罗维尔·明戈特夫人将此事悄悄告知韦兰夫人；韦兰夫人悄悄告知纽兰·阿切尔；纽兰·阿切尔义愤填膺，激动地几乎以命令的口吻请母亲相助；母亲痛苦地挣扎了一番，内心虽然抗拒，表面却不得不敷衍，但最后还是屈从于儿子的要求（像平常一样），立即接受了他的主张，并因为先前的犹疑而热情加倍，戴上灰丝绒帽，说："我去找路易莎·范·德尔·吕顿。"

纽兰·阿切尔时代的纽约仿佛一个溜滑的小金字塔，很难钻出罅隙，也不易站稳脚跟。它的底部是阿切尔夫人所谓的"平民"；有不少体面但并无名望的人家（比如斯派赛家、莱弗茨家或杰克逊家）通过与某个显赫的家族联姻而提升了自身的地位。阿切尔夫人常常说，人们已经不像过去那样苛刻了；既然第五大道的一头由凯瑟琳·斯派赛统治，另一头由裘力斯·波福特统治，那么你也就无法指望那些老传统能够维持多久了。

从富有却不起眼的底部稳步向上缩小便是由明戈特家、纽兰家、契佛斯家和曼森家所代表的那个最具影响力的紧密团体。大多数人想当然地以为，他们便是金字塔的顶端；但他们自己（至少是与阿切尔夫人同一辈的人）心里明白，在系谱学专家眼中，真正高人一等的家族要更少些。

"不要跟我提现在报纸上那些关于纽约贵族的话，"阿切尔夫人对孩子们说，"全是一派胡言。如果真有这么一个贵族阶层，那么不管是明戈特还是曼森，都不在其中；也不是纽兰或者契佛斯。我们的祖父和曾祖父不过是些体面的英国或荷兰商人，到殖民地来挣下家业，因为干得不错就留在了这里。你们的一位曾祖签署过《独立宣言》，还有一位是华盛顿麾下的将军，在萨拉托加战役结束后接受了英国伯戈因将军的投降。这些都是值得骄傲的，但却和等级或阶层无关。纽约向来是一个商业社会，真正意义上的贵族人家不超过三个。"

阿切尔夫人和她的儿子、女儿，以及所有纽约人都知道谁才是这样的特殊人物：华盛顿广场的达格内特家族——祖上是英格兰一个古老世家，同皮特家族和福克斯家族是姻亲；拉宁家族——与法国德·格拉斯伯爵的后代通婚；范·德尔·吕顿家族——曼哈顿首任荷兰总督的嫡系，在独立战争之前便已是几家法国和英国贵族的姻亲。

拉宁家族如今只剩下两位已入耄耋之年却仍十分活跃的拉宁小姐，乐观而怀旧地生活在家族画像和齐彭代尔①式家具中间；达格内特家族的地位举足轻重，同巴尔的摩和费城最有头有脸的家族都有联姻；范·德尔·吕顿家族虽然胜过

---

① Thomas Chippendale（1718—1779）：英国家具设计师。

所有其他家族，但已如落日余晖般渐渐淡去，只有两位重要人物：亨利·范·德尔·吕顿先生和他的夫人。

亨利·范·德尔·吕顿夫人出嫁前是路易莎·达格内特。她母亲的祖父杜·拉克上校出身于英国海峡群岛的一个旧世家，独立战争中曾在康沃利斯将军手下作战，战后定居马里兰，娶了康沃尔郡圣奥斯特利伯爵的五小姐安吉莉卡·特雷文纳。达格内特家、马里兰的杜·拉克家以及他们的贵族亲戚特雷文纳家之间一直往来密切。亨利·范·德尔·吕顿先生和夫人曾不止一次造访特雷文纳族长圣奥斯特利公爵，到过公爵在康沃尔郡的庄园以及格洛斯特郡的圣奥斯特利；公爵大人则多次表示有意择日回访（公爵夫人恐无法同行，她害怕大西洋）。

亨利·范·德尔·吕顿先生和夫人有时住在马里兰的特雷文纳宅第，有时住在哈得孙河畔的大庄园斯库特克利夫，那是荷兰政府授予那位著名的首任总督的，现在亨利·范·德尔·吕顿先生依然是"庄园主"。而他们在麦迪逊大道的那栋肃穆的大宅却很少开门，他们在纽约的时候只在那儿接待至交。

"我希望你一起去，纽兰，"他母亲走到布朗马车门前，突然发话道，"路易莎喜欢你；当然我走这一步是为了亲爱的梅——还因为，如果我们不站在一起，所谓上流社会就不存在了。"

七

亨利·范·德尔·吕顿夫人默然听着表妹阿切尔夫人讲述原委。

事先就应该想到亨利·范·德尔·吕顿夫人向来是沉默的，而且，无论是出于天性还是所受的教养，她都不会明确表态，但对真心喜欢的人还是非常和善的。即便亲身体会到这些，却仍不免感到这间麦迪逊大道客厅中的寒意——天花高挑，四壁雪白，浅色锦缎扶手椅显然是特地为接待他们而刚刚除下罩布，薄纱依旧覆着镀金壁炉装饰以及镶着精美雕花框的庚斯博罗①画作"安吉莉卡·杜·拉克小姐"。

亨廷顿②为范·德尔·吕顿夫人绘制的肖像（穿黑丝绒、配威尼斯刺绣花边）正对着她那位可爱的曾外祖母的肖像，被赞誉为"同卡巴内尔③画得一样精美"，虽然作于二十年前，今天看来却依然"惟妙惟肖"。的确，坐在画像下倾听阿切尔夫人讲述的范·德尔·吕顿夫人，同画像中那位坐在棱纹绿幕前镀金扶手椅上眼帘低垂的金发少妇仿佛一对孪生姐妹。每当范·德尔·吕顿夫人参加社交活动——或者不如说是她打开家门迎接社交活动（因为她从不外出用餐），她依然是穿黑丝绒，配威尼斯刺绣花边。她的金发已经褪色，

纯真年代 | 055

但没有变白,依然是在前额交叠着分开,浅蓝色眼睛中间笔直的鼻子也仅仅是鼻翼处比画像中的略略瘦削而已。纽兰·阿切尔总觉得,她就是一个可怕封存着的完美无瑕之体,如同封冻冰川多年而红润犹生的尸身。

他跟家里所有人一样尊敬并爱戴范·德尔·吕顿夫人;但他认为,她虽然温和亲切,却不如他母亲那几位严肃的老姑母更让人容易接近。那几位冷酷的老处女总是在听清别人的要求之前,便照例说"不行"。

范·德尔·吕顿夫人的态度从来说不出是赞成或是反对,永远面带宽厚,最后薄嘴唇微启,漾出一丝笑意,几乎千篇一律地答道:"这件事我必须先和我丈夫仔细谈谈。"

令阿切尔常常疑惑的是,她和范·德尔·吕顿先生如此酷似,四十年婚姻亲密无间,这两人已经融为一体,如何能分出彼此来仔细谈谈,好像真有什么争端似的。不过,两人都从未不经秘密协商便做出决定,阿切尔夫人和她的儿子便在说明原委之后顺从地等待那句熟悉的回答。

然而,难得有出人意料之举的范·德尔·吕顿夫人这次却令他们大吃一惊。她伸出纤长的手去拉铃绳。

"我想,"她说,"我应该让亨利来听一听你们告诉我

---

① Thomas Gainsborough (1727—1788):英国肖像画家。
② Daniel Huntington (1816—1906):美国肖像画家。
③ Alexandre Cabanel (1823—1889):法国画家。

的事。"

一名男仆应铃声赶来,她庄重地吩咐道:"如果范·德尔·吕顿先生读报结束,请他烦劳过来。"

她说"读报"的口吻如同大臣的妻子说"主持内阁会议"一般——并非有意傲慢,只是生平的习惯和亲友的态度使她以为范·德尔·吕顿先生再细微的举动也如司铎般重要。

如此迅速行动,表明她和阿切尔夫人一样认为此事紧迫;但为了避免让人以为自己已做出任何表态,她便又和颜悦色地说道:"亨利一直很高兴见到你,亲爱的阿德琳;而且他也想向纽兰表示祝贺。"

双重门再次庄严开启,亨利·范·德尔·吕顿现身,清瘦颀长,穿着双排扣大衣,稀疏的金发,同妻子一样的直鼻子和冰冷温和的目光,只是他的眼睛是浅灰色,而不是浅蓝色的。

范·德尔·吕顿先生以迎接表亲的和蔼态度问候了阿切尔夫人,再以同妻子一样的措辞低声向纽兰表达祝贺,然后便以君主般的自然风度在一把锦缎扶手椅上落座。

"我刚读完《时报》,"他说道,纤长的指尖互相抵着,"在城里的时候,上午事情太多,我发现午饭后读报更为便宜。"

"啊,这么安排很有道理——事实上,我记得艾格蒙特叔叔曾经说过，他认为晚饭后才读晨报就不那么叫人不安了。"阿切尔夫人附和道。

"是的，我亲爱的父亲就厌恶忙乱。但如今我们总是生活在匆忙之中。"范·德尔·吕顿先生缓缓说道，一边审慎而愉悦地环顾四周。这间一切都被遮蔽起来的大屋子，在阿切尔看来完全是主人的化身。

"我希望你已经读完了，亨利？"他妻子插话道。

"没错，没错。"他肯定道。

"那么我想让阿德琳告诉你——"

"哦，其实是纽兰的事，"母亲微笑着说，然后便将罗维尔·明戈特夫人受辱的大奇闻又说了一遍。

"当然喽，"最后她说，"奥古斯塔·韦兰和玛丽·明戈特都认为——尤其考虑到纽兰已经订婚——你和亨利应当知道这件事。"

"啊——"范·德尔·吕顿先生深深吸了一口气。

众人都沉默了，只有白色大理石壁炉台上的镀金大钟嘀嗒作响，洪亮得犹如丧礼上的隆隆炮声。阿切尔心怀敬畏地凝视那两个年华老去的纤瘦身影，肩并肩，总督一般坐得笔直，替遥远的先祖代言。命运将先祖的权威强加于他们，虽然他们只希望过简单的隐居生活，在斯库特克利夫的草坪上除看不见的杂草，晚上同时玩单人纸牌戏。

范·德尔·吕顿先生先开口。

"你果真以为是劳伦斯·莱弗茨有意作梗?"他望着阿切尔问道。

"我肯定,先生。劳伦斯近来比往常愈发放肆了——但愿路易莎夫人不介意我提这件事——他正和他们村里邮政局长的妻子还是什么人混在一处;每当格特鲁德·莱弗茨起了疑心,他生怕惹出麻烦,便这么大题小作一番,来显示自己多么恪守道德,还扯着嗓子说什么,邀请妻子去见他不希望她见的人,有多无礼。他不过是把奥兰斯卡夫人当作避雷针。他这一套我以前就见多了。"

"是莱弗茨!"范·德尔·吕顿夫人说道。

"是莱弗茨!"阿切尔夫人应道,"艾格蒙特叔叔若是知道劳伦斯·莱弗茨如何评价他人的社会地位,他会怎么说?可见上流社会到了何种地步。"

"但愿还不至于如此。"范·德尔·吕顿先生坚定地说。

"唉,如果你同路易莎常露面就好了!"阿切尔夫人叹息道。

但她立即意识到自己说错了。范·德尔·吕顿夫妇对于任何有关他们隐居生活的评论都极为敏感。他们是时尚的仲裁,是终审法院,他们知道这一点,并接受自己的命运。但因为生性腼腆,不喜交游,并不热衷于自己的职责,所以他们总是尽可能躲在幽静的斯库特克利夫,而即便来到纽约,也总是以范·德尔·吕顿夫人的健康为由,谢绝一切邀请。

纽兰·阿切尔忙替母亲解围。"纽约人都知道你和路易莎夫人代表着什么。也正因为此,明戈特夫人认为不应当听任奥兰斯卡伯爵夫人受人轻慢,而不来听取你们的意见。"

范·德尔·吕顿夫人瞥了丈夫一眼,后者也瞥了她一眼。

"我并不喜欢这样的观念,"范·德尔·吕顿先生说,"出身名门的人只要得到家族的支持,就应该将此视为——不可更改的。"

"我也有同感。"他的妻子说,仿佛提出了一种新观点似的。

"我之前不知道,"范·德尔·吕顿先生接着说,"事情竟已到了这步田地。"他顿了顿,再次望着自己的妻子,"亲爱的,我认为奥兰斯卡伯爵夫人已经可以算作亲戚了——通过梅朵拉·曼森的第一任丈夫。无论如何,纽兰结婚后她也是亲戚了。"他转而看着年轻人,"你读过今天早上的《时报》了吗,纽兰?"

"是啊,读过了,先生。"阿切尔说。他通常是在早晨喝咖啡时翻上几份报纸的。

那夫妻俩再次对视了一眼。他们浅色的眼睛彼此凝视,进行长时间的严肃磋商,然后范·德尔·吕顿夫人的脸上浮起一丝笑意。她显然已经领会了丈夫的意思并表示赞同。

范·德尔·吕顿先生转向阿切尔夫人。"如果路易莎的健康状况允许她外出赴宴——我希望你转告罗维尔·明戈特夫人——我和她将非常乐意——嗯——出席她的晚宴,填补劳伦斯·莱弗茨的空缺。"他顿一顿,让大家体会其中的嘲讽意味。"不过你们知道,这是不可能的。"阿切尔夫人应了一声,表示理解。"但纽兰告诉我说他读过今天早上的《时报》了,因此他也许已经看到,路易莎的亲戚,圣奥斯特利公爵将于下周乘坐'俄罗斯号'抵达,来为他的单桅帆船'几内维亚号'报名参加明年夏天的'国际杯'赛①,还要去特雷文纳打野鸭。"范·德尔·吕顿先生又顿了顿,然后愈加和蔼地说下去,"在陪同他赴马里兰之前,我们将邀请几位朋友在这里为他洗尘——不过是个小型晚宴——之后将有一个欢迎会。我相信路易莎会和我一样高兴,如果奥兰斯卡伯爵夫人能够允许我们邀请她光临。"他站起身,友好却生硬地向他的亲戚屈一屈修长的身体,又说道,"我想我能够代表路易莎说,她将立即亲自送上晚宴的请柬,以及我们的名片——当然会有我们的名片。"

阿切尔夫人明白这意味着从不等待的栗色骏马已经在门外,便站起身来,一边低声道谢。范·德尔·吕顿夫人笑容可掬地看着她,仿佛向亚哈随鲁求情的以斯帖②;她丈夫却扬

---

① 又名"美国杯"赛,始于1851年的国际帆船比赛。
② 指波斯国王亚哈随鲁接受妻子以斯帖的求情,放弃了屠杀犹太人的计划。

纯真年代

起一只手表示不必。

"并没有什么可谢的,亲爱的阿德琳,完全不必。这样的事情绝不可以在纽约发生;不可以发生,只要我能够阻止。"他以王者的温和口吻说着,一边将亲戚领到门口。

两个小时之后,所有人便都知道,范·德尔·吕顿夫人一年四季兜风时坐的四轮四座大马车曾出现在明戈特老夫人家门前,同时递进一枚方形大信封。当天晚上看歌剧的时候,西勒顿·杰克逊先生便宣布,信封中是一份请柬,邀请奥兰斯卡伯爵夫人参加范·德尔·吕顿夫妇下周为他们的亲戚圣奥斯特利公爵举办的晚宴。

听到这个消息,俱乐部包厢里的几个年轻人微笑着交换了一下眼色,睥睨一旁的劳伦斯·莱弗茨。莱弗茨正漫不经心地坐在包厢前排,捻着金色长髭,当女高音歌声停止时,以权威的口吻说道:"除了帕蒂,没人可以尝试演梦游女[①]。"

[①] Adeline Patti (1843—1919):意大利花腔女高音歌唱家。《梦游女》(*La Sonnambula*),意大利作曲家贝利尼 (Vincenzo Bellini, 1801—1835) 的歌剧。

八

纽约人普遍认为奥兰斯卡伯爵夫人已经"容颜不再"。

她第一次露面的时候,纽兰·阿切尔还是个孩子。那时候的她是个十来岁的漂亮女孩,人人见了都说"应该入画"。她的父母一直在欧洲大陆漂泊,两人在她度过到处流浪的幼年之后便离开人世,她被姑母梅朵拉·曼森收养。梅朵拉·曼森也是在各地漂泊,这时候正打算回纽约"定居"。

可怜的梅朵拉已不止一次寡居。她总是回来定居(每回来一次,住处就又简单一些),带着新嫁的丈夫或新收养的孩子;可不过几个月工夫,她便又同丈夫分居,或同被监护人争吵,然后将房子贱卖,再次外出漂泊。她母亲原姓拉什沃思,而她最后一次不幸婚姻是嫁进了疯子契佛斯家,因此纽约人都对她的古怪行为表示宽容;但当她带着父母双亡的小侄女回来时,人们还是为这个漂亮的孩子惋惜。她的父母生前酷爱旅行固然令人遗憾,却是很受人爱戴的,而她现在却不得不落入这样的人手中。

所有人都对小艾伦·明戈特怀着善意,尽管她黑里透红的脸蛋和密密的发卷使她透着活泼喜悦,并不适合一个仍在为父母服丧的孩子。无视美国人服丧礼仪中不容更改的规矩，这是梅朵拉无数古怪行为中的一个错误。当她走出船舱，家里人惊诧地发现，她为胞兄戴的黑纱竟比为嫂嫂戴的短了七英寸，而小艾伦竟穿着深红色美利奴毛衣，戴着琥珀珠子，活像被吉卜赛人捡去的弃儿。

但纽约人早就对梅朵拉听之任之，只有几位老夫人对艾伦俗气的穿着摇头，其他亲戚则都被她的红润脸色和蓬勃活力所征服。她是一个无所畏惧、无拘无束的小东西，常常问一些令人尴尬的问题，说一些超越年龄的话，也掌握了一些异域风情的表演，比如会跳西班牙披肩舞，会和着吉他唱那不勒斯情歌。在姑母的指导下（其实她应当是索利·契佛斯夫人，却由教皇授予头衔，恢复了首任丈夫的父姓，自称曼森侯爵夫人①，因为在意大利她能够将其改为曼佐尼②），小姑娘接受了昂贵却毫无系统的教育，其中甚至包括从来没人想到过的"模特儿绘画"，以及同职业乐师合作钢琴五重奏。

这些当然全是毫无益处的；数年后，可怜的契佛斯在疯人院一命归西，他的遗孀（身穿古怪的丧服）再次搬家，带着

---

① 这些都是梅朵拉·曼森无视纽约社会规范的举动。在现任丈夫健在的情况下恢复前夫姓氏，等于宣布婚姻无效。同时，皈依天主教，在纽约上流社会也是出格的行为。
② 曼佐尼是当时意大利著名小说家、诗人亚历山德罗·曼佐尼（Alessandro Manzoni, 1785—1873）的名字。

艾伦离开。这时候的艾伦已经长成一个瘦削的高个儿少女，有一双与众不同的眼睛。之后一段时间，她们杳无音讯；然后便传来艾伦的婚讯。她在杜伊勒里宫的一次舞会上遇到一位大名鼎鼎的波兰贵族，此人腰缠万贯，在巴黎、尼斯和佛罗伦萨都有富丽堂皇的宅第，在英格兰考斯有游艇，在罗马尼亚特兰西瓦尼亚①还有大片猎场。正当传闻沸沸扬扬之际，她却销声匿迹了。又过了几年，梅朵拉再次返回纽约，抑郁寡欢，穷困潦倒，正在为第三任丈夫服丧，一边寻找更小的住处。正当人们疑惑为什么她那个有钱的侄女不帮助她时，消息传来说艾伦的婚姻已陷入绝境，她自己也要回来，在亲人中间寻求安宁与遗忘。

一周之后，在那个盛宴的晚上，当纽兰·阿切尔看见奥兰斯卡伯爵夫人走进范·德尔·吕顿家的客厅时，这些往事纷纷涌上他的心头。在这样一个庄重的场合，他不免紧张地担心她是否能应付。她到得晚了，一只手还没戴上手套，一边扣着腕上的镯子；但她走进纽约名流荟萃的大厅时，并不见丝毫匆忙或尴尬。

她在大厅中央停住脚步环顾四周，嘴角绷着，眼睛含着笑意；一时间，纽兰·阿切尔否定了大多数人对于她容貌的判断。她早年间的神采确实已经消失。红润的面颊变得苍

---

① Transylvania：此地因吸血鬼德拉库拉 (Dracula) 的故事而闻名。

纯真年代 | 065

白，消瘦憔悴，显得比她的实际年龄苍老——她一定快三十岁了。但她身上散发的神秘而威严的美，顾盼间流露的毫不做作的沉着，令他感受到高度的教养和充沛的自觉的力量。同时，她的举止比当时的大多数女士都自然，而他事后从简妮那里得知，许多人都为她不够"时髦"而失望——因为那是纽约人最为看重的。阿切尔以为，那也许是因为她不再有早年那种活泼，因为她如此沉静——无论是她的举止、嗓音或是她低沉的语调。纽约人原以为，有那样一段历史的年轻女子应该更为热闹。

晚宴有些令人生畏。与范·德尔·吕顿夫妇共进晚餐本来就不轻松，又有他们的公爵亲戚在座，更几乎是肃穆的宗教仪式了。阿切尔愉快地想到，只有老纽约才有本事察觉普通公爵与范·德尔·吕顿家族的公爵之间（对于纽约人）的细微差别。对于四处流浪的贵族，纽约人并不以为意，甚至还带着某种怀疑和傲慢（斯图瑟之流除外）；但是当他们证明了自己与范·德尔·吕顿这样家族的关系，便会受到老派的热诚款待，而他们还误以为那是因为自己在《德布利特贵族年鉴》中的地位。正是由于这样一种区分，年轻人在怀念他的老纽约之余，也不免哂笑。

范·德尔·吕顿夫妇竭力突显这次宴会的重要性。用的是杜·拉克的塞弗尔瓷器和特雷文纳的乔治二世时期镀金餐具，还有范·德尔·吕顿的洛斯托夫特（东印度公司）骨瓷以及达格内特的皇家德比雕花瓷。范·德尔·吕顿夫人越发如卡巴内尔的肖像了，阿切尔夫人则戴上了祖母传下的芥子珠和祖母绿，让她的儿子联想到伊沙贝[①]的一幅微型画像。所有女士都戴着她们最贵重的珠宝，但大多是沉重的老式镶嵌，正合乎这宅第及这场合的特点；而被劝来的老拉宁小姐戴的是她母亲的浮雕首饰，披着浅色西班牙真丝披肩。

奥兰斯卡伯爵夫人是晚宴上唯一一位年轻女子；但是，当阿切尔扫视被钻石项链和高耸的鸵鸟羽毛所簇拥的一张张光滑圆润的苍老面孔，竟然发现她们都不及她成熟。再想到她经历了多少才造就了那样的眼神，他便不寒而栗了。

圣奥斯特利公爵坐在女主人的右手边，他无疑是当晚的主角。然而，如果说奥兰斯卡伯爵夫人并不如预想的那样引人注目，那么这位公爵简直是要让人视而不见了。作为一个教养高贵的人物，他倒不至于（如最近另一位公爵贵宾那样）穿猎装赴宴，但他身上的晚礼服破旧肥大，那副神态——伛偻而坐，大胡子洒在衬衫前胸——愈发显得衣服粗陋，好像根本不是赴宴的样子。他身量矮小，弓腰曲背，肤色黝黑，大鼻子，小眼睛，满脸应酬的微笑；但他很少说话，而当他偶尔开口，虽然大家都安静下来恭听，那声音却低得只有邻座才听得见。

[①] Eugène Louis Gabriel Isabey (1803—1886)：法国画家。

晚餐后，当男士与女士汇合的时候，公爵径直走向奥兰斯卡伯爵夫人，两人在角落坐下，热烈地交谈起来。他们似乎都没有意识到，公爵应当首先向罗维尔·明戈特夫人和黑德利·契佛斯夫人致意，而伯爵夫人则应当同那位和蔼的疑病症患者——华盛顿广场的厄本·达格内特先生交谈，他为了有幸一睹她的芳容，破例在一到四月间外出赴宴。与公爵谈了近二十分钟之后，伯爵夫人起身，独自穿过宽敞的客厅，来到纽兰·阿切尔身边坐下。

一位女士起身离开一位绅士而走到另一位绅士身边，这可不是纽约客厅里的规矩。按照礼节，女士应该如神像一般端坐，静候愿与她交谈的男士依次来到她身边。但伯爵夫人显然没有意识到自己打破了规矩；她悠然地坐在阿切尔身旁的沙发一角，亲切地注视着他。

"我要你跟我说说梅。"她说。

他没有回答，而是反问道："你以前就认识公爵？"

"哦，是的——我们每年冬天都会在尼斯见到他。他爱赌——是赌场的常客。"她的口气非常直截，就好像她刚才说的是："他爱野花。"过了片刻，她又非常坦率地补充了一句："我认为他是我见过的最无聊的人。"

这句话令她的同伴非常高兴，几乎忘了前面那些话所带给他的小小震惊。碰到这么一位认为范·德尔·吕顿公爵无聊并敢于说出来的女士，无疑令人兴奋。他盼望能够问问她，听她说说自己的生活——她那些漫不经心的话已经让他清晰地窥见一二；但他生怕触到她的痛苦回忆。还没等他找到什么可说的，她却又回到先前的话题。

"梅很可爱；我从没见过纽约哪个姑娘这么漂亮，这么聪明的。你很爱她吧？"

纽兰·阿切尔脸一红，笑道："一个男人能够爱得多深，我就有多爱她。"

她依然若有所思地凝视着他，仿佛要领会他话中的每一层含义。"这么说来，你认为其中有个极限？"

"爱有极限？如果真有，我还没发现呢！"

她深有同感地微笑道："啊——那就是真实而诚挚的爱情吧？"

"最最浓烈的爱情！"

"真为你们高兴！而且完全是你们自己找到的——并没有任何人安排吧？"

阿切尔疑惑地望着她。"难道你忘了，"他微笑着问道，"在我们的国家是不允许他人安排婚姻的？"

她的面颊泛起红晕；他立刻为自己的话懊悔了。

"是啊，"她答道，"我忘了。有时候我会犯这样的错误，请你务必原谅。有时候我会忘记，在这儿被认为是好的事情，在我来的地方却被认为是坏的。"她低头看着自己的维也纳鹰羽扇，他发现她的嘴唇在颤抖。

纯真年代 | 069

"对不起,"他不由自主地说道,"但你现在是和朋友在一起,你知道。"

"是的——我知道。无论我走到哪里,都有这种感觉。所以我才回家来。我想把其他事情都忘掉,重新变回一个完完全全的美国人,就像明戈特家、像韦兰家的人一样,就像你和你亲爱的母亲,像今晚在这里的所有好人一样。啊,梅来了,你一定想立刻到她身边去。"她说着,却并没有动,眼睛从门口转回来,落到年轻人脸上。

客厅里开始拥入欢迎会的宾客。阿切尔顺着奥兰斯卡夫人的目光望去,见梅·韦兰正随母亲一道走进来。这个窈窕的姑娘穿着银白色的裙子,发间戴着银色的花环,如同狩猎归来的女神狄安娜。

"哦,"阿切尔说,"我的竞争对手可真不少:你看她已经被包围了。这会儿正被介绍给公爵呢。"

"那就多陪我一会儿吧。"奥兰斯卡夫人低声说着,羽扇轻轻一碰他的膝盖。只是极轻的一触,却如爱抚般令他一震。

"好,不妨待在这儿,"他也低声说道,几乎不知道自己在说些什么;但这时候范·德尔·吕顿先生走了过来,身后跟着厄本·达格内特老先生。伯爵夫人庄重地微笑着迎上去,阿切尔却感觉主人责备地瞥了他一眼,忙起身让出座位。

奥兰斯卡夫人伸出手,仿佛在同他道别。

"那么,明天,五点以后——我等你。"她说道,然后转身为达格内特先生让出空间。

"明天——"阿切尔听见自己重复了一遍,尽管之前并没有约定,他们谈话的时候,她也并没有暗示想再见到他。

他走开的时候,看见高高的劳伦斯·莱弗茨翩然而至,他的妻子跟在他后面,准备被介绍给伯爵夫人;格特鲁德·莱弗茨脸上堆着不明就里的笑容,他听见她对伯爵夫人说:"我想我们小时候一起上过舞蹈学校——"阿切尔又看见,在她身后还有几对夫妇正等着被介绍,他们曾经顽固地拒绝去罗维尔·明戈特家与她会面。阿切尔夫人说得没错:范·德尔·吕顿夫妇知道如何教训他人,只要他们愿意。但奇怪的是,他们愿意的时候太少了。

年轻人忽然觉得胳膊被谁碰了一下,转头发现范·德尔·吕顿夫人一身高傲的黑丝绒和家传珠宝,正垂着眼睛看着他。"亲爱的纽兰,你无私地全力帮助奥兰斯卡夫人,真是太好了。我告诉亨利一定要过来帮你。"

他感到自己正心不在焉地看着她微笑;而她仿佛怜悯他天性腼腆似的,继续说道:"我从没见过梅像今天这么美。公爵认为她是这里最漂亮的姑娘。"

九

奥兰斯卡伯爵夫人说的是"五点以后";纽兰·阿切尔便在五点半按响了她家的门铃。这是一幢灰泥斑驳的房子,一株巨大的紫藤缠绕着摇摇欲坠的铸铁阳台。房子位于西二十三街南端,是她从漂泊在外的梅朵拉那儿租来的。

住在这一带实在很奇怪。当裁缝的、做鸟类标本的、"写东西"的都是她的近邻;沿着凌乱的街道望去,在一段石板小径尽头有一座破败的木头房子,阿切尔认出那是一个名叫温塞特的作家兼记者的住处,此人阿切尔曾经常常见到,听他说过就住在这里。温塞特从不请人到他家去;但有一天晚上散步的时候,他曾把这房子指给阿切尔看,而阿切尔颇为吃惊地自问,在其他大都市,是否也有人住得如此不堪。

奥兰斯卡夫人的住处也几乎如此,只是在窗框上多涂了一点漆;阿切尔望着房子寒酸的正面,心中暗想:那个波兰伯爵一定是夺走了她的财产,也夺走了她的幻想。

年轻人这一天过得并不顺心。他和韦兰一家吃过午饭,希望能带梅去中央公园散步。他想和她单独在一起,告诉她前一天晚上她多么迷人,而他多么为她骄傲,他想催促她尽早完婚。但韦兰夫人坚持提醒他说，家族拜访连一半都还没有完成，而当他暗示希望把婚礼日期提前时，韦兰夫人责备地挑起眉毛，叹了口气说："还有十二打手工刺绣①呢——"

他们挤在家庭敞篷马车上，从一家亲戚的门前赶到另一家的门前。下午的拜访终于结束，与未婚妻分别时，他觉得自己仿佛一头被诱捕的野兽，刚刚被展览了一番。他想是因为他读过人类学的书，才会对家族感情这种实则简单而自然的流露有如此无礼的看法。而当他想到韦兰家打算等到明年秋天再举办婚礼，想到在此之前他的生活将会如何，便感到很气馁。

"明天，"韦兰夫人在他身后喊道，"我们去契佛斯家和达拉斯家。"他发现她是按照字母顺序安排这两家的，而他们不过还在字母表的前四分之一。

他原本想告诉梅，奥兰斯卡伯爵夫人要求他——或者不如说是命令他下午去看她；但他们单独在一起的时间太短，他还有更紧要的事要说。另外，他觉得提这件事有点可笑。他知道梅非常希望他好好对待表姐；不正是出于这个愿望，他们才匆忙宣布订婚的吗？这使他有一种奇怪的感觉，要不是因为伯爵夫人到来，他即便不是一个自由的人，但至少不会如此无法更改地为婚约所束缚。但梅希望如此，而他觉得

---

① 当时体面人家女儿的嫁妆。

自己不必承担更多责任,便也松了一口气——因此只要他愿意,完全可以拜访她的表姐而不用告诉她。

他站在奥兰斯卡夫人门前,心中满是好奇。她要他来时的语气令他困惑;他认为她绝不像看上去的那样简单。

开门的是一个肤色黝黑的女佣,一副外国人面孔,胸脯高耸,戴着俗艳的领巾,让他隐约觉得是西西里人。她露出一口雪白的牙齿欢迎他,对于他的询问,却不解地摇摇头,然后领他穿过狭窄的走廊,进入一间生了火的低矮客厅。屋子里空无一人,她撇下他走了,随他疑惑她是否去找女主人了,或者她是否明白他的来意,是否只当他是来给时钟上发条的——但他发现唯一一台看得见的钟已经停了。他知道南方人常用手势交流,但他不理解她耸肩和微笑的意思,未免很窘。过了许久,她回来了,手里拿着一盏灯;这时候阿切尔已经从但丁和彼特拉克的作品中拼凑出一句话,终于引出她的回答:"*La signora è fuori; ma verrà subito*",他猜那意思是:"她出门了——但你很快就能见到她。"

这时候,借着灯光,他发现这间屋子有一种幽暗朦胧的魅力,与他平常见到的房间截然不同。他知道奥兰斯卡伯爵夫人带回来一些物品——她称之为残骸碎片,而他以为眼前这些便是其中的代表:几张纤小的深色木桌,壁炉台上的一尊精致的希腊小青铜像,以及几幅镶着旧画框的意大利风格画像后面钉在褪色墙纸上的一片红色锦缎。

纽兰·阿切尔向来为自己精通意大利艺术而骄傲。从儿时起,他便熟读拉斯金,新近的书他也全都读过:约翰·阿丁顿·西蒙兹①的作品、弗农·李的《欧福里翁》②、P. G. 哈默顿③的随笔,以及沃尔特·佩特的绝妙新书《文艺复兴》④。聊起波提切利⑤,他驾轻就熟,聊起弗拉·安杰利科⑥,他略带得意。但眼前这几幅画却令他疑惑,它们并非他在意大利旅行时所见惯(因此也能够理解)的绘画;也许,他的观察力因为身处这样一个空荡荡的陌生屋子而被削弱了——莫名其妙来到这里着实奇怪,显然并没有人在等待他。他觉得不应该不把奥兰斯卡伯爵夫人的要求告诉梅·韦兰,想到未婚妻很可能过来看望表姐,他便益发忐忑了。倘若她发现他在这日暮时分独自坐在一位女士家的炉火边,如此亲密的氛围会令她作何感想?

但既然他来了,那么他准备等下去;于是他窝在扶手椅里,将腿伸向燃烧的木柴。

---

① John Addington Symonds (1840—1893):英国历史学家,以研究意大利文艺复兴而著称。
② Vernon Lee (1856—1935):英国小说家、随笔作家、评论家。所著《欧福里翁》(Euphorion)研究意大利文艺复兴时期艺术,实际出版于1884年,晚于故事发生的1870年代初。
③ Philip Gilbert Hamerton (1834—1894):英国随笔作家、评论家。
④ Walter Pater (1839—1894):英国随笔作家、评论家,《文艺复兴》为其代表作。
⑤ Botticelli (1444—1510):意大利文艺复兴时期画家。
⑥ Fra Angelico (1400?—1455):意大利文艺复兴时期画家。

那样把他叫来,又把他忘记,这可真是奇怪;但阿切尔并不怎么难堪,反而很好奇。这间屋子的气氛与所有他曾踏足过的房间都截然不同,他的局促不安已经被冒险的感觉冲散。他曾见过墙上悬挂红色锦缎和"意大利风格"绘画的客厅,但这里令他尤为震动的却是,梅朵拉·曼森这座寒酸的出租屋原本只剩下衰颓的荒草和罗杰斯①的雕像,却因为几件物品的巧妙运用而立刻变得温馨且富有"异域"情调,令人隐约想起某些古老的浪漫场景。他试图分析其中的奥秘,也许是桌子与椅子的组合搭配,或者是身边细瓶中的那两支红玫瑰(一般人从来都是买一打以上的),也可能是那淡淡萦绕的香气——不是洒在手帕上的那种,而仿佛是遥远集市的气息,混合着土耳其咖啡、干玫瑰花以及龙涎香的芬芳。

他不由得想象起将来梅的客厅会是什么样子。他知道韦兰先生"相当慷慨",已经选中了东三十九街一幢新落成的房子。那一带被认为偏僻了,而且房子用的是古怪的黄绿色石头——这种材料开始为年轻一代建筑师所采用,因为千篇一律的棕色砂岩已经使纽约看起来好像浇了一层巧克力酱;但管道设施完备。阿切尔希望先去旅行,以后再考虑住宅的问题;不过,韦兰家尽管同意他们去欧洲度一个长蜜月(也许还能到埃及过一个冬天),但他们坚持认为必须先准备好

---

① Randolph Rogers(1825—1892):美国雕塑家,其作品被广为复制。

房子让新婚夫妇回来住。年轻人觉得自己的命运已成定局:这一生,他将每天晚上走过铸铁栏杆,踏上黄绿色台阶,穿过浮华的庞贝式门廊,进入上光黄木护壁镶嵌的前厅。但他的想象仅限于此。他知道楼上的客厅有一个凸窗,但想象不出梅会怎么处理。她已经愉快地接受了韦兰家客厅的紫色锦缎和黄色簇绒、仿嵌花桌和新萨克森式镀金玻璃陈列橱。他找不出任何理由她会希望自家中有所不同;而他唯一的安慰是,她或许能让他根据自己的喜好布置书房——那当然要有"真诚的"伊斯特雷克家具①以及不带玻璃门的纯色新书柜。

胸脯丰满的女仆走进来,拉开窗帘,捅一捅木柴,安慰他道:"就来了——就来了。"②女仆走后,阿切尔站起身,开始在屋里信步。他还要等下去吗?他的处境已经变得相当可笑了。也许他误解了奥兰斯卡伯爵夫人的意思——也许她根本没有邀请他。

悄无声息的卵石路上传来马蹄声;马车在房子前停下,他听见车门打开的声音。拨开窗帘向外望,只见薄暮中一盏街灯,灯下是裘力斯·波福特的英式轻便马车,一匹大花马

---

① 英国建筑师、家具设计师伊斯特雷克(Charles Eastlake, 1836—1906)设计的家具式样,不同于1870年代流行的浮华风格,被认为是适度而"真诚的"。
② 原文为意大利语。

拉着,银行家从车上下来,又扶着奥兰斯卡夫人下车。

波福特手拿帽子站在那儿,说了句什么,但似乎被他的同伴婉拒了。然后他们握了手,他跳上马车,她则踏上台阶。

当她走进屋子,看见阿切尔,脸上没有露出丝毫惊讶;也许惊讶是她最不热衷的情绪。

"你觉得我这陋室怎么样?"她问道,"对我来说,这儿就像天堂。"

她说着,解下丝绒软帽,同长斗篷一起抛到一边,站在那儿,若有所思地望着他。

"你把这儿布置得非常宜人。"话一出口,他便意识到这么说过于平淡,但他改不了说话简单直接的老习惯。

"哦,可怜的小房子,亲戚们都瞧不上它。但不管怎么说,它不像范·德尔·吕顿家那么阴沉。"

这话让他大吃一惊,几乎没有人敢如此大胆,说范·德尔·吕顿的宏伟宅第阴沉。那些有幸进入的人都是战战兢兢,说它"美轮美奂"。但突然间,他很高兴她说出了所有人都不敢说的话。

"很有意思——你的布置。"他又说了一遍。

"我喜欢这座小房子,"她承认,"不过我想我之所以喜欢它,是因为它在这儿,在我的祖国、我的故乡;而且,因为我一个人住这儿。"她的声音很低,他几乎没有听清最后一句话,但他明白了她的意思,不免有些尴尬。

"你那么喜欢一个人住?"

"是的,只要我的朋友不让我感到孤独。"她在炉火边坐下,说道,"娜丝塔西娅这就送茶来,"一边示意他坐回到扶手椅中,接着道,"我看你已经为自己选了个好地方。"

她将胳膊搭在脑后,身子往后一仰,垂下眼帘,望着炉火。

"一天中我最喜欢这个时候了。你呢?"

自尊促使他回答:"恐怕你都忘记是什么时候了。波福特一定非常有趣。"

她乐了。"怎么?你等了很久吗?波福特先生带我去看了几处房子——因为看来我不能住在这里了。"她似乎把波福特和阿切尔都抛在了一边,继续说道,"我从来不知道有哪个城市如此介意住在偏远地区①的。住在哪儿有什么关系?听说这条街很体面呀。"

"这儿不时髦。"

"时髦!你们都很在意这个吗?为什么不创造自己的时尚?不过我恐怕太过独立了;无论如何,我要像你们大家一样——我希望有人关照,让我感到安全。"

他很感动;前一天晚上听她说自己需要指点,他也曾感动。

---

① 原文为法语。

纯真年代 | 079

"这正是你朋友的希望。纽约是个非常安全的地方。"他揶揄道。

"可不是吗？你会觉得，"她提高了声音，完全没有在意他话中的嘲讽，"住在这儿就像——就像是一个好孩子做完功课被带去度假一样。"

这个比喻是善意的，但并不让他十分满意。他不介意调侃纽约，却不喜欢别人也用同样的口气。他不知道她是否还没有意识到纽约是一台强大的机器，几乎把她压碎。罗维尔·明戈特的晚宴用尽各种社交手段，在最后关头才得到补救，这应该让她明白自己是侥幸过关的；但是她似乎并未意识到躲过的危险，或者她因为范·德尔·吕顿家晚宴的成功而忽视了危险的存在。阿切尔认为前一种可能性更大；他猜想，她心中的纽约仍然是所有人都毫无差别，这一猜测令他不悦。

"昨天晚上，"他说，"纽约已经为你展开。范·德尔·吕顿夫妇做任何事都是善始善终的。"

"是的，他们真是太好了！晚宴非常成功。似乎每个人都很尊重他们。"

这么说并不合适；或许她可以如此评价老拉宁小姐的茶会。

"范·德尔·吕顿夫妇，"阿切尔感觉自己的口气有些自负，"是纽约社交界最有影响的人物。但遗憾的是，夫人健康欠佳，所以他们很少招待客人。"

她松开搭在脑后的双手,若有所思地望着他。

"也许这就是原因?"

"什么原因?"

"他们有影响的原因。因为他们有意很少露面。"

他的脸微微一红,眼睛注视着她,突然领悟了话中的洞察力。她一招击中范·德尔·吕顿夫妇,他们轰然倒地。他大笑起来,不再为他们说话。

娜丝塔西娅端上茶,连同日本茶盅和小盖碗,将托盘放在矮几上。

"但你会把这些事情解释给我听,把我应该知道的事都告诉我。"奥兰斯卡夫人说着,探身将一只杯子递给他。

"是你在告诉我呢;让我睁开眼睛看到了原本熟视无睹的东西。"

她从镯子上取下一枚细巧的金色香烟盒递给他,也给自己抽出一支。烟囱旁有点烟用的引柴。

"啊,那么我们可以互相帮助了。但更需要帮助的人是我。你一定要告诉我该怎么做。"

他几乎就要说:"不要让人看见你和波福特一起坐车逛街——"但他已经被这屋子的气氛深深吸引,那是她的气氛,而他如果提出这样的建议,那就像告诉在撒马尔罕①讨价

---

① Samarkand:乌兹别克斯坦旧都,古丝绸之路上的贸易中转站。

纯真年代 | 081

还价买玫瑰精油的人,在纽约过冬需要橡皮套靴。纽约仿佛比撒马尔罕更为遥远,而若他们果真要互相帮助,那么她就是在证明他们的首次互助——让他客观地看清自己的城市。那就如同从望远镜的另一端观察,纽约变得渺小而遥远;但若是从撒马尔罕观察,纽约就是如此。

火焰从木柴中腾起,她俯身将纤瘦的双手伸到炉火近旁,椭圆的指甲周围亮起淡淡的光晕。火光将她发辫上逸出的黑发映成金褐色,而她的脸庞愈加苍白了。

"有很多人会告诉你该怎么做。"阿切尔答道,隐隐有些嫉妒他们。

"哦——我那些姑母姨妈?还有我的老奶奶?"她客观地思考着这一点,"我要自己安排生活,这让她们都有点恼火,尤其是可怜的奶奶。她要我留在她身边;但我必须要自由——"她如此轻松地说到令人敬畏的凯瑟琳,令他钦佩;而想到奥兰斯卡夫人为何如此渴望自由,甚至是最孤独的自由,他又十分感动。不过一想到波福特,他便开始心烦了。

"我想我理解你的感受,"他说,"但你的家人可以指点你,告诉你不同之处,以及该走什么路。"

她挑起细长的黑眉毛。"难道纽约是个迷宫?我以为它是直来直去的——就像第五大道。而且每条横街都有编号!"她仿佛猜到他会有些不同意,便露出难得的笑容,立时光彩照人。她又补充道:"你知道我多么喜欢纽约的这一点——直来直去，所有东西都诚实地标注清楚！"

他觉得时机来了。"也许东西是标注好的，但人却不是。"

"也许吧。可能我想得太简单了——如果是，请你提醒我。"她从炉火边转过身，看着他，"这里只有两个人让我感觉好像理解我的意思，并且把事情解释给我听：你和波福特先生。"

听见自己和这么个名字放在一起，阿切尔皱了皱眉，但他立刻调整了心情，进而理解、同情并怜悯起来。她一定是曾经生活得离罪恶太近，所以在他们的环境中她的呼吸仍更为自由。但是，既然她认为他也理解她，那么他就应当让她看清波福特的真面目，以及他所代表的一切——并厌恶它。

他温和地答道："我理解。但首先，不要放弃老朋友的帮助，我指那些老夫人，你的奶奶明戈特、韦兰夫人、范·德尔·吕顿夫人。她们喜欢你，欣赏你，她们想要帮你。"

她摇摇头，叹了口气。"哦，我知道——我知道！但前提是她们不听见任何不愉快的事。韦兰姑妈就是这么说的，可我就是想……难道这儿没人想知道真相吗，阿切尔先生？住在所有这些只会让人装模作样的好人中间，才叫孤独！"她抬起手掩住脸，他看见她在啜泣，瘦削的肩膀颤抖着。

"奥兰斯卡夫人！哦，别哭了，艾伦，"他叫道，跳起来，向她俯下身，拉过她的一只手握住，像抚摸孩子的手一般抚摸着,一边低声安慰;但她很快挣脱了,抬头看着他,眼睫上带着泪水。

"难道这儿也没有人哭吗?我想天堂里是用不着哭的,"说着,她理一理松散的发辫,笑了一声,然后俯身去拿茶壶。他意识到刚才叫她"艾伦"了——而且叫了两次;而她没有注意到。从望远镜的另一端,他远远看见梅·韦兰淡淡的白色身影——在纽约。

突然,娜丝塔西娅探头进来,用深沉的意大利语说了一句什么。

奥兰斯卡夫人又抬起一只手理了理头发,一边同意什么似的喊了声:"马上好——马上好。"①话音未落,圣奥斯特利公爵已经进屋,身后跟着一位头戴黑色假发和红色羽毛、披着裘皮大衣、身材魁梧的女士。

"亲爱的伯爵夫人,我带了一位老朋友来看你——斯图瑟夫人。昨晚的宴会没有邀请她,而她很想认识你。"

公爵笑容可掬地望着大家,奥兰斯卡夫人低声说着欢迎的话,一边朝这奇怪的一对走去。她似乎没有意识到这两人站在一起有多么古怪,也没有意识到公爵带来这样一位同伴有多么冒昧——而在阿切尔看来,公爵本人似乎也并没有意识到不妥。

---

① 原文为意大利语。

"我当然想认识你,亲爱的,"斯图瑟夫人嚷道,她那抑扬顿挫的洪亮嗓音与自以为是的羽毛、无所顾忌的假发十分相称。"我想认识所有漂亮有趣的年轻人。公爵告诉我你喜欢音乐——对不对,公爵?我想,你自己就是一位钢琴家吧?你愿意明天晚上来我家听萨拉萨蒂①的演奏吗?你知道我家每个星期天晚上都有活动——而那个时间纽约都不知道该做些什么好,于是我就跟它说:'那就过来玩玩吧。'公爵认为你会喜欢萨拉萨蒂的。你还能找到不少朋友呢。"

奥兰斯卡夫人高兴得神采飞扬。"真是太好了!公爵能够想到我!"她将一把椅子推到茶几旁,让斯图瑟夫人笑眯眯地坐下来。"我当然非常愿意去。"

"那好,亲爱的。带上你的年轻绅士。"斯图瑟夫人友好地向阿切尔伸出手。"我叫不出你的名字——但我肯定见过你——所有人我都见过,在这儿,或是在巴黎和伦敦。你是外交部的吗?外交官都来我这儿。你也喜欢音乐吗?公爵,你一定要让他来。"

公爵在胡子下面哼了一声"当然",阿切尔生硬地向三人鞠了一躬便离开了,仿佛一个羞涩的小学生在一群漫不经心的大人中间一样充满勇气。

---

① Sarasate(1844—1908):西班牙小提琴家。

对于这次拜访的结局①，他并不遗憾：他只是希望它能够来得更早些，这样他就不必浪费感情了。他走进漫漫冬夜，广阔的纽约再次铺展在眼前，而梅·韦兰就是其中最美的女子。他去花店为她订一盒每天必送的铃兰，他不知怎么早上忘记了这件事。

他在名片上写了一个字，等店员替他拿信封来，一边环顾弧形的店堂。一丛黄玫瑰使他眼前一亮。他从未见过如此灿若艳阳的花朵，他突然想到用它换下铃兰去送给梅。但这花并不像梅——它那充满激情的美过于浓郁、过于强烈。他一时心血来潮，下意识地让店员将那玫瑰装入另一个长盒子，将自己的名片塞进另一个信封，然后写上奥兰斯卡伯爵夫人的名字；然而，在转身离开之前，他又将名片取了出来，只在盒子里留下一枚空信封。

"这些花马上就送吗？"他指着玫瑰问道。

店员保证说立刻。

---

① 原文为法语。

十

第二天,他说服梅午饭后溜出来去中央公园散步。按照传统纽约圣公会教徒的惯例,星期天下午她通常要陪父母上教堂;但那天上午韦兰夫人刚刚说服她延长订婚期,以有足够时间准备手工刺绣嫁妆,便允许她懈怠一次了。

天气宜人。大道两边的树木枝杈交错,衬着蔚蓝的天空,树下积雪闪烁如水晶碎片。这样的天气使梅神采奕奕,仿佛带霜的小枫树般明艳,吸引着过往行人的目光,令阿切尔好不得意,单纯的占有者的喜悦扫去了他心底的迷惘。

"每天早上都能在满屋子的铃兰香气中醒来,真是太惬意了!"她说。

"昨天却晚了。早上我没有时间——"

"但你每天都记得送花来,如果是长期订购,我就不会那么喜欢它们了。每天都按时到来,就像音乐教师一样——我听说,格特鲁德·莱弗茨和劳伦斯订婚那会儿,她的音乐教师就是那样的。"

"啊——那是当然!"阿切尔笑起来,她那副热切的样子让他高兴。他瞥一眼她那娇嫩的面颊,接着说道:"我昨天下午给你送铃兰的时候,还看见几枝挺漂亮的黄玫瑰,就让他们给奥兰斯卡夫人送去了。这样做对吗?"他感觉这件事很有意思,说出来不会有什么问题。

"你真是太好了!那样她一定会非常开心的。但奇怪的是,她没有提起。她今天跟我们吃午饭的,说到波福特先生送了她很美的兰花,亨利·范·德尔·吕顿先生也送了满满一篮斯库特克利夫的康乃馨。她收到花好像十分惊讶。难道欧洲人不送花吗?她觉得这风俗非常好。"

"哦,难怪,我的花比不上波福特的花呀。"阿切尔有些气恼地说。这时他想起来送玫瑰的时候没有附上名片,便懊悔提了这件事。他还想说:"我昨天去拜访你表姐了。"却又犹豫起来。如果奥兰斯卡夫人没有说起他来访,那么他若提起便显得尴尬了。但若不提,那么这件事便似乎神秘起来,而他不喜欢如此。为了摆脱这个问题,他便开始谈他们自己的计划,他们的未来,以及韦兰夫人坚持要延长订婚期的事。

"你还觉得长!伊莎贝尔·契佛斯和瑞吉订婚两年才结婚的,格蕾丝和索利是将近一年半。我们这样有什么不好呢?"

少女常会这样质问,他觉得特别幼稚,这让他很惭愧。毫无疑问,她只是在重复别人对她说的话;但她就快满二十二岁了,他不知道"好"女人要到几岁才开始说自己想说的话。

"看来永远不会,如果我们不允许。"他对自己说,又想起他一时冲动对西勒顿·杰克逊先生所说的:"女人应当和我们一样自由——"

现在他有责任扯下这年轻女子的蒙眼布,让她看清这个世界。然而,在她之前,已有多少代女性就这样蒙着双眼走入家族墓室?他不由打了个寒颤,想起在科学书里读到的新观点,以及常被引用的肯塔基洞穴鱼,这种鱼的眼睛因为不再有用而退化。如果他让梅·韦兰睁开双眼,而她只能茫然地望着一片茫茫,那该怎么办?

"我们会更好。我们会一直在一起——我们会去旅行。"

她笑逐颜开。"那好极了。"她承认了,她会喜欢旅行。但她母亲却不会明白他们为什么要与众不同。

"好像那不仅仅是'与众不同'似的!"阿切尔辩解道。

"纽兰!你真是独到!"她喜不自禁地说。

他的心一沉,因为他发现自己所说的话是每个年轻人在类似情形下都应该说的,而她的回答则全是本能与传统教给她的回答——就连说他"独到"也不例外。

"独到!我们就跟同一张折纸剪出来的娃娃似的一模一样。我们就像印在墙上的图案一样。你我就不能走自己的路吗,梅?"

他停下来,激动地注视着她;她也看着他,目光中爱意洋溢,没有一丝阴霾。

"天哪——我们私奔好吗?"她大笑起来。

"如果你愿意——"

"你真的爱我,纽兰!我真幸福。"

"那么——为什么不能更幸福一点?"

"可是,我们不能像小说里那样,对不对?"

"为什么不行——为什么不行——为什么不行?"

他的固执似乎让她心烦了。她很清楚他们不可能私奔,但要说出原因却很麻烦。"我可没那么聪明,有本事跟你争。可那种事未免——未免粗俗了,对不对?"她说道,终于找到一个词必然能结束这个话题,让她感觉如释重负。

"那么说,你非常害怕粗俗?"

听见这话,她显然大吃一惊。"我当然讨厌粗俗了——你也一样。"她有点生气了。

他默然站着,神经质似的用手杖敲着鞋尖;而她觉得自己果然找到了结束争论的妙法,便轻松地说道:"噢,我有没有告诉你,我给艾伦看戒指了?她说她从没见过这么美的戒托。她说就算在和平街①,它也是独一无二的。我真是爱你,纽兰,你太有艺术眼光了。"

第二天晚餐前,阿切尔正在书房闷闷不乐地抽烟,简妮踱到他跟前。从法律事务所出来——像同阶层的富有纽约人一样,他悠悠然从事着自己的职业——他并没有去俱乐部逗

---

① Rue de la Paix:巴黎街名,时尚中心。

留。他心神不宁,情绪烦躁,对于日复一日刻板生活的厌恶堵在他胸口挥之不去。

"一成不变——一成不变!"他喃喃道。当他看见玻璃后面那些戴着礼帽的熟悉身影懒洋洋地晃来晃去,这个词便如某个纠缠不休的曲调一般从他脑海中浮现。平常这个时候他都在俱乐部,今天却回家来了。他不仅知道他们会聊些什么,甚至想得出每个人在讨论中可能扮演的角色。公爵当然会是他们的主要话题;不过第五大道上的那个金发女子——坐着由一对黑色矮脚马拉的浅黄色轻便马车(普遍认为这和波福特有关)——无疑也将被彻底研究。这种"女人"(这就是她们的称呼)在纽约寥寥无几,有自己马车的就更希罕了,而范妮·瑞茵小姐在社交时间现身第五大道,这深深刺激了上流社会。就在前一天,她的马车曾在罗维尔·明戈特夫人的马车旁驶过,后者立刻拉响身边的铃,命令马车夫送她回家。"如果当时是范·德尔·吕顿夫人,又会怎样?"众人战战兢兢地问道。这时,阿切尔便仿佛听见劳伦斯·莱弗茨开始就上流社会的崩溃发表宏论。

简妮走进来,他烦躁地抬了抬头,又立刻低下头继续读书(刚出版的斯温伯恩[①]《蔡斯特拉德》),就好像根本没看

[①] Algernon Charles Swinburne (1837—1909):英国诗人、剧作家、小说家。《蔡斯特拉德》(*Chastelard*) 是他创作的诗剧。

见她似的。她扫了一眼堆满书的写字台，打开一册《风月趣谈》①，发现是古奥的法语，便扮个鬼脸，叹了口气说："你读的东西可真是深奥！"

"嗯？"见她像卡姗德拉②一般站在面前，他哼了一声。

"母亲很生气。"

"生气？生谁的气？为什么？"

"索菲·杰克逊小姐刚刚来过，说她哥哥晚饭后会过来。她不能多说什么，因为他不允许。他要亲口来说全部细节。他现在和路易莎·范·德尔·吕顿夫人在一起。"

"天哪，好姑娘，从头说。只有全能的上帝才知道你到底在说什么。"

"现在可不是亵渎神灵的时候，纽兰……你不去教堂，母亲已经在难过了……"

他哼了一声，继续看书。

"纽兰！听着。你的朋友奥兰斯卡夫人昨天晚上去参加勒缪尔·斯图瑟夫人的晚会了，跟公爵和波福特先生一起。"

听见最后几个字，年轻人心头立刻无名火起，不得不大笑两声来掩饰。"那又怎么样？我早知道她要去的。"

简妮脸色惨白，眼睛瞪了出来。"你早知道她要去——

---

① *Contes Drôlatiques*：法国作家巴尔扎克作品。
② Cassandra：希腊神话中的特洛伊公主，能够预言未来。

你却不阻止她？不警告她？"

"阻止她？警告她？"他又笑起来。"我又不要娶奥兰斯卡伯爵夫人！"这话在他自己听来都觉得奇怪。

"可你要娶的就是她家族的人！"

"噢，家族，家族！"他冷笑道。

"纽兰！难道你对家族无所谓？"

"完全无所谓。"

"路易莎·范·德尔·吕顿夫人怎么想，你也无所谓？"

"根本无所谓——要是她在意这种老姑娘的废话。"

"母亲可不是什么老姑娘。"还没出嫁的妹妹咬着嘴唇。

他真想冲她嚷："她就是老姑娘，范·德尔·吕顿夫妇也是，我们全都是，一旦遭遇现实。"可看见她温驯的长脸一皱开始流泪，他便懊悔自己让她受这没来由的痛苦。

"去他的奥兰斯卡伯爵夫人！别傻了，简妮——我可不是她的监护人。"

"那是没错；但是你自己要求韦兰家提前宣布订婚，好让我们都支持她的；要不是因为这个，路易莎夫人绝不会请她参加欢迎公爵的晚宴。"

"你说，请她又有何妨？那天她是客人里最漂亮的一个，范·德尔·吕顿的宴会也因为她而不那么像葬礼了。"

"你知道亨利先生请她就为了让你满意，是他说服了路易莎。而现在他们很不高兴，明天就要回斯库特克利夫了。纽

纯真年代 | 093

兰,我觉得你最好下楼看看。你好像还不明白母亲的感受。"

纽兰在客厅里见到了母亲。她停下针线,抬起头,忧虑地问道:"简妮告诉你了吗?"

"告诉我了。"他尽量使自己的口吻同她一样谨慎,"但我认为事情并不太严重。"

"惹路易莎夫人和亨利先生生气了,这还不严重?"

"我说不严重的,是他们生气仅仅是因为奥兰斯卡伯爵夫人去了一个被他们当作平民的女人家里。"

"当作?"

"哦,她是平民;但她是准备了好音乐,在纽约百无聊赖的星期天晚上给大家找乐子。"

"好音乐?我听说的却是有个女人爬到桌子上,唱了些你在巴黎会去的那种地方才唱的东西。还有人抽烟喝香槟。"

"好啦——那样的事在其他地方是会有的,生活还不是老样子?"

"亲爱的,我想你不是当真为法国式的星期天辩护吧?"

"妈妈,我们在伦敦的时候,我可是常常听见你抱怨英国式的星期天呢。"

"纽约既不是巴黎,也不是伦敦。"

"噢,当然不是!"儿子哼了一声。

"我想,你是说这里的社交界不够出色?我猜你是对的;但我们属于这里,而外面的人来到这里就应当尊重我们的方式。尤其是艾伦·奥兰斯卡。她回到这里就是为了摆脱那些出色的社交界、那里的生活方式。"

纽兰没有回答。过了一会儿,他母亲试探道:"我正要戴上帽子,让你陪我在晚饭前去见一见路易莎夫人。"他皱了皱眉。她继续说:"我想你可以向她解释一下你刚才的那番话:国外的社交界与我们不同……那儿的人也没这么讲究,而奥兰斯卡夫人或许并没有意识到我们对这些事情的看法。你知道,亲爱的,"她天真而老到地补充了一句,"你去的话,会对奥兰斯卡夫人有好处。"

"亲爱的妈妈,我真不明白这件事和我们有什么相干。是公爵带奥兰斯卡夫人去斯图瑟夫人家的——其实是他先带斯图瑟夫人拜访她。他们去的时候我在场。如果范·德尔·吕顿夫妇想要跟谁理论的话,那罪魁祸首就在他们自己家。"

"理论?纽兰,你听说过亨利先生会跟谁理论吗?再说公爵是他的客人,也是外人。外人分辨不清,要他们怎么分辨呢?奥兰斯卡伯爵夫人却是纽约人,她应该尊重纽约人的感情。"

"好吧,如果他们一定要找个牺牲品,我同意你把奥兰斯卡夫人交给他们,"她儿子怒气冲冲地嚷道,"我是不会——你也不会——自己送上去为她赎罪。"

"哦,你当然只考虑明戈特那边喽。"母亲答道,她的语

纯真年代 | 095

气已经接近愤怒了。

那位悲伤的管家拉开客厅门帘,朗声道:"亨利·范·德尔·吕顿先生到。"

阿切尔夫人手中的针落下来,颤抖的手把椅子往后推了推。

"再点一盏灯。"她朝退出去的仆人嚷道。简妮弯腰将母亲的帽子扶正。

范·德尔·吕顿先生的身影出现在门前,纽兰·阿切尔上前迎接这位亲戚。

"我们正好说到你,先生。"他说。

这句话似乎让范·德尔·吕顿先生有些不知所措。他摘下手套与两位女士握手,腼腆地抚弄着自己的礼帽。这时,简妮已经推过一把扶手椅,阿切尔接着说:"还有奥兰斯卡伯爵夫人。"

阿切尔夫人脸色都白了。

"啊——她很迷人。我刚去看过她。"范·德尔·吕顿先生说,眉目间恢复了得意之色。他在扶手椅里坐好,按照老派的规矩,将帽子和手套搁在脚边的地板上,继续说道:"对于插花,她极有天分。我送了她一些斯库特克利夫的康乃馨。她真让我吃惊,并不是像我们的园丁那样一大把插在瓶里,而是松松地散开,这儿几支、那儿几支……我说不上来。公爵告诉我说:'去看看她把客厅布置得有多妙。'果真如此。我真想带路易莎去看她,如果那一带不是那么——令人不悦。"

在范·德尔·吕顿先生异乎寻常的滔滔不绝之后,是一阵沉默。阿切尔夫人把方才慌忙塞进篮子的绣品又抽了出来,纽兰倚着壁炉,手里拧着蜂鸟羽毛屏风,借着刚点亮的那盏灯,恰好看见简妮目瞪口呆的表情。

"事实上,"范·德尔·吕顿先生继续说,一边用戴着沉甸甸的庄园主印章戒指的那只没有血色的手抚摩着修长的灰色裤腿,"事实上,我顺便拜访她是为了感谢她为那些花写了一封非常漂亮的回函,并且——当然,这一点请勿外传——给她一个友好的提醒,不要让公爵带着去参加晚会。我不知道你们是否已经听说——"

阿切尔夫人迎合地微微一笑。"公爵带她去参加晚会了吗?"

"那些英国贵族,你们是知道的。他们都是一个样子。路易莎和我都非常喜欢这位亲戚,但是不用指望这些习惯了欧洲宫廷的人会费神留意我们这里共和派的小小不同。公爵去的就是能让他自己开心的地方。"范·德尔·吕顿先生停了停,却没有人接话。"是的——看来他昨晚的确带她去了勒缪尔·斯图瑟夫人家。西勒顿·杰克逊先生方才到寒舍告知了这件荒唐事,路易莎很是不安。因此我以为最简便的办法就是直接去奥兰斯卡伯爵夫人那儿,向她解释——点到为止,你知道——我们纽约人如何看待某些事情的。我想我能做到,不会有任何不妥,因为那天晚上她同我们共进晚餐的时候,她曾表示……让我想一想,她曾表示会十分感激我们的指点。而她的确如此。"

范·德尔·吕顿先生环顾四周。他那副神情若是出现在气质庸俗的面孔上,就会是自鸣得意,但在他脸上,却显出一种温和的善意;而阿切尔夫人便也尽责地流露出同样的表情。

"你们真是太善良了,亲爱的亨利——从来如此!纽兰对你们尤为感激,为了亲爱的梅和他未来的亲戚们。"

她瞥了儿子一眼提醒他,后者接口道:"不胜感激,先生。但我知道你会喜欢奥兰斯卡夫人的。"

范·德尔·吕顿先生极其和蔼地看着他。"亲爱的纽兰,"他说,"我绝不会邀请不喜欢的人到寒舍。我刚才对西勒顿·杰克逊也是这么说的。"他瞥了一眼钟,起身道:"路易莎要等我了。我们要早点吃饭,然后带公爵去看歌剧。"

门帘在客人身后庄严地合上了,阿切尔家一片静默。

"天哪!真是浪漫!"最后简妮喊道。没人理解她何以有如此语焉不详的评论,她的亲人早已放弃了解释它们的努力。

阿切尔夫人摇头叹息。"但愿一切顺利,"她说,而那口吻分明是确定那绝不可能,"纽兰,西勒顿·杰克逊先生今晚过来,你一定要待在家里见他。我实在不知道该跟他说些什么。"

"可怜的妈妈!可他不会来了——"儿子笑起来,俯身亲吻她蹙紧的双眉,请她放心。

十一

大约两个星期之后,纽兰·阿切尔正无所事事地坐在莱特布赖-兰森-洛律师事务所的办公室隔间里,这时候事务所上司要见他。

莱特布赖老先生是纽约上流社会三代人所信赖的法律顾问。此刻他端坐在红木写字台后面,显然遇到了难题。他摸摸白胡茬,又抓抓眉棱上方凌乱的白发;年轻合伙人见了,无礼地暗想,他多像一个因为难以判断病人症状而恼火的家庭医生。

"亲爱的先生,"他向来称阿切尔为"先生","我请你来是要研究一件小事情,这件事我暂时不想向斯基沃思先生和雷德伍德先生提起。"那两位也是事务所的资深合伙人。与纽约不少久负盛名的法律事务所一样,大名印在信笺头上的那些合伙人都早已作古,比如莱特布赖先生,从职业上说,其实是自己的孙子了。

他紧皱双眉,往椅背上一靠。"出于家族的原因——"

阿切尔抬起头。

"明戈特家,"莱特布赖先生微笑着一欠身,解释道,"曼森·明戈特夫人昨天请我去。她的孙女奥兰斯卡伯爵夫人想要提出离婚诉讼。一些文件已经交到我手上。"他顿一顿，敲敲桌子。"鉴于你未来与她家的关系，我想先听听你的意见——商量一下这个案子，然后再采取进一步行动。"

阿切尔只觉得热血直冲太阳穴。上次拜访过奥兰斯卡伯爵夫人之后，他只见过她一次，那是在歌剧院明戈特家的包厢里。在此期间，她的形象不再清晰而挥之不去，而已经从他的心目中淡去，梅·韦兰则恢复了应有的地位。她要离婚的事，他曾听简妮随口提过，但之后再没有人说起，他便只当作无稽之谈而并未留意。理论上说，他对于离婚的反感几乎不亚于他的母亲；而令他恼火的是，莱特布赖先生（无疑是因老凯瑟琳·明戈特促使）显然打算把他牵扯进来。但毕竟明戈特家有的是男人担起这个任务，而他还没有结婚，不能算作明戈特家的一员。

他等着资深合伙人说下去。莱特布赖先生打开抽屉，抽出一个纸袋。"如果你愿意浏览一下这些文件——"

阿切尔皱起眉头。"非常抱歉，先生；但正因为这未来的关系，我想你更应当听听斯基沃思先生或雷德伍德先生的意见。"

莱特布赖先生似乎吃了一惊，有些不悦。通常不会一开口就这样遭到年轻人拒绝。

他略一点头。"我尊重你的顾虑，先生；但在这件事中，我相信，经过深思熟虑你还是会照我说的去做。事实上，这并非我提出的，而是曼森·明戈特夫人和她的儿子们提出的。我已经见过罗维尔·明戈特以及韦兰先生，他们都指名要交给你办。"

阿切尔怒火上升。过去两个星期，他一直没有打起精神来坚持己见，因为梅的美丽与可爱个性使他能够不去理会明戈特家的各种要求所带来的压力。而此时，明戈特老夫人的这一命令却让他感觉到，这家人自以为有权强迫他这个未来女婿服从；他被这样的角色激怒了。

"应该由她的叔叔们来处理这件事。"他说。

"他们已经试过了。全家考虑过此事，他们反对伯爵夫人的打算；但她非常坚持，一定要诉诸法律裁决。"

年轻人不语。他还没有打开手中的纸袋。

"她还想再嫁？"

"我想有这个意思；但她本人否认。"

"那么——"

"阿切尔先生，能否请你先看看这些文件？然后，我们再讨论这个案子，我会把我的意见告诉你。"

阿切尔无可奈何地带着这些讨厌的文件退了出来。自从上次与奥兰斯卡夫人见面之后，他就有意无意、顺其自然地摆脱她的影响。火炉边的独处使两人建立起短暂的亲密关系，但圣奥斯特利公爵和斯图瑟夫人突然闯入，伯爵夫人愉快地迎接他们，仿佛冥冥中击碎了这种关系。两天之后上演了她重获范·德尔·吕顿夫妇青睐的喜剧，阿切尔从中襄助，同时不免尖酸地暗想，一位女士既然知道如何感谢有权有势的老绅士善意的鲜花，那么她也就不需要他这样一个能力有限的年轻人的私下慰藉或公开捍卫。从这个角度来看这件事，他的处境便显得很简单了，就连那些业已暗淡的家庭观念也出人意料地得以恢复。他无法想像何种紧急情况会让梅·韦兰向陌生男人诉说自己的困难，给予过分的信任；而在之后的一个星期中，梅显得比以往任何时候都更为美丽和出色。他甚至顺从了她的愿望，同意延长订婚期，因为她已经知道如何打发他尽快完婚的恳求。

"你知道，自从你还是小女孩的时候起，每到关键时刻，你的父母总会允许你照自己的意思去做。"他试图说服她。而她则以无瑕的神情回答："是的，但也正因为此，我很难拒绝他们向我作为小女孩所提出的最后一个要求。"

这就是传统的纽约口吻；这就是他希望自己的妻子永远会做出的回答。如果一个人习惯了纽约的空气，那么有时候，任何不如它清澈的东西都会令他窒息。

他拿回去阅读的那些文件事实上并未告诉他多少情况，而是令他陷入一种呼吸不畅的情绪。文件主要是奥兰斯卡伯爵夫人的律师同一家法国法律事务所之间的通信，伯爵夫人向该事务所申请处理其经济状况。还有一封伯爵给妻子的短信,读过之后,阿切尔站起身,将所有文件塞回信封,再次走进莱特布赖先生的办公室。

"这些信还给你,先生。如果你希望我去见奥兰斯卡夫人,我愿意去。"他很不自然地说。

"谢谢你,谢谢你,阿切尔先生。如果你今晚有空,请过来和我一起吃饭,饭后我们研究一下这件事——假如你想明天拜访我们的委托人。"

这天下午,纽兰·阿切尔又是直接回家了。清透澄澈的冬日黄昏,屋顶上空一弯纯净的新月;他希望灵魂沉浸在纯粹的光辉之中,在与莱特布赖先生饭后密谈之前,他不想与任何人说一句话。他只能这样做,没有其他选择:他必须亲自见奥兰斯卡夫人,不能让她的秘密暴露在他人眼前。怜悯涌起,冲走了他的冷漠和厌烦。他仿佛看到她孤苦无助地站在他面前,等待他不惜一切代价地帮助她在对抗命运的疯狂一搏中免受更多伤害。

他想起她曾提到韦兰夫人不要听她过去的任何"不愉快",并痛苦地发现,也许正是这种态度才使纽约的空气如此纯净。"难道我们只是法利赛人[①]?"他想。他试图调和自己对人类邪恶的本能厌恶与对人类脆弱的本能同情,却因此而愈加迷惑。

---

① Pharisee:古犹太教教派,恪守成文法,被认为是伪善者。

他第一次意识到自己的原则其实是多么简单。他被认为是个不惧怕冒险的年轻人，他也知道自己和可怜愚笨的索利·拉什沃思夫人之间的风流韵事还不够机密，并没有恰如其分地使他具有一种冒险气质。但拉什沃思夫人却是"那种女人"：愚蠢、虚荣、生性鬼鬼祟祟，她之所以受到吸引，更多是出于事件本身的隐秘性和危险性，而不是他所具有的魅力和品质。当真相大白，他几乎心碎，但那件事现在却显露出救赎的作用。总而言之，此类绯闻绝大多数同龄的年轻人都会经历，其发生既不会搅动良知的平静，也不会使人不再相信，一个人热爱并尊重的女性同他乐于相处并怜悯的女性之间存在着天壤之别。正是出于这种观念，年轻人会受到母亲、姑姨以及其他女性长辈的不断鼓动，她们同阿切尔夫人一样，认为如果"发生这种事"，那么对男人来说无疑是愚蠢的，而对女人来说则总归是罪恶的。阿切尔认识的所有年长女性都认为，轻率恋爱的女人必然寡廉鲜耻、工于心计，头脑简单的男人则被她捏在手心而无能为力。唯一的办法是说服他尽早娶一个好姑娘，把他交给她来照管。

阿切尔开始猜想，在古老而复杂的欧洲社会，恋爱问题却不会那么简单，那么容易界定。有钱有闲的浮华阶层必然出现许多此类情形；甚至会有这样的可能：一个天性敏感而冷淡的女子由于环境所迫，由于孤立无助而被卷入某种为传统观念所不容的纠葛之中。

一回到家，阿切尔就给奥兰斯卡伯爵夫人写了一封便笺，问她第二天什么时间可以接待他。他派了一个信差送去，很快收到回复说，第二天早晨她将去斯库特克利夫与范·德尔·吕顿夫妇过周末，不过今天晚饭后她将独自在家。回信写在并不整洁的半张纸上，没有日期和地址，但她的字有力而奔放。想到她要在庄严、僻静的斯库特克利夫过周末，他觉得很好笑，但很快又意识到，正是在那里，她将最深切地体会到坚决避开"不愉快"的寒意。

七点钟，他准时来到莱特布赖先生家，很高兴已经找到借口能在饭后尽早脱身。他已经从交给他的文件中形成了自己的意见，并不特别想与那位资深合伙人多谈此事。莱特布赖先生是个鳏夫，饭桌上只有他们两个，菜很丰盛却上得很慢。昏暗破旧的餐厅里挂着两幅发黄的油画复制品——《查塔姆伯爵之死》[1]和《拿破仑一世加冕礼》[2]。餐具柜上摆着带有细槽的谢拉顿[3]式餐刀匣，装了上布里昂红酒的细颈瓶，另一个细颈瓶里是拉宁家族的陈年波尔图酒（一位委托人的礼物），从汤姆·拉宁手里低价买来，这个名誉扫地的浪子

---

[1] 美国画家考普利（John Singleton Copley, 1738—1815）作品，描绘查塔姆伯爵在英国议会辩论中突然去世的情景。
[2] 法国画家大卫（Jacques-Louis David, 1748—1825）作品，描绘拿破仑一世加冕的情景。
[3] Thomas Sheraton（1751—1806）：英国家具设计师。

在抛售藏酒之后一两年便神秘地死于旧金山——此事使拉宁家蒙受的耻辱甚至不如拍卖酒窖珍藏。

一道醇厚的牡蛎汤之后上了鲱鱼和黄瓜,接着是烤嫩火鸡配玉米馅饼、野鸭配醋栗酱和芹菜蛋黄酱。莱特布赖先生午餐通常只是三明治和茶,晚餐吃得却是从容而专注,并要求客人也必须如此。最后,仪式完成,桌布撤下,雪茄点起,莱特布赖先生靠在椅背上,将波尔图酒推到西边,惬意地向身后的炉火舒展腰背,开口道:"全家人都反对离婚。我认为这很正确。"

阿切尔立刻觉得自己正站在对立面上。"可为什么呢,先生?假如有个案子——"

"哦,有什么用?她在这里——他在那里,隔着大西洋。除了他愿意还给她的,多一个美元她都绝对拿不回来。他们那个该死的异教婚姻协议都已经规定好了。按那边的情形,奥兰斯基伯爵做得已经很慷慨了,他本来可以一个子都不给就赶她出去。"

年轻人知道这一点。他没有说话。

"不过我知道,"莱特布赖先生继续说,"她不在乎钱。因此,她家里人说,为什么不随它去呢?"

阿切尔一个小时前来到这里的时候,抱着与莱特布赖先生完全一致的观点,可是当这些话从这个自私冷漠、养尊处优的老头口中说出,却突然变成了法利赛人的口吻,代表着

纯真年代 | 107

一个全力封锁"不愉快"的上流社会。

"我想这应该由她自己决定。"

"唔——如果她决定离婚,你是否考虑到后果?"

"你指她丈夫信中的威胁?那有什么要紧?不过是一个气急败坏的恶棍模棱两可的指责罢了。"

"是的;但如果他真要抗辩,恐怕就会有一些不愉快的言论了。"

"不愉快——!"阿切尔愤怒地嚷道。

莱特布赖先生不解地望着他。年轻人知道试图解释自己的想法完全是徒劳,当听到老人说"离婚总是不愉快的",便默默地点一点头表示同意。

"你同意我的意见?"莱特布赖先生沉吟片刻,问道。

"自然同意。"阿切尔说。

"那么,我能够依靠你,明戈特家能够依靠你,用你的影响力去改变她的打算?"

阿切尔迟疑了。"在见到奥兰斯卡伯爵夫人前,我无法保证。"

"阿切尔先生,我不懂你的意思。你愿意同一个可能发生离婚丑闻的家族联姻?"

"我不认为那与此事有任何关联。"

莱特布赖先生放下酒杯,审慎而忧虑地注视着年轻人。

阿切尔知道自己有可能会被收回委托,而出于某种原因，他不喜欢这样。既然他不得不接受这个任务，那就不打算放弃；为了防止这种可能，他明白有必要让这位代表明戈特家法律准则的刻板老人放心。

"先生，请你放心，不向你汇报我绝不会做出任何决定；我刚才是说，在听到奥兰斯卡夫人的想法之前，我不便提出意见。"

莱特布赖先生点头赞许这堪称纽约优秀传统的过于谨慎。年轻人看一眼手表，推说另外有约，便告辞了。

十二

老派纽约人七点钟晚餐，晚餐后走访的习惯虽然受到阿切尔这代人的嘲笑，但依然流行。当年轻人从威弗利街出发沿第五大道漫步，长街空无一人，只有瑞吉·契佛斯家门前停着几辆马车（他家正在为公爵举行晚宴），偶尔有裹着厚大衣和大围巾的年长绅士，登上棕色砂岩台阶，消失在点着煤气灯的前厅。当阿切尔穿过华盛顿广场时，正看见杜·拉克老先生去拜访表亲达格内特夫妇；在西十街街口，他看见事务所的斯基沃思先生显然是要去探望拉宁小姐。沿第五大道继续往北，波福特出现在自家门前，在炫目的灯光中投下黑影，他走下台阶钻进轻便马车，朝着某个神秘、甚至可能难以启齿的方向驶去。这天晚上没有歌剧上演，也没有谁家在举行晚会，因此波福特的外出显然是要避人耳目的。阿切尔联想到列克星敦大道上的一幢小楼，最近挂起了缎带窗帘，摆出了花箱，新漆的门前常能看见范妮·瑞茵小姐的浅黄色马车等在那儿。

在构成阿切尔夫人世界的那座溜滑的小金字塔之外，是未经勘测的区域，那里居住着画家、音乐家和"写东西的人"。这些散沙从未表现出一丁点融入上流社会结构的愿望。尽管他们据说行为古怪,但基本上是正派的,只是不愿与人来往。梅朵拉·曼森风头正健的时期曾办过一个"文学沙龙",不过因为少有文人问津,很快就无疾而终了。

其他人也做过类似尝试,比如一家姓布兰克的——一个热情健谈的母亲和三个学舌的邋遢女儿。在她们家能见到埃德温·布斯[①]、帕蒂[②]、威廉·温特[③]和新进的莎剧演员乔治·瑞格诺德[④],还有不少杂志编辑和音乐及文学评论家。

阿切尔夫人及其圈子都不敢与这些人接触。他们古怪,不可捉摸,他们的经历与思想背景有不为人知的东西。阿切尔家族非常重视文学和艺术,因此阿切尔夫人总是极力告诉她的孩子们,当年的社交界拥有华盛顿·欧文[⑤]、费兹-格林·哈勒克[⑥]以及写了《犯罪的小仙女》的诗人[⑦],是多么文雅而令人愉快。那一代的知名作家都是"绅士";而后继的那些无名之辈或许仍有绅士的情怀,但是他们的出身、外表、头发以及与舞台和歌剧的密切关系,使得传统的纽约标准无法适用于他们了。

---

① Edwin Booth (1833—1893):美国莎剧演员。
② 见第 62 页注①。
③ William Winter (1836—1917):美国作家、戏剧评论家。
④ George Rignold (1839—1912):英国莎剧演员。
⑤ Washington Irving (1783—1859):美国作家。
⑥ Fitz-Greene Halleck (1790—1867):美国诗人。
⑦ 指美国诗人德雷克 (Joseph Rodman Drake, 1795—1820)。

"在我小时候,"阿切尔夫人曾说,"巴特利街到运河街的每个人我们都认识;而只有我们认识的人才有马车。当时要判断一个人的身份非常容易,而现在谁都说不准了,我宁可连试都不要试了。"

也许只有老凯瑟琳·明戈特才能跨越这道鸿沟,因其向来不抱道德偏见,且和新贵一样无视所有微妙差异;但她既不读书也不看画,虽然喜欢音乐,却仅仅因为音乐让她想起当年征服杜伊勒里宫的岁月里观看的意大利即兴喜剧。同她一样敢作敢为的波福特或许也能促成两个阶层的融合,但他那栋富丽堂皇的宅第和那班穿丝袜的男仆却成了非正式社交的障碍。而且他同明戈特老夫人一样对文学艺术一窍不通,在他看来,那些"写东西的家伙"不过是拿了钱给有钱人寻开心的;而财力足以影响他观点的那些富豪也都不曾对此表示质疑。

纽兰·阿切尔从记事起就注意到了这些,并且视之为他那个世界的组成部分。他知道在有些地方的上流社会,画家、诗人、小说家、科学家,甚至名演员都会像王公一样受到追捧;他曾想象自己置身于气氛融洽的客厅,亲闻梅里美(《与一位不知名少女的通信集》令他爱不释手)、萨克雷、勃朗宁[①]或威廉·莫里斯[②]的侃侃而谈。大多数"写东西的

[①] Robert Browning (1812—1889):英国诗人。
[②] William Morris (1834—1896):英国艺术家、设计师、诗人、社会主义运动发起者。

人"、音乐家和画家阿切尔都认识,他常在"百人团"①和一些成立不久的小型音乐与戏剧俱乐部②里见到他们。在那里,他们让他喜欢,可在布兰克家,他们却让他厌烦,因为他们同一些大惊小怪的俗气女人混在一起,被当作珍奇的战利品似的传看。甚至当他与内德·温塞特激动地交谈之后,总是觉得,如果说他的世界很狭窄,那么他们的也不广阔,而扩展两者的唯一方法就是找到一种使他们能够自然融合的状态。

之所以想到这些,是因为他试图想象奥兰斯卡伯爵夫人曾经生活过、忍受过、或许还曾经品尝过神秘愉悦的那个上流社会。他记得她曾提到祖母明戈特夫人和韦兰夫妇反对她住在尽是些"写东西的人"的"波希米亚"地区,对此她觉得好笑。令她家人厌恶的并非是危险,而是贫穷;但她并未领会两者的不同,还以为他们认为文学有失体面。

她自己对此并无忧虑,她的客厅里(通常被认为是"不宜"有书的地方)就随处放了不少书,尽管主要是小说,但一些陌生名字——保罗·布尔热③、于斯曼④和龚古尔兄弟⑤——却引起了阿切尔的兴趣。他思索着这些事情,不

---

① Century:创立于1847年的著名文学艺术俱乐部,因最初限定会员人数为100人而得名。
② 指1860到1870年代聚集于纽约联合广场一带的高雅艺术俱乐部。
③ Paul Bourget (1852—1935):法国小说家、文学评论家。
④ Huysmans (1848—1907):荷裔法国小说家。
⑤ Edmond de Goncourt (1822—1896), Jules de Goncourt (1830—1870):法国小说家、文学评论家。

知不觉间已来到她门前,再次意识到她以某种奇特的方式改变了他的价值观,意识到自己必须进入一个与所熟悉的极其不同的情形,如果他要在她目前的困境中发挥作用。

娜丝塔西娅打开门,脸上带着神秘的微笑。前厅长椅上放着一件貂皮衬里的大衣,一顶折叠式深色真丝高礼帽,内衬绣着金字"J. B."①,以及一条白色丝巾——这些贵重物品无疑都为裘力斯·波福特所有。

阿切尔非常生气,险些在名片上留几个字就走;但随后他想起自己给奥兰斯卡夫人写便笺时,由于过分谨慎而没有说明希望单独见她。因此,如果她已向其他客人敞开大门,他也只能责备自己;于是当他走进客厅时,决心非要让波福特自觉碍事而先行告辞不可。

银行家倚着壁炉台站着。壁炉台上垂着一块旧刺绣,上面压着一盏黄铜枝形烛台,烛台中点着黄色的教堂蜡烛。他挺起胸膛,肩膀抵着壁炉台,重心落在一只穿漆皮鞋的大脚上。阿切尔进去的时候,他正微笑着低头看着女主人,她正坐在与烟囱垂直的一张沙发上。沙发后面,堆满鲜花的桌子形成一道屏风,阿切尔认出那些兰花和杜鹃是来自波福特温室的馈赠。奥兰斯卡夫人斜倚在花前,一手扶着额,宽袖口

---

① "J. B."为裘力斯·波福特(Julius Beaufort)的姓名首字母缩写。

垂到肘部,露出一段手臂。

女士晚上接待客人通常穿的是所谓"晚宴便装":鲸骨紧身衣,领口微开,装饰蕾丝褶裥,窄袖缀荷叶边,刚好露出腕上的伊特鲁里亚式金镯或丝绒腕带。但奥兰斯卡夫人却另辟蹊径,穿一身红色丝绒长袍,光亮的黑色大毛领环绕脖颈并连到胸前。阿切尔记得上一次去巴黎的时候,见过画家卡罗勒斯·杜兰①一幅引起沙龙画展轰动的肖像画,画中的女子便穿了这样一身别具一格的紧身长袍,大毛领拥着下巴。客厅里生了火却穿着皮毛,颈部遮掩,手臂却裸露着——这一切都显得有些任性和挑逗,但效果的确赏心悦目。

"太好了!在斯库特克利夫待上整整三天!"阿切尔进屋的时候,波福特正以嘲讽的口吻大声说道,"你最好把所有的裘皮衣服都带上,外加一个热水袋。"

"为什么?那房子很冷?"她说着,一边向阿切尔伸出左手,那神秘的姿态仿佛是等着他去吻它。

"冷的不是那栋房子,而是那位夫人。"波福特答道,同时向阿切尔敷衍地点了点头。

"但我觉得她为人很好。她亲自过来邀请我的。奶奶说我一定要去。"

---

① Carolus Duran(1837—1917):法国画家。

"奶奶当然会那么说。而我要说的是,你将非常遗憾地错过我星期天在戴尔莫尼科^①为你安排的牡蛎晚宴,席间还有坎帕尼尼^②、斯卡尔奇^③以及许多有趣人物。"

她用怀疑的眼神看看银行家,又看看阿切尔。

"啊——真叫我动心!除了那天晚上在斯图瑟夫人家,我到这儿之后还没见过一位艺术家呢!"

"什么样的艺术家?我认识一两个画家,人都很好,如果你愿意,我可以带他们来见你。"阿切尔冒昧地说道。

"画家?纽约还有画家?"波福特反问道,那口气仿佛在说,既然他没有买过他们的画,那么他们就算不得画家。而奥兰斯卡夫人却郑重地对阿切尔微笑着,说道:"那太好了。不过我想说的是戏剧艺术家、歌唱家、演员、音乐家。我丈夫家里总是能见到许多。"

她说出"我丈夫"这几个字,似乎其中完全没有不祥之意,那口气仿佛是在叹息自己失去了婚姻生活的乐趣。阿切尔疑惑地看着她:她为了打破婚姻而不惜冒着身败名裂的风险,却又如此轻松地提到自己的婚姻,不知这究竟是举重若轻还是装模作样。

---

① Delmonico's:创于1831年的纽约著名餐厅。
② Italo Campanini (1845—1896):意大利男高音歌唱家。
③ Sofia Scalchi (1850—1922):意大利女低音歌唱家。

"我的确认为,"她继续对着两位男士说道,"出乎意料①才能增添乐趣。每天见同一些人恐怕是个错误。"

"不管怎么说,是很无聊;纽约都快无聊死了,"波福特抱怨道,"可我刚想为你找点乐子,你却弃我而去了。得了,再好好想想!星期天是你最后的机会,因为坎帕尼尼下星期就要去巴尔的摩和费城了。我订下一个包间,还准备了一架施坦威钢琴,他们将整晚为我演唱。"

"真是妙!容我想一想,明天早晨写信告诉你,可以吗?"

她的语气非常亲切,却又带着一丝到此为止的意味。波福特显然感觉到了,但他不习惯遭人拒绝,站在那儿盯着她,眉间拧出一道固执的皱纹。

"为什么不是现在?"

"这么重大的问题,现在这么晚了,我无法决定。"

"你认为现在很晚了?"

她平静地正视着他。"是的,因为我还要同阿切尔先生谈一会儿正事。"

"啊。"波福特没好气地哼了一声。她的语气不带丝毫恳求。他只得轻轻耸耸肩,恢复了镇静,然后拉起她的手,老练地吻了吻。到门口,他又回头大声道:"我说,纽兰,如果

---

① 原文为法语。

你能说服伯爵夫人留在城里，你当然也能来一起吃晚饭。"说完，便傲慢地迈着大步走了出去。

起先，阿切尔以为莱特布赖先生肯定已同她提过他的来意，可听到她接着说的是不相干的话，他便改变了想法。

"这么说，你认识画家？你在他们的圈子里？"她问道，眼神流露出兴趣。

"哦，不完全是。我不知道这儿有什么艺术圈子，哪一门艺术都没有；它们更像是人烟稀少的远郊。"

"但你喜欢这些东西？"

"非常喜欢。我在巴黎或伦敦的时候，从不会错过任何一次展览。我尽力赶上潮流。"

她低头望着长袍底下露出的缎子鞋尖。

"我曾经也非常喜欢，我的生活里都是这些东西。但现在我要尽力不去喜欢了。"

"你要尽力不去喜欢？"

"是的。我要丢开过去的一切，变得跟这儿的人一样。"

阿切尔脸红了。"你永远不会跟这儿的人一样。"他说。

她略略挑起齐整的眉毛。"啊，别这么说。你知道我多么不喜欢与众不同！"

她的脸色沉下来，仿佛一张悲剧面具。她身子前倾，纤瘦的双手攥着膝头，目光从他身上移开，投向黑暗的远方。

"我要彻底摆脱过去。"她坚决地说。

他沉吟片刻，清了清喉咙。"我知道。莱特布赖先生跟我说了。"

"嗯？"

"所以我才过来。他要我来——你知道我就在他的事务所。"

她仿佛有些意外，但立刻眼睛一亮。"你是说你能为我处理这件事？我可以跟你谈，而不用跟莱特布赖先生谈了？噢，那可轻松多了！"

她的语气令他感动，他有些得意，也更有自信了。他认为她之所以对波福特说要谈正事，只是想摆脱他；能把波福特送出门算是一个胜利。

"我就是来这儿谈这事的。"他又说了一遍。

她默然坐着，搁在沙发背上的一只胳膊撑着头，脸色苍白而黯淡，仿佛被袍子那艳丽的红衬得失了颜色。突然间，阿切尔觉得她是一个可怜甚至可悲的人物。

"现在我们就要看到残酷的现实了，"他暗想，意识到内心不由自主的畏惧，正是他曾批评母亲及其同龄人身上的那种畏惧。他是多么缺乏处理特殊情况的经验！那些词汇他都生疏，仿佛仅仅是出现在小说中和舞台上的。面对即将发生的一切，他就像个小男孩一般狼狈而窘迫。

沉默了一阵，奥兰斯卡夫人出乎意料地激动起来。"我要自由；我要彻底抹掉过去。"

纯真年代 | 119

"这我理解。"

她脸上有了些生气。"这么说你会帮助我?"

"首先——"他迟疑道——"也许我应该了解得更多一些。"

她似乎很诧异。"你知道我的丈夫——我和他的生活?"

他做了一个肯定的手势。

"哦——那么——还有什么呢?这样的事情在这个国家是可以容忍的吗?我是新教徒——我们的教会并不禁止在这种情况下离婚。"

"当然。"

两人又都沉默了,阿切尔觉得奥兰斯基伯爵的那封信如面目可憎的幽灵一般出现在他们中间。那封信只有半页纸,写的正是他对莱特布赖先生所说的:一个气急败坏的恶棍模棱两可的指责。但其中究竟有多少事实?只有奥兰斯基伯爵的妻子说得清。

"你给莱特布赖先生的文件我都看过了。"他终于开口道。

"哦——还有比这些更讨厌的东西吗?"

"没有了。"

她稍稍改变一下姿势,抬起一只手遮住眼睛。

"当然,你知道,"阿切尔接着说道,"如果你丈夫决定打官司——就像他威胁的那样要——"

"怎么样——？"

"他可能说一些——一些可能不愉——可能令你厌恶的事。在大庭广众之下说了，就会流传开去，伤害到你，即使——"

"即使——？"

"我是说：无论那些是怎样的无稽之谈。"

她沉默了许久，久得他无法将目光停留在她被手遮住的面孔上，而将她另一只手的形状分分明明地印入脑海——那只放在膝头的手，无名指和小指上三枚戒指的每一处细节；同时注意到其中并没有结婚戒指。

"即使他将那些指责公开，我在这里又会受到什么伤害呢？"

他几乎就要嚷出来："可怜的孩子——比你在其他任何地方受到的伤害都要大得多！"但他忍住了，却回答——那口吻在他自己听来如同莱特布赖先生："和你曾经居住的地方相比，纽约社交界是个小圈子。而且与表象不同的是，统治它的是一些——哦，非常守旧的人。"

她默不作声，他继续说道："对于结婚和离婚，我们的观念尤其守旧。我们的法律支持离婚——我们的风俗却不支持。"

"绝不支持？"

纯真年代 | 121

"哦——不会支持,无论女方受到多大的伤害,无论她多么无可指摘,但只要表象对她哪怕只是一点点的不利,只要她因为任何不寻常的行为而受到含沙射影的攻击——"

她微微垂下头,他又不作声了,等待着,等待她愤怒的爆发,或至少是否认的呼喊。但是没有。

只听见一台旅行小钟在她身边嘀嗒作响,一块木柴断成两截,腾起一片火星。仿佛整个房间都静默沉思着同阿切尔一起等待。

"是的,"终于她喃喃道,"我家里人也是这么对我说的。"

他皱了皱眉。"这不奇怪——"

"我们家里人,"她纠正道,阿切尔听了脸一红。"因为你很快就是我的亲戚了。"她温和地说道。

"希望如此。"

"你同意他们的观点?"

听见这话,他站了起来,在房间里踱着步,茫然地望着那块红色旧锦缎上挂着的一幅画,然后踌躇地回到她身边。他怎么能够回答:"是的,如果你丈夫的暗示符合事实,或者如果你没有办法反驳"?

"说真心的?"他刚想开口,却被她打断了。

他低头望着炉火。"那就说真心的——你会得到什么,能够弥补那些可能会有的——肯定会有的——恶毒攻击?"

"可是我的自由呢——那是无关紧要的吗?"

就在此刻,他突然意识到,那封信中的指责是真的,她的确想要嫁给那个共犯。他该如何告诉她,若她当真抱着这样一个计划,法律是绝不容许的? 一旦怀疑她有这样的念头,他便开始对她严厉、厌烦起来。"可你现在不是像空气一样自由吗?"他答道,"谁能碰你?莱特布赖先生告诉我说,经济问题已经解决了——"

"哦,是的。"她淡淡地说。

"那么,是否值得去惹出无休无止的烦恼和痛苦? 想想那些报纸——他们有多恶毒! 那完全是愚蠢、狭隘、不公正的——但你没办法改变社会。"

"是的。"她承认。她的声音那么微弱而凄楚,他突然为自己冷酷的想法懊悔了。

"在此类情况下,个人几乎都要为所谓的团体利益牺牲:人人都要恪守维系家族的规则——保护孩子,如果有孩子的话。"他信口说着,将冒到嘴边的所有陈词滥调统统吐出来,竭尽全力掩盖丑陋的事实,可那事实却似乎已经因为她的沉默而暴露无遗。既然她不愿意或不能够说出那句话来作出澄清,那么他的希望就仅仅是不让她感觉自己在试图刺探她的秘密。按照谨慎的老纽约作风,与其冒险揭开无法治愈的创伤,不如维持表面。

"你知道,"他继续说道,"我的职责就是帮助你以那些最喜欢你的人的眼光来看待这些事情。明戈特、韦兰、范·德尔·吕顿,你所有的朋友和亲戚:如果我不坦诚地告诉你,他们是如何看待这些问题的,那我就是不公正的,对不对?"他滔滔不绝地说着,几乎是在恳求她了,只是因为他一心想掩盖那触目惊心的沉默。

她缓缓地说:"是的,那会是不公正的。"

炉火渐渐萎下去;一盏灯发出声响,仿佛在吸引人的注意。奥兰斯卡夫人站起身,把灯拧一拧,又回到炉火边,但并没有重新坐下。

她站在那儿,仿佛在暗示两人之间已经无话可说了,于是阿切尔也站起身。

"很好;我将照你的意思去做。"她突然说道。他只觉得热血涌上额头;她这突如其来的放弃己见令他大吃一惊,他笨拙地抓起她的手。

"我——我真的想帮助你。"他说。

"你的确在帮助我。晚安,我的表弟。"

他鞠躬,嘴唇触到她的手,那双手冰冷而毫无生气。她将手抽回。他转身走到门边,在前厅昏暗的煤气灯下找到自己的大衣和帽子,然后冲进了茫茫冬夜,方才那些无法说清的意思这时候却从心底滔滔涌起。

十三

这天晚上,沃拉克剧院座无虚席。

剧目是《流浪汉》,迪翁·布西高勒出演主角流浪汉,哈里·蒙塔格和艾达·戴斯扮演剧中的那对情侣[1]。这个受推崇的英国剧院正处于鼎盛,而每次上演《流浪汉》必然满座。楼座观众丝毫不掩饰其热情;而在正厅和包厢,人们对剧中并无新意的情感和哗众取宠的场面报以微笑,他们和楼座观众一样喜欢这出戏。

其中有一段,无论楼上楼下的观众都非常喜欢。哈里·蒙塔格与戴斯小姐伤感而含蓄地话别之后,转身要走。女演员站在壁炉边低头望着炉火,一袭并无任何时髦饰物的灰色开司米长裙,贴合她高挑的身姿,长长的裙摆围绕在她足边,绕颈一道窄窄的黑色丝绒带,两端垂坠在她背后。

当情人转身离去,她便将手臂支在壁炉台上,低下头,双手掩着脸。而他走到门前又停下转头看她,悄悄返回,捧起丝绒带的一端亲吻,这才离开了房间,而她并没有听见,也没有改变姿势。就在这静默的分别后,大幕落下。

纽兰·阿切尔总是为了这一段而去看《流浪汉》。他认为蒙塔格和艾达·戴斯的告别非常优美,绝不亚于他在巴黎看到的克鲁瓦塞特和布雷森特②,或者在伦敦看到的玛姬·罗伯逊和肯代尔③;其节制,其无言的悲哀,比那些最负盛名的大段念白更令他感动。

这天晚上,这一小段场景尤其令人触动,因为让他想起——不知为什么——一个多星期前他与奥兰斯卡夫人在密谈之后的告别。

无论是这两个场景,还是其中的人物,都很难找到相似之处。纽兰·阿切尔不敢妄称自己比得上剧中那位多情英俊的英国人,而戴斯小姐是个身材高大的红发女子,虽然脸色苍白,长得不美,但看上去也还顺眼,与艾伦·奥兰斯卡富有生气的容貌完全不同。阿切尔和奥兰斯卡夫人也不是默默分别的伤心情人,他们是律师和委托人,在一番交谈之后分别,而那次交谈使律师对于委托人的情况留下了最坏的印象。既然如此,两者又有何相似之处,令年轻人在回想当时情景时怦然心动?奥兰斯卡夫人的神秘气质之中仿佛具有某种东西,让人联想到日常经验以外可能存在着感人至深的悲

---

① *The Shaughraun*:爱尔兰剧作家迪翁·布西高勒 (Dion Boucicault, 1820—1890) 的作品。哈里·蒙塔格 (Harry Montague, 1844—1878):美国演员。艾达·戴斯 (Ada Dyas, 1844—1908):美国女演员。
② Sophie Croizette (1847—1901):法国女演员。Jean-Baptiste Prosper Bressant (1815—1886):法国男演员。
③ Madge Robertson (1848—1935), William Hunter Kendal (1843—1917):英国演员夫妇。

伤。这种印象并非由她说的哪一句话中产生，而是从她身上散发出来，也许来自她那神秘的异国背景，也许来自她那热情洋溢、与众不同的个性。阿切尔向来认为，在决定一个人命运的过程中，机遇和环境所起的作用很小；有些人天性就容易遭遇坎坷。这种天性他一开始便在奥兰斯卡夫人身上察觉到了。这位沉静得几乎消极的女子在他看来正是会遭遇坎坷的类型，无论她如何退缩、如何刻意躲避。有意思的是，她一直生活在戏剧感极为浓郁的氛围中，以至于她自身引发戏剧感的天性反而被遮蔽不见了。正是她与众不同的镇定自若，使他意识到她曾经历过惊涛骇浪——看看她视为理所当然的东西，便可知道她曾经反抗过什么。

阿切尔从她家出来的时候已经确信奥兰斯基伯爵的指责并非凭空捏造。在他妻子的过去中扮演"秘书"角色的那个神秘人物，在帮助她逃走之后，恐怕不会没有得到回报。她所逃离的环境是无法忍受、无法言说、无法置信的：她年轻，她恐惧，她绝望——还有什么比感激拯救者更顺理成章的？遗憾的是，在法律和世俗眼中，感激将她置于与她那个恶劣丈夫同等的地位。阿切尔行使了自己的职责，令她意识到这一点；他还使她意识到虽然纽约单纯而亲切，但她显然对它的仁慈期望过高，其实它才是她最不能指望获得宽容的地方。

不得不向她摆明这一事实，又不得不目睹她无可奈何地接受，令他痛苦得无以复加。他感觉自己出于某种莫可名状的嫉妒和怜悯之情而被她吸引，仿佛她默认犯了错便使自己受制于他，她因此而显得低微却也更可亲了。他很高兴她是向他吐露了秘密，而不是屈服于莱特布赖先生的冷酷盘问或是她家人的尴尬目光。他立即履行职责，向两方面保证她已经放弃寻求离婚，而她做出这一决定是因为认识到离婚诉讼毫无意义；他们便都如释重负，不再关注她险些给他们带来的"不愉快"。

"我就知道纽兰能够处理。"韦兰夫人自豪地说起未来的女婿；明戈特老夫人召他去密谈，盛赞他聪明能干，又不耐烦地说："傻瓜！我亲口跟她说过那有多胡扯。等着装什么老姑娘艾伦·明戈特，明明幸运地结婚做了伯爵夫人的！"

这些事情使上一次与奥兰斯卡夫人的对话依然历历在目，当演员分手的场景落幕，年轻人已经泪水盈眶。他站起身，准备离开剧院。

而当他转向后方，却看见刚才想到的那位夫人正和波福特夫妇、劳伦斯·莱弗茨以及另外一两位男士坐在一个包厢里。那天晚上见面之后，他并没有单独同她说过话，而且尽量避免和她在一起；而此刻两人目光相遇，波福特夫人也看到他了，还慢悠悠地做了一个邀请的手势，他便不可能不去那个包厢了。

波福特和莱弗茨为阿切尔让出地方。他与波福特夫人寒暄了几句，后者总是更愿意保持优美姿态而懒得交谈。阿切尔便在奥兰斯卡夫人身后坐下。包厢里除了西勒顿·杰克逊先生并无他人。他正压低声音，向波福特夫人报告上个星期天在勒缪尔·斯图瑟夫人家举行的招待会（有人说当时还有舞会）。波福特夫人听着他的详细描述，脸上堆着完美的微笑，头部的角度恰好能让正厅那边看见她的侧脸。奥兰斯卡夫人乘机扭头低声发话。

"你看，"她瞥了一眼舞台，说，"他第二天早上会给她送一束黄玫瑰去吗？"

阿切尔脸一红，心里一惊。他只拜访过奥兰斯卡夫人两次，两次都送了她一盒黄玫瑰，两次都没有留名片。她之前从未提过那些花，他以为她绝不会想到是他送的。现在她突然提到那礼物，并将它与舞台上的温柔话别联系在一起，他心中不由一阵悸动却又喜不自禁。

"我也在想那一幕——我刚想离开剧院，好把那画面带走。"他说。

没想到她颊上竟不由自主似的泛起淡淡的红晕。她低下头，妥帖地戴着手套的手中握着一架珍珠母望远镜。她沉吟片刻，说道："梅不在的时候你做些什么？"

"我专心工作。"他答道。这个问题让他有些不悦。

韦兰一家遵循多年的习惯，上星期去佛罗里达州圣奥古斯丁了。韦兰先生的支气管很弱，因此他们每年隆冬都要去那儿。韦兰先生脾气随和,少言寡语,遇事没有主张,习惯却有不少。这些习惯谁都干预不得,其中一条就是每年去南方都必须由妻子和女儿陪同。维护家庭团圆对于他的内心平静至关重要;如果没有韦兰夫人在身边,他是找不到发刷,也贴不来邮票的。

由于家人彼此关爱,而韦兰先生又是他们崇拜的主要对象,所以他的妻子和梅从来都不让他独自去圣奥古斯丁;而他的儿子都是律师,冬天无法离开纽约,便在复活节赶去与他会合,然后一道返回。

阿切尔简直不可能评论梅是否有必要陪伴父亲。明戈特家医生的名望主要建立在他有本事治愈韦兰先生从未得过的肺炎;因此他是非得要去圣奥古斯丁的。原本他们打算从佛罗里达回来之后再宣布梅订婚,而现在提前宣布了,却也不可能指望韦兰先生改变计划。阿切尔很愿意与他们同行,享受几个星期的阳光,陪未婚妻划划船;但他同样受制于习俗。尽管他的工作并不繁重,但若是冬季要求休假,便会被整个明戈特家族视为轻浮;于是他无可奈何地接受了梅的离开,并意识到那将是他们婚姻生活中的一个重要组成部分。

他知道奥兰斯卡夫人正垂着眼睛看他。"我已经遵照你的希望——你的建议做了。"她突然说道。

"啊——我很高兴。"他答道。她在这个时候提到这个话题让他尴尬。

"我知道——你是对的，"她说道，有些喘不过气来，"但有时候生活很难……很复杂……"

"我理解。"

"我早就想告诉你，我的确觉得你是对的；我很感激你。"说完，她将望远镜举到眼前，恰在此时，包厢门一开，波福特洪亮的声音打断了他们。

阿切尔站起身，走出包厢，离开了剧院。

就在前一天，他接到了梅·韦兰的一封信，信中她以特有的坦率要他在他们不在时"好好对待艾伦"。"她喜欢你，非常佩服你——而你知道，尽管她没有明说，但其实她依然非常孤独、非常不快活。我认为外婆还有罗维尔·明戈特舅舅都不理解她，他们以为她很世故、喜欢社交，但其实不是。我看得出来，她一定觉得纽约很乏味，虽然家里人都不肯承认这一点。我认为她所习惯的许多东西我们都没有：好音乐，画展，还有名流——艺术家、作家以及你钦佩的那些聪明人。外婆以为她除了宴会和衣服就不需要别的东西了——但我看得出来，在纽约几乎只有你能够跟她谈谈她真心喜欢的东西。"

好聪明的梅——这封信真是让他爱她！但他并不打算照她的意思去做；首先，他太忙，而且他已经订婚，不愿意公开捍卫奥兰斯卡夫人。他认为，天真的梅完全想不到她有多么懂得保护自己。波福特拜倒在她脚下，范·德尔·吕顿先生如守护神一般盘旋在她头顶,还有不少备选人(其中就有劳伦斯·莱弗茨)在中间等待机会。然而,每次见到她,每次与她交谈,都会让他感觉到,梅的天真几乎是一种未卜先知的天赋。艾伦··奥兰斯卡的确孤独,的确不快活。

十四

阿切尔来到门厅，正遇见朋友内德·温塞特。在简妮所谓他的"聪明人"朋友中，惟有温塞特他愿意与之探讨一些比俱乐部的通常水准和餐馆里的插科打诨更为深刻的东西。

之前他就看见剧院另一头温塞特扛着肩膀的寒酸背影，还注意到他朝波福特的包厢瞥了一眼。两人握了握手，温塞特提议去街角的德国小餐馆喝杯啤酒。阿切尔却没有心情去谈他们可能会谈到的问题，便谢绝了，借口说他还得回家工作。温塞特答道："哦，我也一样，我也要做那个勤奋的学徒[①]。"

他们一起慢慢往前走着，温塞特说道："你看，我真正想知道的是你们那个时髦包厢里那位'黑女士'的芳名——她跟波福特夫妇在一起，是不是？你的朋友莱弗茨好像迷上她了。"

阿切尔不知怎么有点生气。内德·温塞特想知道艾伦·奥兰斯卡的名字是要搞什么鬼？尤其是，他为什么把她同莱弗茨相提并论？这么爱打听可不像是温塞特；不过阿切尔想起来，他毕竟是记者。

"我想，你不是为了采访吧？"他笑道。

纯真年代 | 133

"哦——不是为了报纸；只是我自己想知道，"温塞特答道，"其实她是我的邻居——我们那儿可不是这么一位美人适合住的地方——她对我的儿子特别好，他追小猫的时候在她门前摔倒了，伤得挺厉害。她没戴帽子就跑过去，把他抱在怀里，还把他的膝盖包扎得妥妥当当。这么有同情心，又这么美，我妻子呆住了都忘了问她尊姓。"

阿切尔心头涌起喜悦。这个故事并没有了不起的地方：任何一个女人都会这样对待邻居的孩子。但他觉得，艾伦必然会那样，不戴帽子就跑过去，把孩子抱在怀里，又让可怜的温塞特太太呆住了忘记问她是谁。

"她是奥兰斯卡伯爵夫人——明戈特老夫人的孙女。"

"哟——伯爵夫人！"内德·温塞特打了个唿哨，"没想到伯爵夫人会这么友善。明戈特家的人可不会。"

"他们会的，只要你给他们机会。"

"啊——"这是他们永恒的论题："聪明人"固执己见地不愿与上流社会来往，而两人都知道没必要争下去。

"不知道，"温塞特突然问道，"一位伯爵夫人为什么住在我们那种贫民窟？"

"因为她完全不在乎自己住哪儿——或者说她不在乎我

---

① 指英国版画家威廉·贺加斯（William Hogarth, 1697—1764）作品《勤奋与懒惰》中的人物。

们那些小小的社会标志。"阿切尔答道,暗暗为心中她的形象而骄傲。

"唔——我猜她在更大的地方待过,"温塞特评论道,"好了,我该拐弯了。"

他慢吞吞地穿过百老汇大街,阿切尔立定了看他远去,回味着他最后那句话。

内德·温塞特常有洞察力闪现的瞬间;那是他身上最有趣的地方,阿切尔也总是因此而纳闷,为什么他明明有这样的能力,却在其他人依然奋斗的年纪如此漠然地接受失败?

阿切尔知道温塞特有妻儿,但从未见过他们。两人见面总是在"百人团",或者其他记者和戏剧界人士常去的地方,比如温塞特提议去喝啤酒的那个餐馆。他给阿切尔的印象是他的妻子体弱多病;也许这位可怜的太太的确有病,但也可能仅仅是没有社交能力或没有晚礼服,或两者都没有。温塞特自己极其厌恶社交礼仪。阿切尔穿晚礼服,是因为他觉得这样更干净舒适,但他从未静下心来想一想,干净和舒适对于囊中羞涩的人来说意味着两笔巨大的开支;而他认为温塞特的态度是无聊的"波希米亚"腔调,反而使上流社会的人们——他们换衣服从不声响,也很少提到仆人数目——显得尤其简单大方。不过,温塞特总能让他兴奋,每当看到这位记者蓄着络腮胡的瘦脸和忧郁的眼睛,他就会把他从自己的角落里拉出来,另找地方长谈。

温塞特不是自己选择当记者的。他是个纯粹的文人,却不合时宜地生在一个不需要文学的世界。他出版过一卷简洁优美的文学评论集,卖出一百二十本,送出三十本,其余的最终被出版商(根据合同)销毁,以便给更好销的东西腾地方,此后他就放弃原本的事业,当上了助理编辑,供职于一家妇女周报,发发时装图片和裁剪纸样、新英格兰言情小说和软饮料广告。

他为"炉边"(报纸的名称)找到的话题妙趣横生,似乎永不枯竭,但在他的风趣之下隐藏着韶华未老却放弃以往努力的无言苦涩。他的谈话总能促使阿切尔衡量自己的生活而自感贫乏;但温塞特的生活实则更为贫乏。尽管两人对于求知都抱着浓厚的兴趣,交谈起来总是兴味盎然,但他们的观点交流通常仅限于业余爱好者的可怜水准。

"事实上,我们两人的生活都不十分如意,"温塞特有一次说,"我是彻底完了,做不了什么了。我只会做一样东西,而它在这儿没有市场,我的有生之年是不会有了。但你有时间,也有钱。你为什么不做些事情?只有一个可行的办法:从政。"

阿切尔仰头大笑。这一刻,便可看出温塞特和其他人——阿切尔一类的人——之间不可逾越的鸿沟。上流社会的每个人都知道,在美国,"绅士是不从政的"。但他无法直截了当地告诉温塞特,只是含糊答道:"看看美国政界正人君子的生涯！他们不需要我们。"

"'他们'指谁？你们为什么不联合起来，也成为'他们'中的一员？"

阿切尔的笑停在唇边，变成一个略带傲慢的微哂。没有必要再讨论下去：人人都知道那几位以清白名誉冒险进入纽约市或纽约州政界的绅士的伤心命运。时过境迁，那样的事再也不会发生；国家掌握在大亨和移民手里，体面人物退入体育或文化之中。

"文化！是的——如果我们当真有文化！但也只是些零零碎碎的薄田，渐次衰败，因为缺乏——唔，精心耕作和兼收并蓄，无非是你们祖上欧洲传统的残存。而你们成了可怜的少数派：没有中心，没有竞争，没有观众。你们就如同荒宅墙壁上的画：'一位绅士的肖像'。你们永远成就不了什么，谁都不行，除非肯卷起袖子，下到污泥里。只有那样，要么就移民……老天！要是我能移民……"

阿切尔暗暗耸一耸肩，将话题转回读书——谈起这件事，温塞特的见解即便难以预料，但必然会很有趣。移民！好像绅士能够抛弃祖国似的！这是不可能的，就像不可能有人卷起袖子下到污泥里。绅士只是待在家里，清心寡欲。但你没办法让温塞特这样的人看到这一点，正因为此，拥有文学俱乐部和异国风味餐厅的纽约，摇动第一下会如万花筒一般变化多端，但最终不过是一个小盒子，图案单调得都不如一

纯真年代

条拼凑起来的第五大道。

第二天早上，阿切尔找遍全城也没有买到黄玫瑰，结果很晚才到事务所，却发现他的迟到对任何人都没有影响，不免感到自己的生活精致却毫无意义，便蓦地愤怒起来。为什么此刻他不能在圣奥古斯丁的沙滩上陪伴梅·韦兰？他装模作样的工作骗不了任何人。在莱特布赖先生领导的这种主要从事大宗地产和"稳健"投资管理的老派法律事务所里，总有两三个年轻人，家境富裕却毫无工作热情，每天几个小时坐在办公桌后处理些无关紧要的工作，或者干脆读报纸。尽管大家都认为他们应当有一份职业，但挣钱这种粗俗的事情仍被视为有伤体面，而律师的职业则被认为比经商更适合绅士。不过这些年轻人都没有事业进步的希望，也没有这样的真诚渴求；在他们大多数人身上，已经能看见敷衍塞责的霉斑正在不断蔓延。

一想到同样的霉斑也可能在自己身上蔓延，阿切尔不禁打了个寒颤。无疑，他另有志趣；他去欧洲度假旅行，结交梅所谓的"聪明人"，并尽力"赶上潮流"，正如他满怀向往地对奥兰斯卡夫人所说的那样。而一旦结婚，他实际生活的那个狭窄圈子又会有何变化？他目睹了许多年轻人，曾经抱着与他一样的梦想——尽管不如他热切，却渐渐沉入长辈那种按部就班、波澜不惊的浮华生活。

他在办公室派了个信差给奥兰斯卡夫人送去一封便笺，询问能否午后拜访，并请她将回复送往他的俱乐部；但他并没有在俱乐部见到回复，第二天依然没有消息。这一出人意料的沉默令他极为羞愧；第二天早上他在花店橱窗里看见一束灿烂的黄玫瑰，但不再理会。直到第三天早上，他才收到邮局送来的一封奥兰斯卡伯爵夫人的短信。但奇怪的是，信是从斯库特克利夫寄出的，范·德尔·吕顿夫妇将公爵送上船后就立即返回那里了。

"在剧院见到你的第二天，我逃走了，"信的开头很突兀（没有通常的开场白），"这里的好心朋友收留了我。我想静一静，仔细想一想。你说得不错，他们非常好，我感觉在这里很安全。但愿你能和我们在一起。"结尾是惯常的"谨启"，并没有提到回来的日期。

信的口吻令年轻人惊讶。奥兰斯卡夫人在逃避什么？她为什么需要安全感？他首先想到的是海外的某种邪恶威胁；然后他想到自己并不熟悉她的书信风格，也许那只是生动的夸张。女人总是喜欢夸张；况且她用英语还不是很自如，说起来常常像是从法语翻译过来的。若是法语，第一句话"Je me suis évadée——"便仿佛在说，她可能只是试图逃避一系列无聊的约会；很可能就是如此，因为他认为她变化无常，很容易就厌倦了一时的欢愉。

想到范·德尔·吕顿夫妇再次将她带到斯库特克利夫，

而且这一次是无期限的逗留,他就觉得好笑。斯库特克利夫开门迎客是很罕见也很勉强的,即便有少数人能获此殊荣,得到的也只是一个冷冰冰的周末。阿切尔上次去巴黎的时候看了拉比什①的一出极有趣的喜剧《贝利松先生的旅行》,他还记得贝利松先生对自己从冰川里拉出来的那个年轻人抱着执拗的感情。范·德尔·吕顿夫妇将奥兰斯卡夫人从冰川一般的厄运中救了出来,尽管他们喜欢她确有其他原因,但阿切尔知道在所有那些原因之后是他们要继续拯救她的高贵而固执的决心。

得知她外出,他非常失望,并且几乎立刻想起前一天刚刚谢绝了瑞吉·契佛斯的邀请。他们在哈得孙河畔有一栋别墅,邀请阿切尔去度周末,而那里距离斯库特克利夫不过几英里。

很久以前他就已经玩够了在海班克举行的那些热闹的友人聚会,海岸航行、冰上帆船、雪橇、雪中远足都曾尝试,还有温文尔雅的调情和不瘟不火的恶作剧。伦敦书商刚刚寄来一箱新书,他更憧憬与这些战利品度过一个安静的周日。但这时他却走进俱乐部的写字间,匆匆写了一封电报,让仆人立即发出。他知道瑞吉夫人不会反对客人突然改变主意,而她腾挪有度的房子里也总能留出一个房间。

---

① Eugène Labiche (1815—1888):法国喜剧作家。

十五

纽兰·阿切尔星期五傍晚抵达契佛斯家,星期六认真履行了海班克周末的所有例行程序。

早上他陪女主人和几位最强健的客人玩了一会儿冰上帆船;下午同瑞吉"察看农场",在精心布置的马厩听了几场有关马匹的令人难忘的长篇演讲;茶点之后在生了火的客厅一角与一位年轻女士交谈,她曾自称在听说他订婚的消息后伤心欲绝,此刻却急于将自己对婚姻的期望告诉他;最后,到了半夜,帮忙把一条金鱼塞进一位客人的被子,扮作夜盗出现在某位胆小的姑妈的浴室,凌晨时分又目睹并参与了一场从儿童房直杀到地下室的枕头大战。而到了星期日,吃过午饭,他便借了一架小雪橇,往斯库特克利夫去了。

人人都曾听说斯库特克利夫是一座意大利式别墅。从未去过意大利的人都信以为真;去过意大利的人也深以为然。房子是范·德尔·吕顿先生年轻时所建,当时他刚从欧洲游学归来,准备迎娶路易莎·达格内特小姐。这是一幢巨大的正方形木建筑,拼板墙壁漆成淡绿和雪白相间,科林斯式柱廊,窗与窗之间立着凹槽式壁柱。从宅第所在的高地往下,一层层以栏杆和石瓮围起的平台如钢雕版一般,通向一片形状不规则的小湖,湖畔沥青铺道,珍稀的针叶林掩映披拂。左右两边就是著名的无杂草草坪,"样本"树遍布(每棵的品种各不相同),草坪绵延,一带绿茵,点缀着精美的铸铁装饰;下面是一处山谷,一栋四居室石屋坐落其间,那是由第一代庄园主1612年在这片封地上建起的。

一片茫茫白雪间,这座意大利别墅冷冷地矗立在灰暗的冬日天空下,即便是夏天,它也显得遥不可及,就连最放肆的锦紫苏也在令人畏惧的大门三十英尺之外畏葸不前。此刻,阿切尔拉响门铃,冗长的铃声如同回荡在陵墓中,管家许久才来应门,他惊讶得仿佛是从长眠中被唤醒。

幸好阿切尔是本家,因此尽管他来得唐突,仍有资格获知奥兰斯卡伯爵夫人不在家,恰在三刻钟之前,她陪同范·德尔·吕顿夫人驱车去做午后礼拜了。

"范·德尔·吕顿先生在家,先生,"管家接着说,"但我猜想,他也许午睡刚起,或者正要读昨天的《晚间邮报》。今天上午他从教堂回来的时候,我听他说要在午饭后读一读《晚间邮报》,先生。我可以去书房门口听一听,先生,如果您希望——"

但阿切尔谢过他,说自己还是去迎一迎两位夫人。管家显然松了一口气,庄严地将大门在他面前关上。

一个马夫把小雪橇拉进马厩,阿切尔穿过庭院踏上大路。斯库特克利夫村离这儿只有一英里半,不过他知道范·

德尔·吕顿夫人绝不会步行，因此他必须走大路才能迎上马车。可没多久，他便看见一个披着红斗篷的轻盈身影，一条大狗跑在前头。他忙赶上前，奥兰斯卡夫人收住脚步，脸上漾起热情的微笑。

"啊，你来了！"她说着，从手筒里抽出手。

红斗篷显得她生气勃勃，又仿佛是昔日的艾伦·明戈特了。他笑着握着她的手，答道："我来看看你究竟在逃避什么。"

她脸色一沉，但只是回答说："哦——你马上就会知道了。"

听到这话他很疑惑。"怎么——难道你遇到什么事了？"

她耸耸肩，做了一个娜丝塔西娅似的小动作，口气轻松一些了："我们往前走好吗？听完讲道之后我觉得好冷。不过现在有什么关系？你来保护我了。"

热血直冲他太阳穴，他抓住她斗篷一角。"艾伦——怎么回事？你要告诉我。"

"哦，马上——我们先赛跑：我的脚都快冻僵了。"她嚷道，猛然抓起斗篷，在雪地上飞奔起来。大狗在她身边跳跃，挑战似的吠着。阿切尔站了一会儿，欣喜地注视着那红色如一点流星在白雪中闪动，然后他也跑起来，在庭院边门赶上了她，两个人气喘吁吁地哈哈大笑起来。

她抬头望着他，微微一笑。"我知道你会来！"

"这说明你希望我来。"他答道。这一番玩闹使他兴奋异常。银色的树木仿佛令空气也散发着神秘的光芒。他们踏雪而行，大地似乎在脚下歌唱。

"你从哪儿来？"奥兰斯卡夫人问道。

他告诉她了，又说："因为我收到了你的信。"

她略一沉吟，然后语气明显冷淡下来："是梅教你照顾我的。"

"我不用谁来教。"

"你是说——谁都看得出我软弱无助？你们未免把我想得太可怜了！但这里的女人好像不会——好像绝对不会需要：天堂里的有福人都不需要。"

他轻声问道："不需要什么？"

"啊，不要问我！你我说的不是同一种语言。"她怒道。

这话仿佛给他当头一棒，他默然站在小路上，低头看着她。

"如果我说的不是你的语言，又为什么过来呢？"

"哦，我的朋友——！"她将手轻轻放在他的手臂上。他诚恳地问道："艾伦——你为什么不告诉我出了什么事？"

她又一耸肩。"天堂里还会出什么事吗？"

他不再开口。他们默默地走了几步。终于她说道："我会告诉你的——可是在哪儿，在哪儿，在哪儿说呢？那房子就像一座巨大的神学院,没有一分钟能让人自己待着,所有的门都大开着,总是有仆人来上茶,来给火炉添柴,或是来送报纸!难道美国的房子里没有一处是可以让人自己待着的吗?你们那么腼腆,但你们又那么公开。我总是觉得自己又回到了修女学校——或者是站上了舞台,面对一群礼貌周到却从不鼓掌的观众。"

"哦,你不喜欢我们!"阿切尔嚷道。

他们经过旧庄园的那栋屋子,低矮的四壁和狭小的方窗簇拥着正中一根烟囱。百叶窗都开着,透过新漆的一扇窗子,阿切尔发现里面生着火。

"怎么——这房子开着!"他说。

她立定。"不是,只是今天开着。我想进去看看,范·德尔·吕顿先生就让人生了火,开了窗子,这样我们上午从教堂回来的时候能进去坐坐。"她踏上台阶,试了试门。"还没有锁——真运气!我们进去安安静静地谈一谈。范·德尔·吕顿夫人去莱茵贝克看她的老姑妈了,一个小时之内不会有人来找我们。"

他跟着她走进狭窄的通道。她方才那番话令他非常沮丧,这时候他又无端的兴奋起来。这座温暖舒适的房子,镶板与铜器被炉火映得闪亮,仿佛是魔法变出来迎接他们的。厨房烟囱下的炉膛里,余烬发着微光,上方一副年代久远的支架,挂着一把铁壶。壁炉前铺着地砖,面对面放着两把灯

纯真年代 | 145

心草编的扶手椅，靠墙的架子上摆着几排代尔夫特蓝陶盘。阿切尔弯腰往炉膛里添了一根木柴。

奥兰斯卡夫人放下斗篷，在一把扶手椅上坐下。阿切尔倚着烟囱，望着她。

"现在你笑了；可你给我写信的时候却不快活。"他说。

"是的，"她顿了顿又说，"不过你来了我就不会不快活了。"

"我不会久留。"他答道，绷紧嘴唇，努力不再多说什么。

"是的，我知道。但我不管长远。我只活在眼下的快活里。"

这话充满诱惑地潜入他心底，为了抵挡对它的感觉，他从壁炉边踱开，又立定了眺望雪地里黝黑的树干。但她仿佛也换了位置，他依然能看见她，隔在他与树之间，俯身向着炉火，脸上带着慵懒的微笑。阿切尔的心挣扎似的狂跳起来。如果她逃避的正是他，如果她就是等他俩单独在这个僻静房子的时候把这个告诉他，那该怎么办？

"艾伦，如果我真的能够帮助你——如果你真的希望我来——那就请你告诉我究竟出了什么事，告诉我你在逃避什么。"他追问道。

说话的时候他并没有移动，并没有转身看她：如果要发生，就这样发生好了。他们在房间两头，他的眼睛依然注视着窗外的白雪。

她沉默了许久；阿切尔想象她——仿佛听见她——悄悄走到他身后，伸开双臂轻巧地搂住他的脖子。他等待着，浑身颤抖着等待奇迹发生。突然，他的目光无意中落在一个人影上。此人穿着厚重的大衣，毛领竖起，正沿着小路朝房子这边走来。正是裘力斯·波福特。

"啊——！"阿切尔高喊一声，大笑起来。

奥兰斯卡夫人已跳起来，跑到他身边，手轻轻伸到他手中。但当她瞥见窗外，立刻脸色煞白，后退一步。

"原来是他？"阿切尔嘲讽道。

"我不知道他在这儿。"奥兰斯卡夫人喃喃道。她依然握着阿切尔的手；但他将手抽回来，穿过过道，猛地将大门打开。

"你好，波福特——这边请！奥兰斯卡夫人在等你呢。"他说。

第二天早上，阿切尔在返回纽约的途中疲惫地回味着后来在斯库特克利夫的情景，一切依然历历在目。

波福特发现阿切尔和奥兰斯卡夫人在一起显然很气恼，但他仍像平常一样，专横地处理眼前的局面。他不理睬妨碍他的人，如果对方敏感，就会有一种被无视、不存在的感觉。当三人一同穿过庭院时，阿切尔便有这种隐形了似的奇怪感觉,这尽管有伤自尊,但也使他得以如幽灵一般观察到通常被忽略的东西。

波福特一如既往从容自信地踏进小屋,但微笑无法舒展他眉间那道垂直的皱纹。显然奥兰斯卡夫人不知道他会来,尽管她对阿切尔说的话中暗示了这种可能性;不管怎样,她离开纽约的时候显然没有告诉他自己要去哪儿,而她的不辞而别激怒了他。他到这里来表面上的理由是他在前一天晚上找到一处尚未出售的"完美的小房子",再适合她不过,但如果她不买就会立刻被人抢走。他还假意大声责备她,他刚找到舞会的地方,她就逃走了。

"如果那个用线传话的新玩意儿①再完美一点,我这会儿就不用离开城里了,在俱乐部的火炉边烤着我的脚指头,也能把这些事情告诉你,才不用在雪地里费劲追你呢。"他假意气恼,却将真正的愤怒掩藏起来。奥兰斯卡夫人却顺着他这番话将话题引开,说也许有朝一日会发生这样奇妙的事情:他们不在一条街上,甚至——简直异想天开——不在一个城市,却能彼此交谈。这使三个人都联想到埃德加·爱伦·坡和儒勒·凡尔纳,以及所有聪明人在尽可能短的时间里讨论新发明的时候自然而然浮到嘴边的老生常谈——过早相信会显得天真。电话这个话题使他们安全地返回大

---

① 指电话,1871 年由贝尔发明。

宅子。

范·德尔·吕顿夫人还没有回来。阿切尔告辞，步行去取小雪橇，波福特则跟随奥兰斯卡夫人进屋。范·德尔·吕顿夫妇不喜欢不速之客，因此他们可能会留他晚饭，然后送他回火车站去赶九点的火车；但仅此而已，因为不带行李旅行的绅士想留下过夜，在两位主人看来是不可思议的，而向波福特这个交情有限的人提出这样的建议，也是令他们反感的。

波福特完全知道，也必然有所预料。他长途跋涉却只为这么可怜的回报，足见他已经很不耐烦。无疑他是在追求奥兰斯卡伯爵夫人，而波福特追求漂亮女人的目的只有一个。他没有儿女，无聊的家庭生活早已使他厌倦；除了一些更为长久的安慰，他还在自己的圈子里猎艳。他就是奥兰斯卡夫人声称要逃避的那个人。但问题是，她逃避是因为他的纠缠令她不悦，还是因为她不完全相信自己能够抵挡他的纠缠，除非她所谓的逃避只是一个幌子，她的离开只是一个策略。

对此阿切尔并不真的相信。尽管他与奥兰斯卡夫人见面次数不多，但他自以为渐渐能够看透她的表情，或者她的语气；当她见到波福特的时候，无论是她的表情还是语气都流露出恼怒甚至惶恐。但是，如果真是这样，那么她是特意为了见他才离开纽约的，岂不更糟？要是她果然如此，那么她将不再是引人注目的对象，她将把自己的命运交给最卑劣的伪君子：一个与波福特有染的女人将无可挽回地给自己"归类"。

不，还有更糟糕一千倍的，如果她判断出波福特的为人，也许还鄙视他，但依然被他吸引，因为他所具备的条件胜过她周围许多男人——他适应两个大陆、两地社交界的习惯，他与艺术家、演员、公众人物的密切来往，他对于当地偏见的蔑视轻慢。波福特粗野庸俗，缺乏教养，财大气粗，但由于他的生活环境和天性中的敏锐，同他聊天很有趣味，许多比他高尚、比他更有权势的人，因为视野仅局限于巴特利老歌剧院和中央公园，反而不如他有趣。一个来自广阔世界的人怎会感受不到差异，怎会不受到吸引？

奥兰斯卡夫人一气之下对阿切尔说，他和她说的不是同一种语言；而年轻人知道，从某种角度说，这话并没有错。波福特却对她的语言了如指掌，说起来流畅自如——他的那种人生观、腔调和态度，在奥兰斯基伯爵的那封信中都有流露，只是前者更粗俗一些。这对于奥兰斯基伯爵的妻子而言，或许是一种不利，但聪明的阿切尔并不认为艾伦·奥兰斯卡这样的年轻女子会畏惧任何令她想起自己过去的东西。她或许认定自己完完全全地抗拒过去，但那些曾经吸引她的东西依然会吸引她，即便她并不愿意如此。

就这样，年轻人秉着痛苦的公正，分析了波福特及其受害者的情况。他极希望点醒她，有时候他认为她所要求的就是有人点醒。

那天晚上,他打开伦敦寄来的书箱。箱子里的东西都是他迫不及待想读的:一册赫伯特·斯宾塞[1]的新书,多产的阿尔封斯·都德一本很妙的小说集,以及一本新近被评论界认为不乏趣味的小说《米德尔马契》[2]。为了一读为快,他拒绝了三个晚宴邀请;但是当他怀着书迷的快感一页页翻过时,却不知道自己究竟读了些什么,书一本接一本地从他手中掉落。突然,他的目光落到一本薄薄的诗集上,订这本书是因为被它的书名所吸引:《生命之屋》[3]。他读了起来,感觉自己沉入了某种从未在其他书中感受过的气氛,那种温暖,那种浓烈,那种难以描摹的柔情,使人类最为基本的情感具有了某种缠绵悱恻的全新美感。在着了魔力的书页间,他彻夜追寻着一位女子的幻影,那位女子却有着艾伦·奥兰斯卡的面庞;而当他第二天醒来,望着街对面棕色砂岩的房子,想起莱特布赖事务所里自己的办公桌,想起恩典堂里他家的包间,他在斯库特克利夫庭院中的时光已同昨夜的幻影一般虚无缥缈。

"天哪,纽兰,你的脸色真差!"早餐喝咖啡的时候,简

---

[1] Herbert Spencer (1820—1903):英国哲学家。
[2] *Middlemarch*:英国作家乔治·艾略特 (George Eliot, 1819—1880) 作品。
[3] *The House of Life*:英国画家、诗人罗塞蒂 (Dante Gabriel Rossetti, 1828—1882) 的组诗。

纯真年代 | 151

妮说道。他母亲接口道:"纽兰,亲爱的,我注意到你最近在咳嗽。我真希望你没有太操劳?"因为母女俩都相信,在几位资深合伙人的铁腕之下,年轻人的生活完全被令人疲惫不堪的工作占据了;而他也从未想过向她们解释清楚。

之后的两三天沉重地过去。按部就班的滋味如同嚼蜡,甚至有时候他觉得自己仿佛正活活被未来埋葬。没有奥兰斯卡伯爵夫人的消息,也没有那座"完美的小房子"的消息,虽然他在俱乐部里见到了波福特,但两人只是隔着牌桌点了点头。直到第四天晚上回到家,他才看到一封便笺在等他。"明天晚些时候过来:我一定要对你解释。艾伦。"就只这几个字。

年轻人要出去吃饭,便将信纸塞进口袋,"对你"两字的法语味道让他不禁微笑。晚饭后,他去看戏;午夜后回到家里,他才又拿出奥兰斯卡夫人的信,慢慢重读了几遍。回信可以有好几种写法,在难以平静的深夜,他将每一种写法都深思熟虑了一番。当天色大亮,他终于做出决定——他拿了几件衣服扔进旅行箱,然后跳上了当天下午驶往圣奥古斯丁的轮船。

十六

阿切尔沿着圣奥古斯丁沾着沙子的大街步行，有人将韦兰先生的住处指给了他。当看见梅·韦兰站在一棵木兰树下，阳光在发间闪烁，他便奇怪自己为什么等这么久才过来。

这儿才是真谛，这儿才是现实，这儿才是属于他的生活；他自以为蔑视专制的约束，却因为别人可能认为他偷懒度假而不敢离开办公桌！

她第一句话便是："纽兰——出什么事了？"而他以为，如果她能立刻从他的眼神里看出他为什么而来，那才更是"女人"。但当他回答："是的——我觉得我必须见你"，她脸上便立即泛起欢喜的红晕，使惊讶的冷淡荡然无存，而他便也看出自己将轻易得到原谅，就连莱特布赖先生轻描淡写的不满也将被家人宽容的微笑化解。

时间尚早，大街上不适合正式的欢迎，而阿切尔希望与梅单独在一起，好倾吐所有的柔情蜜意和迫不及待。离韦兰家较晚的早餐还有一个小时，梅没有让阿切尔进屋，而是建议两人去郊外一处古老的橘园散步。她刚在河里划过船，那网着细浪的金色阳光仿佛也将她网着了。被风吹散的头发拂在她暖棕色的颊边,如银丝般熠熠生辉;眸子的颜色似乎更浅了,透明一般洋溢着青春的澄澈。她迈着富有活力的步伐走在阿切尔身旁,脸上天真安详的神情如一尊年轻健儿的大理石雕像。

这形象如同蔚蓝的天空、从容的流水一般放松了阿切尔紧张的神经。他们在橘树下的长椅上坐下,他伸手搂着她亲吻,宛如将阳光下冷冽的甘泉掬在口中。但他没想到自己大约过于热烈了,她绯红了面颊挣脱开,好像被他吓着了。

"怎么了?"他微笑着问道。而她惊诧地望着他,答道:"没什么。"

两人都略有些尴尬,她轻轻将手从他手中抽出。除了上次在波福特家温室的片刻拥抱,这是他唯一一次吻她,而他发现她并不自在,失去了平日里那种男孩子般的冷静。

"告诉我你每天都做些什么。"他把头一仰,双手搭在脑后,将帽子往前推推,挡住耀眼的阳光。让她说说简单的日常事情,这是他得以继续自己思考的最简便的方法。他便坐着听她一件接一件平平淡淡地讲述:游泳,驾船,骑马,偶尔有军舰进港时小酒馆里的舞会。有几个费城和巴尔的摩来的有趣人物在酒馆旁野餐。塞尔弗里奇·梅里一家过来待了三个星期,因为凯特·梅里得了支气管炎。他们打算在沙滩上辟一个网球场,但只有凯特和梅带了球拍来,而大多数人甚至都没听说过这项运动。

这些事情忙得她不可开交，因此阿切尔上星期寄来的那册羊皮纸小书《葡萄牙人十四行诗》①，她只是抽时间看了一眼；不过她正在背诵《他们如何把好消息从根特送到埃克斯》，因为那是他第一次为她朗诵的东西；而她很高兴能告诉他，凯特·梅里甚至都没有听说过这位诗人罗伯特·勃朗宁。

不一会儿，梅跳起来，嚷着他们要赶不上早餐时间了。两人忙赶回那幢旧房子。那是韦兰一家过冬的居所，门廊没有粉刷，蓝雪花与粉色天竺葵的花篱也没有修剪。韦兰先生对家居环境异常敏感，邋遢的南方旅馆里的种种不便令他避而远之，韦兰夫人便不得不面对几乎无法克服的困难，不惜巨大代价，年复一年拼凑起一班仆役——部分是从纽约带来的满腹牢骚的仆人，部分则是在当地找来的非洲裔差役。

"医生希望我丈夫感觉就像在自己家里一样；不然他若是心情不畅，气候也就不会对他有益了。"每一年冬天，她都要这样向那些好心的费城人和巴尔的摩人解释。韦兰先生在摆满丰盛美食的早餐桌边笑逐颜开，他对坐在桌子对面的阿切尔说道："你看，亲爱的朋友，我们在野营——真正的野营。我跟我妻子和梅说，我要教教她们如何吃苦。"

---

① *Sonnets from the Portuguese*：英国诗人伊丽莎白·勃朗宁（Elizabeth Barrett Browning, 1806—1861）的情诗集。

纯真年代 | 155

见阿切尔突然到来，韦兰夫妇同他们的女儿一样吃惊；但阿切尔已经想到一个借口，说他感觉马上就要得一场重感冒了，而在韦兰先生看来，这个理由足以让人放下所有职责。

"你怎么小心都不过分，尤其在冬尽春来的时候，"他说着，一边往自己盘子里堆起焦黄的烤饼，再把它们浸在金色的糖浆里，"如果我在你这个年纪的时候也这么谨慎的话，梅现在就应该在贵族精英的舞会上跳舞，而不是在荒郊野外陪着一个老废物过冬了。"

"哦，可是我喜欢这里，爸爸；你知道我喜欢。如果纽兰能够留下来，那我喜欢这儿就胜过纽约一千倍了。"

"纽兰必须留下来，直到彻底摆脱感冒。"韦兰夫人疼惜地说。年轻人笑起来，说他以为职业也是重要的。

不过，他与事务所互通几次电报之后，便成功地为感冒争取到一周的时间。而当得知莱特布赖先生之所以宽容，部分原因是他这位年轻的合伙人出色化解了棘手的奥兰斯基离婚案，阿切尔不由得感到些许讽刺。莱特布赖先生告知韦兰夫人，阿切尔为整个家族"做出了无法估量的贡献"，曼森·明戈特老夫人尤为满意。一天，梅随父亲乘着这儿唯一一辆马车外出兜风，韦兰夫人便趁机提起了女儿在时一直回避的那个话题。

"恐怕艾伦的想法和我们完全不同。梅朵拉·曼森带她从欧洲回来的时候,她还没有满十八岁——你还记得她在初入社交界的舞会上穿了一身黑,引起大轰动吗?又是梅朵拉的一个疯念头——可那次真是个坏兆头!那至少是十二年前的事了;之后艾伦再也没有回过美国。难怪她完全是个欧洲人了。"

"但欧洲上流社会并不容忍离婚。奥兰斯卡伯爵夫人以为她寻求自由是符合美国精神的。"自从年轻人离开斯库特克利夫之后,这是他第一次提到她的名字,他觉得自己不由脸红了。

韦兰夫人怜悯地微笑着。"那就跟外国人对我们的那些奇怪杜撰一样。他们以为我们两点钟吃晚饭,还赞成离婚!所以他们来纽约的时候我还要招待他们,真让人觉得有点傻。他们接受我们的款待,然后回去再重复那些蠢话。"

阿切尔没有说什么,韦兰夫人继续说道:"不过,你说服艾伦放弃了那个念头,我们万分感激。她的祖母和她的叔叔罗维尔都拿她没办法。他们都写信来说,她之所以改变主意完全是由于你的影响——其实她自己也是这样对她祖母说的。她极其崇拜你。可怜的艾伦——她向来就是个任性的孩子。真不知道她的命运将会怎样?"

"将会是我们所有人努力制造的那样,"他真想说,"如果你们大家都希望她沦为波福特的情妇,而不是某个正派人的妻子,那么你们显然走对了方向。"

纯真年代 | 157

如果他当真说出这番话,而不是仅仅在心里默想,不知韦兰夫人会如何作答。他想象得出她那平静坚毅的面庞必然会大惊失色。因为毕生掌管家务琐事,她具有一种矫揉造作的威严神态,眉目间尚留存着能在她女儿脸上找到的秀美痕迹。他自问,不知梅的容颜是否也注定将混浊成眼前这中年妇人的一副不可战胜的天真。

啊,不,他不希望梅有那样一种天真,那种使头脑隔绝了想象、使心灵隔绝了感受的天真!

"我确信,"韦兰夫人继续说道,"如果这件可怕的事情上了报纸,那将是对我丈夫的致命打击。我不知道其中的细节,我也不想知道,可怜的艾伦试图跟我谈的时候,我就是这样告诉她的。我还要照顾病人,必须保持开朗愉快。但韦兰先生非常担心,我们等她决定的那些天,他每天早上都会发低烧。他就是害怕女儿知道世上还会有这种事情——不过当然喽,亲爱的纽兰,你也一定有同感。我们都知道你是为梅着想的。"

"我一直都在为梅着想。"年轻人答道,一边站起身,结束这场对话。

他本打算抓住与韦兰夫人单独谈话的机会,催促她将婚期提前。但他想不出任何能够打动她的理由,因此见到韦兰先生和梅的马车回到门外,他不由松了一口气。

他唯一的希望是再次恳求梅。在他返回纽约的前一天,他同她去西班牙传教堂外荒弃的花园散步。那儿的景色使人联想起某些欧洲的场景。梅戴了一顶宽边草帽，使清澈见底的眼睛蒙上一层神秘的阴影，显得分外动人。当他说起格兰纳达的阿尔罕布拉宫时，她兴奋起来。

"说不定等开春我们就能看到这些了——甚至还能看到塞维利亚的复活节庆典。"他热烈地说，有意夸大要求，试图得到更大的让步。

"在塞维利亚过复活节？可下星期就开始大斋期①了！"她笑起来。

"我们为什么不能在大斋期结婚？"他答道，但一见她震惊的表情，他便知道自己不该这么说。

"当然我并不是当真要那样，亲爱的，不过复活节之后马上结婚——这样我们就能在四月底扬帆远航了。事务所里的事我一定能安排好的。"

听他说着这些假设，她微笑起来，仿佛在梦境中一般。而他看得出，她是只要能做梦就满足了，就像在听他朗诵诗集中那些美好却永不可能实现的事物。

"哦，请说下去，纽兰。我喜欢听你描述。"

"可为什么只能是描述呢？为什么我们不把它们变成现实呢？"

---

① 复活节前的四十天斋戒期，其间不宜举行婚礼。

纯真年代 | 159

"我们会的,亲爱的,当然会喽。等到明年。"她缓缓说道。

"难道你不想让它们早点实现?我就不能说服你现在就行动?"

她垂下头,将脸藏在宽帽檐下面。

"为什么我们要再做一年的梦?看着我,亲爱的!你不明白我有多想娶你?"

她依然一动不动,过了一会儿才抬头看着他,清澈的眼睛里竟流露出绝望,他不由松开了搂在她腰间的手。但突然间,她脸色变了,深不可测一般。"我不敢肯定是否真的明白,"她说,"是不是——是不是因为你说不准自己会一直喜欢我?"

阿切尔从椅子上跳起来。"天哪——也许吧——我不知道。"他怒道。

梅·韦兰也站了起来。当他们彼此面对的时候,她仿佛生出一种女性的气魄与尊严。两人都沉默了,仿佛都因为这始料未及的对话而感到惶恐。然后,她低声道:"是不是——是不是有其他人?"

"其他人——在你和我之间?"他慢慢重复着她的话,仿佛有些难以理解,需要时间对自己再说一遍。她似乎看透了他语气中的犹疑,用更低沉的声音继续说道:"让我们坦率地说吧,纽兰。有时候我觉得你有些变化,尤其是在我们宣布订婚之后。"

"亲爱的——你疯了！"他冷静了些，嚷道。

她浅浅一笑。"如果真是那样，我们说一说也无妨。"她停顿片刻，优雅地抬起头，继续说道："但如果不是那样，我们又何必回避？你很可能只是犯了个错误。"

他低下头，注视着脚下洒满阳光的小径上砌起的黑色叶形图案。"犯错总是很容易的；但如果我犯的是你所指的那种错误，那么我还会恳求你尽快完婚吗？"

她也低下头，用阳伞尖戳着那些图案，一边努力地斟酌措辞。"是的，"她终于开口道，"也许你是想——一劳永逸地——了结这个问题。这也是一种办法。"

她的平静和清醒令他大吃一惊，但他并没有因此误以为她冷漠无情。他瞧着她帽檐下露出的侧脸，苍白的双颊，微微翕动的鼻孔，坚毅的嘴唇。

"是吗？"他问道，一边在长椅上坐下，抬头望着她，皱起眉头，努力显出轻松调皮。

她也坐下来，又说道："你千万不要以为一个女孩子会像她父母想象的那样无知。她能耳闻，也能观察——她有感情，也有主张。当然，那是在你说你喜欢我之前，很久之前，我知道你的心另有所属；两年前，在纽波特，所有人都在谈论这件事。有一次舞会上我还亲眼看见你们一道坐在游廊上——后来她回到房间里去的时候看上去非常悲伤，我真为

纯真年代 | 161

她难过;我们订婚的时候我还记得当时的情景。"

她的声音越来越低,几乎只有她自己能听见,双手时而握紧伞柄,时而又松开。年轻人将手轻轻按在她手上,心里感到无法形容的宽慰。

"亲爱的宝贝——就是那件事吗?你要知道真相就好了!"

她猛地仰起头。"这么说,还有我不知道的真相?"

他的手依然按着她的手。"我是指你所说的这段往事的真相。"

"可我就是想知道这个,纽兰——我应该知道。我不能将自己的快乐建立在对别人的伤害——对别人的不公上。而且我要知道你也是这么想的。如果我们的生活是建立在那种基础之上,那会有多么糟糕!"

她的脸上显出一种悲壮的神情,令他几乎拜倒在她脚下。"我很久以前就想说这件事了,"她继续说道,"我想告诉你,如果两个人真心相爱,我认为在某些情况下,他们有理由——有理由对抗公众舆论。而如果你认为对那位——对那位我们提到的夫人有承诺,如果你有办法——有办法履行你的承诺,甚至不得不让她离婚——纽兰,请不要因为我而抛弃她!"

见她因为他与索利·拉什沃思夫人那段早已烟消云散的恋情而忧心忡忡,他非常惊讶,但此时,他却不禁叹服她的见识和大度。如此离经叛道的大胆态度中有一种超乎常人的东西，要不是他的心头还压着其他问题，准会对韦兰小姐敦促他娶旧情人的这桩奇事好好思索一番。但想到方才躲过的悬崖，他依然胆战心惊，同时对少女的神秘内心生出一种敬畏。

一时间他无言以对，许久才开口道："根本没有你所以为的那种承诺——或是义务。这类事情并非总是——那么简单……但没有关系……你这么大度真叫我喜欢，因为对于那一类事我和你有同感……我认为每件事情都必须区别对待，就事论事……而不必考虑那些愚蠢的习俗……我是说，每个女人都有权获得自由——"思路的转移令他自己都大吃一惊，慌忙住口，然后微笑着看着她，又说："亲爱的，既然你知道了这么多事情，那能不能再进一步，想想我们如果遵从另一种形式的愚蠢习俗，会是多么毫无意义？如果我们没有被任何人、任何事情阻隔，那不是更有理由快点结婚，而不是继续拖下去吗?

她喜悦地脸一红，仰起头看着他；他低下头却见她眼中饱含幸福的泪水。但转眼间，她那种女性的气魄仿佛已退去，又变成了软弱羞怯的小女孩。于是他知道她的勇气和决心都是为他人的，对于她自己，却一切都没有了。显然，她为那番话是下了气力的，虽然从她刻意的冷静中并没有流露出多少。而一听到他的安慰，她便立即恢复原样，仿佛爱冒险的孩子躲进了母亲的怀抱。

阿切尔已无心继续恳求。她那崭新的一面才以清澈的眼睛给了他深邃的一瞥,便消失无踪,令他极为失望。梅似乎察觉了他的失望,却不知如何宽慰他;他们站起身,默默地往回走。

十七

"你不在家的时候,你的表姐伯爵夫人来看过妈妈了。"他回到家中的那天傍晚,简妮·阿切尔告诉他说。

年轻人正同母亲和妹妹一起吃饭。他惊讶地抬起头,见阿切尔夫人庄重地低头注视着自己的盘子。阿切尔夫人并不认为自己从社交界退隐就应该被社交界遗忘。因此纽兰猜想,他方才对奥兰斯卡夫人来访表示惊讶,可能让母亲不悦了。

"她穿了一身黑丝绒波兰式长裙,镶着黑玉扣子,戴着一个小巧的绿色猴皮手筒,我从没见她这么时髦过,"简妮继续说道,"她是星期天下午一个人早早过来的。幸好客厅里生了火了。她带了一个那种新式的名片盒。她说她想认识我们,因为你对她非常好。"

纽兰笑起来。"说到朋友,奥兰斯卡夫人总是这种口吻。回到自己人中间,她很高兴。"

"是的,她就是这么告诉我们的,"阿切尔夫人说,"她到这儿来似乎很感激。"

"我希望你喜欢她,妈妈。"

阿切尔夫人噘起嘴,说道:"她显然很会献殷勤,即使在看望一个老太太的时候。"

"妈妈认为她没那么简单。"简妮插嘴道,眼睛注视着哥哥的脸。

"不过是从我的老眼光来看。我以为梅才是最完美的。"阿切尔夫人说。

"啊,"她儿子答道,"她们俩可不一样。"

阿切尔离开圣奥古斯丁的时候受托要给明戈特老夫人带许多口信。他回到纽约一两天之后便去拜访她了。

老夫人极其热情地接待了他,她很感激他说服奥兰斯卡伯爵夫人放弃离婚的念头。他告诉她说,他甚至没有向事务所告假就跑到圣奥古斯丁,只为了看看梅,她肥胖的下巴一颤便轻声笑起来,滚圆的手拍拍他的膝盖。

"哈哈——你就那么脱缰跑了呀?我猜奥古斯塔和韦兰一定是拉长了脸,就像世界末日来临了吧? 不过梅这孩子嘛——她是理解的,我说得对不对?"

"我是希望她理解,不过她终究还是不肯同意我跑去提出的请求。"

"她不同意吗? 什么请求?"

"我想让她答应四月份结婚。再浪费一年有什么意义呢?"

曼森·明戈特夫人小嘴一努,装出一副一本正经的模样，不怀好意地对他眨了眨眼睛。"'问妈妈吧，'我猜她会说——就是那一套。啊，这些姓明戈特的——全都一个样！生来就死守着老规矩，你休想把他们拖出来。我建这栋房子的时候，人家还当我是要搬去加利福尼亚呢！从来就没有人在四十街之外建过房子——是啊，我说，也没有人在巴特利老歌剧院之外建过啊，直到克里斯托弗·哥伦布发现了美洲大陆。没有，没有，他们中没有一个人想要和别人不一样；他们怕得当那是天花呢。啊，我亲爱的阿切尔先生，我真庆幸自己不过是个粗俗的斯派赛；但我的孩子却没有一个像我的，除了我的小艾伦。"她不说话了，又冲他眨眨眼睛，用老人才有的闲扯腔调问道："我说，你究竟为什么不娶我的小艾伦啊？"

阿切尔笑起来。"首先，她也没在这儿嫁人啊。"

"是的，没错。真是可惜了。现在可太晚了，她这辈子是完了。"她的口气是如同老年人埋葬年轻人希望那般的冷酷和得意。阿切尔听了不由心中一凛，忙说："能否请您对韦兰夫妇施加影响，明戈特夫人？订婚太久我可受不了。"

老凯瑟琳赞同地看着他微笑。"是的，我看出来了。你眼睛就是尖。你小时候我就知道你喜欢先让人家来帮你。"她仰头大笑起来，下巴上波纹荡漾。"啊，我的艾伦来了！"她身后的门帘一分，她嚷道。

奥兰斯卡夫人笑吟吟地走上来。她满脸喜悦，弯腰让祖

纯真年代 | 167

母亲吻,一边愉快地向阿切尔伸出手。

"亲爱的,我刚才正好问他:'你为什么不娶我的小艾伦?'"

奥兰斯卡夫人依然笑吟吟看着阿切尔。"他怎么回答的?"

"哦,我的好孩子,你自己想吧!他刚去过佛罗里达看心上人。"

"是的,我知道,"她依然看着他,"我去看过你母亲,问你上哪儿了。我给你写了封信,你却一直没回。我还怕你病了。"

他只说是走得突然,匆匆忙忙的,原打算到圣奥古斯丁后再给她回信的。

"当然,你一到那儿就再也不会想起我来了!"她还是微笑着看着他,那快活的样子也许是刻意表现出毫不在意。

"如果她还需要我,那么她就是决心不让我看出来。"他心想。她的态度刺痛了他。他想感谢她去看他母亲,但老祖宗那种不怀好意的目光令他张口结舌。

"瞧他,急忙忙地要结婚,居然不辞而别,赶去跪在那个傻丫头跟前哀求!这才是恋人的样子——当年倜傥的鲍勃·斯派赛也是这样带走我可怜的母亲的;可没等我断奶,他就厌了——等我八个月就行了呀!但是呢,年轻人,你不是斯派赛,这对你、对梅都是件好事。只有可怜的艾伦身上还留着他家的坏血统；其他人可全都是模范明戈特哦。"老夫人鄙夷地嚷道。

阿切尔发现，奥兰斯卡夫人在祖母身边坐下之后依然若有所思地凝视着他，愉快的神色已经从她眼睛里褪去。她温柔地说道："当然，奶奶，我们会说服他们照他的心愿办的。"

阿切尔起身告辞，当他的手触到奥兰斯卡夫人的手时，他感觉她正等着他提一提那封尚未回复的信。

"我什么时候能见你？"当她将他送到房间门口时，他问道。

"随时都可以。但如果你还想见到那座小房子的话，就请早些来。我下星期就搬走了。"

他不由心头一痛，想到自己曾在那间低矮客厅的灯光下度过了些许时刻，虽然短暂，却令人难忘。

"明天晚上可以吗？"

她点点头。"明天，可以，但请早些。我还要出去。"

第二天是星期天。如果她要在星期天"出去"，那当然只能是去勒缪尔·斯图瑟夫人家。他有些不悦，并非因为她要去那里（他乐意她去自己喜欢去的地方，而不必在意范·德尔·吕顿夫妇），而是因为在那种地方她必然会遇见波福特，并且她必然事先就知道会遇见波福特——也许她就是为了这个才去那里的。

纯真年代 | 169

"很好,明天晚上见。"他又说了一遍,心里却决定不要早去,这样晚点到她家或许可以使她去不成斯图瑟夫人那儿,或者到她家的时候她已经出门——总而言之,那将是一个最简单的办法。

然而,当他在紫藤下拉响门铃的时候也不过八点半。他并没有按照原来的计划晚到半个小时,却有一种不同寻常的焦躁促使他来到她家门前。不过他想,斯图瑟夫人家的星期天聚会并非舞会,客人们通常会早到,仿佛是为了尽量减少过失。

他走进奥兰斯卡夫人的客厅,没有料到的是,竟然看见那儿已经放着帽子和大衣了。如果她请了客人晚餐,又为何让他早些到?娜丝塔西娅将他的衣帽放好,他趁机仔细看了看另外那两件,心头的愤怒立即变成了好奇。那着实是他在上流人家见过的最奇怪的外套了,一眼就能断定其中绝没有裘力斯·波福特的。一件是黄色粗呢绒大氅,二手货色;另一件是褪了色的旧斗篷——类似于法国人所谓的"披风",仿佛属于某个极魁梧的人,衣服显然已经穿了许多时日,墨绿色的衣褶散发出一种湿木屑的气味,看来主人常常靠着酒吧墙壁一站就是很久。斗篷上面还有一条灰色旧围巾、一顶牧师式样的古怪毡帽。

阿切尔扬起眉毛,用询问的眼神看看娜丝塔西娅,娜丝塔西娅也扬起眉毛看看他,嘴里听天由命似的喊了声"来了"①,将客厅的门一推。

年轻人立刻发现女主人并不在屋里,却另有一位夫人站在炉火边,他不禁大吃一惊。那位夫人高挑清瘦,神情从容,衣裙上缀满环扣和流苏,素色格子、条纹、饰带组合在一起,其用意真让人摸不着头脑。她的头发仿佛原先是要变白的,最后却只是褪去了颜色,顶上用一把西班牙梳子和一方黑色蕾丝头巾拢着。一副明显补过的真丝手套盖住了她那双风湿病人的手。

她身旁,雪茄烟雾缭绕,站着的两位绅士便是那两件大衣的主人了。他们都穿着晨礼服,显然从早晨起就没有脱下来过。阿切尔吃惊地认出其中一个竟然是内德·温塞特,另一个年长些的他并不认识,身量庞然,可见就是那件"披风"的主人。此人长了一个虚弱的狮子脑袋,乱蓬蓬的花白头发,正挥舞着手臂,仿佛要抓取什么东西似的,又像是在为跪在地上的会众祝福。

这三个人站在壁炉前的地毯上,眼睛都盯着奥兰斯卡夫人平常坐的那张沙发上摆着的很大一捧深红色玫瑰,玫瑰底下围绕着紫罗兰。

"这个季节,这得花多少钱——虽然说,重要的自然是心

---

① 原文为意大利语。

意!"阿切尔进屋的时候,那位夫人正一顿一顿地感慨道。

听见他进来,三个人都惊讶地转过身。夫人走上前,伸出手。

"亲爱的阿切尔先生——就要成为我的外甥纽兰了!"她说道,"我是曼森侯爵夫人。"

阿切尔鞠了一躬。她继续说道:"我的艾伦留我住了几天。我从古巴回来,冬天一直在那儿,和西班牙朋友在一起——都是些迷人的高贵人物,古老的卡斯蒂利亚王国[①]最有声望的贵族——真希望你能认识他们!但是我被这儿的好朋友卡弗博士召唤来了。你不认识阿伽通·卡弗博士吧,'爱之山谷公社'[②]的创始人?"

卡弗博士点一点他的狮子脑袋。侯爵夫人继续说道:"啊,纽约——纽约——精神生活吹到这儿的可真是太少了!不过我看你倒是认识温塞特先生的。"

"哦,是的——我的确认识他有一阵子了,但不是通过那条路径。"温塞特干巴巴地笑了笑说。

侯爵夫人不以为然地摇摇头。"你怎么知道,温塞特先生?精神也是随意而吹的[③]。"

[①] Castile:中古时代伊比利亚半岛上的王国。
[②] Valley of Love Community:影射19世纪美国的乌托邦组织,尤其是创立于1848年的纽约奥奈达公社。
[③] 借用《圣经·新约·约翰福音》第三章第八节:"风随意而吹。"

"随意——哦,随意!"卡弗博士大声地插嘴道。

"请坐,阿切尔先生。我们四个一起愉快地吃了晚餐,现在我的孩子上楼梳妆了。她在等你,马上就下来。我们刚才在欣赏这些极美的花,等她回来一定会很惊讶的。"

温塞特依旧站着。"恐怕我得告辞了。请转告奥兰斯卡夫人,她抛下这里会令我们都非常失落的。这座房子已然是一个绿洲。"

"啊,但她绝不会抛下你的。诗和艺术就是她生命中的空气。你就是写诗的吧,温塞特先生?"

"唔,我不写诗,但我时常读诗。"温塞特答道,一边对所有人都点了点头,便溜出了房间。

"尖刻的人——少些教养①,但很机智。卡弗博士,你一定也认为他机智吧?"

"我从来不管机智不机智。"卡弗博士严厉地说。

"啊——哈——你从来不管机智不机智!他对我们这些卑弱的凡人是多么无情,阿切尔先生!但他是只生活在精神之中的。今晚他马上就要去布兰克夫人家演讲,现在他正在为此做精神准备呢。卡弗博士,在你出发去布兰克夫人家之前,是否有时间向阿切尔先生讲一讲你有关'通灵'的那个令人茅塞顿开的发现?可是不行,我知道已经快九点了,我

---

① 原文为法语。

们没有权力耽搁你，正有很多人在恭候你的讯息呢。"

卡弗博士似乎对这样的结果有点失望，但他取出一块笨重的金表与奥兰斯卡夫人的旅行小钟对了对，便不得不收起巨大的手脚，准备动身。

"希望稍后能见到你，亲爱的朋友。"他对侯爵夫人说。夫人微笑道："等艾伦的马车一到，我就去找你。但愿能赶在演讲开始之前。"

卡弗博士若有所思地看着阿切尔。"如果这位年轻的绅士对我的经历有兴趣，也许布兰克夫人会允许你带上他？"

"哦，亲爱的朋友，如果有可能——我相信她会很高兴的。但恐怕我的艾伦还等着阿切尔先生呢。"

"真遗憾，"卡弗博士说，"这是我的名片。"他将名片递给阿切尔。阿切尔看见名片上用哥特字体写着：

阿伽通·卡弗

爱之山谷公社

基塔斯夸塔米，纽约

卡弗博士欠一欠身便离开了。曼森夫人叹了口气，不知是因为遗憾还是解脱，然后又摆摆手示意阿切尔坐下。

"艾伦这就下来。不过在她下来之前，我很高兴能和你安静地待一会儿。"

阿切尔低声说与她会面非常高兴。侯爵夫人继续叹息着说:"我全都知道了,亲爱的阿切尔先生——我的孩子把你为她所做的一切都告诉我了。你的明智劝告,你的勇敢和坚定——谢天谢地还不算太晚!"

年轻人非常尴尬地听着,心想他干预她私事的事,奥兰斯卡夫人还有谁没去宣告的?

"奥兰斯卡夫人言过其实了。我只是按照她的要求给她提出了一些法律上的意见。"

"唔,不过你这样——你这样却也在无意中促成了——怎么说呢——我们现代人是如何称呼所谓'天意'的,阿切尔先生?"夫人嚷道,将头一侧,神秘地垂下眼睑,"你有所不知,当时恰巧也有人在恳求我,实际上是建议我——而此人来自大西洋彼岸!"

她悄悄向身后瞥了一眼,仿佛生怕被人听见,然后将椅子往前拉了拉,象牙扇举到唇边,低声道:"就是伯爵本人——那个可怜的疯子,愚蠢的奥兰斯基,只要求带她回去,她的条件全部接受。"

"天啊!"阿切尔跳起来惊呼道。

"吓着你了?是的,当然,我理解。我不会替斯坦尼斯拉斯辩解,但他一直称我是他最好的朋友。他并不为自己辩解——他向她求饶,通过我本人,"她拍了拍自己瘦削的胸口,"我还有他的信。"

"还有信?——奥兰斯卡夫人看过了吗?"阿切尔结结巴巴地问道。这令人震惊的消息使他晕眩。

曼森侯爵夫人轻轻摇摇头。"时间——时间,我得有时间。我了解我的艾伦——傲慢、倔强,而且,恐怕还有些不懂得宽恕。"

"但是,天啊,宽恕是一回事,回到那个地狱却是——"

"唉,是啊,"侯爵夫人赞同道,"她也是如此形容的——这个敏感的孩子!但是从物质方面讲,阿切尔先生,如果可以屈尊考虑一下,你可知道她要放弃的是什么吗?瞧瞧沙发上的玫瑰——这样的玫瑰成片成片,温室里的,露天的,要知道他在尼斯拥有无与伦比的花田!珠宝——祖传的珍珠,索别斯基①的祖母绿——紫貂皮——但这些她全不在乎!艺术和美,那才是她在意的、全身心热爱的东西,就像我一样,而那也同样围绕着她。绘画、价值连城的家具、音乐、充满智慧的对话——唉,亲爱的年轻人,请恕我直言,你们这儿的人完全不能理解!而这些她全都有,并得到了最崇高的敬意。她告诉我说,纽约人并不认为她美——天啊!她在欧洲被画过九次肖像,最了不起的画家都请求她垂青。这些都是不足挂齿的吗?何况仰慕她的丈夫已经在懊悔?"

曼森夫人说得兴起,脸上露出一种沉浸于回忆的心醉神

---

① John Ⅲ Sobieski (1624—1696):波兰国王、立陶宛大公。

迷，要不是阿切尔已经惊呆，他恐怕会被逗乐的。

如果他事先得知自己第一次见到可怜的梅朵拉·曼森时，她将以撒旦使者的面目出现，他准会哈哈大笑；可此刻他却绝没有大笑的心情，在他眼里，她正是来自地狱，艾伦·奥兰斯卡逃离的地狱。

"这些事情——她还都不知道？"他突然问道。

曼森夫人将一根发紫的手指按在唇边。"并没有人直接告诉她——但她是否有所怀疑？谁说得准呢？阿切尔先生，其实我一直等着见你。自从我听说了你的坚定立场，以及你对她的影响力，我便希望能够得到你的支持——让你相信……"

"相信她应该回去？那我宁可看她去死！"年轻人激动地嚷道。

"啊。"侯爵夫人叹了一声，并没有流露出任何愤怒的神色。她坐在扶手椅里，戴着手套的手指将那把可笑的象牙扇开开合合。过了一会儿，她突然抬起头倾听。

"她来了，"她压低声音急速地说，又指了指沙发上的花，"阿切尔先生，我想你还是希望那样的？婚姻毕竟是婚姻……而我的侄女依然是一个妻子……"

十八

"你们两个在密谋什么呀,梅朵拉姑妈?"奥兰斯卡夫人走进客厅嚷道。

她的装束似乎是准备参加舞会,周身散发着淡淡的光芒,仿佛那裙子是用烛光织就的。她昂着头,如同一个美丽女子正向满屋的对手发出挑战。

"亲爱的,我们在说,这儿有件漂亮的东西会让你大吃一惊。"曼森夫人答道,一边站起身,快活地指着那些花。

奥兰斯卡夫人突然立定,注视着那束花。她的脸色并没有改变,却有一股怒气如夏日闪电一般从她身上腾起。"啊,"她嚷道,那尖利的声音年轻人从未听到过,"谁那么愚蠢竟给我送花?为什么是这么一束花?为什么偏偏是今天晚上?我又不去舞会。我又不是订了婚要出嫁的女孩子。可有些人就总是那么愚蠢。"

她转身退回门边,开门喊道:"娜丝塔西娅!"

那个仿佛随时会出现的女仆立刻到来。阿切尔听见奥兰斯卡夫人用意大利语慢慢地说,仿佛是有意让他能够听懂:"喏——把那些东西扔进垃圾箱!"见娜丝塔西娅不解地瞪大眼睛,她便又说道:"等等——并不是这些可怜的花的错。叫仆人把它们送到过去第三家温塞特先生家去,就是在这儿吃晚饭的那位黑头发的先生。他太太病了,这些花会让她高兴的……你说仆人出去了?那么,亲爱的,你去跑一趟吧。给,穿上我的斗篷,赶快。我要这些东西立刻从我家消失!可千万别说是我送的!"

她将丝绒斗篷披到女仆肩上,便转身返回客厅,猛地关上门。蕾丝下的胸脯激动地起伏,一时间,阿切尔以为她要哭了,但她却哈哈大笑起来,看看侯爵夫人,又看看阿切尔,突然问道:"你们两个——已经是朋友了?"

"这得由阿切尔先生说,亲爱的。你梳妆的时候他一直在耐心等待。"

"是的——我给了你们足够的时间,我的头发就是梳不好,"奥兰斯卡夫人说着,抬手扶了扶堆在发髻上的卷发,"这倒提醒我了:我看卡弗博士已经走了,你也得赶紧去布兰克家,别晚了。阿切尔先生,请你送我姑妈上马车,好吗?"

她随侯爵夫人走进门厅,看着姑妈穿戴上那一整套的罩鞋、披肩和长披巾,又在台阶上嚷道:"记得让马车十点钟回来接我!"然后便回到客厅。当阿切尔重新进屋的时候,见她正站在壁炉边,对着镜子审视着自己。一位夫人把女仆叫做"亲爱的",还让她穿上自己的斗篷出去办事,这在纽约社交界很不寻常。这样的随心所欲、雷厉风行令阿切尔从内

纯真年代 | 179

心深处感受到喜悦与激动。

他走到奥兰斯卡夫人身后,她一动不动,两人在镜中对视片刻。这时候,她转过身,猛然倒在沙发一角,长叹道:"还有时间抽支烟。"

他将烟盒递给她,又为她点燃引柴。火焰燃起,映着她的脸,她一双眼睛笑眯眯地瞥了瞥他,说:"你觉得我发火的时候怎么样?"

阿切尔略一沉吟,然后决然地说:"那让我明白了你姑妈为什么那么说你。"

"我知道她在说我。怎么?"

"她说你见惯了所有那些东西——气派、娱乐、刺激——全都是我们这儿绝不可能给你的。"

奥兰斯卡夫人望着吐出的一团烟,淡淡一笑。

"梅朵拉真是浪漫得无可救药。她就是靠这个来补偿那许多事的!"

阿切尔又犹疑起来,然后又试探道:"你姑妈的浪漫是否总能不妨害准确?"

"你是说,她的话是否真实?"她的侄女思索道,"哦,我告诉你吧,她说的每件事都有一部分是真的,一部分是假的。可你为什么要问这个?她都告诉你些什么了?"

他将目光移开,看着炉火,然后又转回来看着她光彩照人的面庞。他的心抽紧了。他知道今晚将是他们最后一次坐在炉边，而很快马车就会回来把她接走。

"她说——她号称是奥兰斯基伯爵请她说服你回到他身边。"

奥兰斯卡夫人没有回答。她一动不动地坐着，半举起的手上夹着烟，脸上的表情并没有变化。阿切尔记得他早就注意到她显然从不会表现出惊讶。

"这么说来你已经知道了？"他脱口而出。

她沉默了许久，甚至烟灰都从香烟上掉了下来。她将烟灰往地板上一掸。"她曾暗示有一封信。可怜的好人！梅朵拉的暗示——"

"她突然来这儿是不是因为你丈夫的请求？"

奥兰斯卡夫人仿佛思索了一会儿。"还是那样，谁说得清呢？她告诉我说她受到了卡弗博士的'精神召唤'什么的。怕是她打算嫁给卡弗博士……可怜的梅朵拉，她总有个人想嫁。但也可能是古巴那儿的人烦她了！我想她跟他们在一起是受雇了陪他们的。我当真不知道她为什么过来。"

"不过你的确认为你丈夫给她寄了一封信？"

奥兰斯卡夫人再次陷入沉思。终于，她开口道："毕竟，这也并非出人意料。"

年轻人站起身，走到壁炉边倚着。他突然不安起来，不知说什么才好，他意识到他们在一起的时间已经不多，他随时都会听见马车归来。

"你知不知道你姑妈认为你会回去？"

奥兰斯卡夫人猛然抬起头。一片红晕从她颊边飞起，漾过脖颈和肩头。她很少脸红，而此刻却显得如此痛苦，仿佛被灼伤一般。

"大家都认为我身上发生了许多残酷的事情。"她答道。

"哦，艾伦——请你原谅我。我真是个愚蠢的混蛋！"

她微微一笑。"你太紧张了。你自己也有不少烦恼。我知道你认为韦兰家对于你的婚事太不近情理。当然我认为你是对的。欧洲人就不理解我们美国人为什么要订婚这么久。我以为他们不如我们冷静。"她微微强调了"我们"这个词，仿佛带着一点讽刺。

阿切尔领会了这层讽刺，却不敢接口。但或许她是有意要将话题从她的事情上引开，而他刚才的话显然使她痛苦，因此他认为自己只能顺着她的意思说下去。但时间分分秒秒过去，他打算孤注一掷，想到他们可能再一次无法逾越语言的障碍，他便觉得痛苦不堪。

"是的，"他突然说道，"我跑到南方去，请求梅答应复活节后完婚。我们没理由到时候不结婚。"

"梅非常爱你——你竟然说服不了她？我还以为她那么聪明，不会受制于那些荒谬的迷信。"

"她的确非常聪明——她没有受制于迷信。"

奥兰斯卡夫人凝视着他。"那——我就不明白了。"

阿切尔脸一红，急急地说下去："我们坦率地谈了谈——几乎是第一次。她认为我那么着急不是个好迹象。"

"天啊——不是好迹象？"

"她认为那意味着我不敢肯定自己会一直喜欢她。总而言之，她认为我之所以想立刻结婚，是为了逃避某个——我更喜欢的人。"

奥兰斯卡夫人好奇地思忖起来。"但如果她这么认为——那么她又为什么不也急着结婚呢？"

"因为那不符合她的秉性。她非常高尚，反而益发要求延长订婚期，好给我时间——"

"好给你时间离开她，去找另一个女人？"

"如果我愿意。"

奥兰斯卡夫人俯身靠向壁炉，注视着火焰。阿切尔听见寂静的小街上传来她马车的辚辚声。

"的确高尚。"她说，声音有些许沙哑。

"是的，但也很可笑。"

"可笑？因为你并没有喜欢别人？"

"因为我并不打算娶别人。"

"啊。"又是长久的沉默。终于，她抬起头看着他，问道："另外那个女人——她爱你吗？"

"哦，并不存在另外那个女人。我是说，梅以为的那个人并不是——从来就不是——"

纯真年代 | 183

"既然如此,你又为什么这么着急呢?"

"你的马车来了。"阿切尔说。

她稍稍立起,心不在焉地扫视四周。她的扇子和手套落在身边的沙发上,她木然拾起。

"是的,我想我必须走了。"

"你是要去斯图瑟夫人家吗?"

"是的,"她微笑着说道,"我必须要去欢迎我的地方,不然就太孤独了。和我一起去吧?"

阿切尔感到自己必须不顾一切地将她留在身边,必须要让她把晚上的时间都给他。他没有理会她的建议,只是倚着壁炉,注视着她握着手套和扇子的那只手,仿佛要看看自己是否有能力让她把它们放下来。

"梅猜得不错,"他说,"的确另外有一个女人——但不是她以为的那个。"

艾伦·奥兰斯卡不答,一动不动。过了一会儿,他在她身边坐下,握起她的手轻轻展开,手套和扇子便落在两人之间的沙发上。

她跳起来,甩开他的手,跑到壁炉另一边。"啊,别向我求爱!已经有太多人做过这事了!"她皱起眉说道。

阿切尔脸色一变,也站起身——这是她所能对他做出的最尖锐的指责。"我从没有向你求爱,"他说,"也永远不会。但你就是我要娶的女人,如果我们俩有这种可能。"

"我们俩有这种可能?"她看着他,毫不掩饰惊讶的神色,"你竟然这么说——不正是你让它不可能的?"

他凝视着她,仿佛正在黑暗中摸索,忽然一道光亮刺破黑暗,令人目眩。

"是我让它不可能的——?"

"是你,就是你!"她嚷道,嘴唇颤抖,仿佛一个就要号啕大哭的孩子。"不正是你让我放弃离婚的吗?因为你告诉我离婚有多自私、多丑恶,你告诉我必须牺牲自己而维护婚姻的尊严……使家族免于舆论、免于丑闻。因为我的家族即将成为你的家族——因为梅和你的缘故——我就照你说的,照你指出我应该做的去做了。啊,"她突然大笑起来,"我可没有瞒着,我是为了你才那么做的!"

她再次跌坐在沙发上,蜷缩在盛装的裙褶之中,仿佛一个受了打击的假面舞者。年轻人依然站在壁炉边,一动不动地注视着她。

"天啊,"他叹息道,"当我想到——"

"你想到什么?"

"啊,别问我想到什么!"

他依然注视着她,看见红晕再次漫过她的脖颈,升上她的面颊。她坐得笔直,庄重威严地面对着他。

"我就是要问你。"

"好吧。在你给我看的那封信里有些东西——"

"我丈夫的那封信?"

"是的。"

"那封信里的话我根本不怕,一丝一毫都不怕!我怕的只是给家族——给你和梅——带去恶名和丑闻。"

"天啊。"他又叹息一声,低头埋在手中。

之后的沉默便仿佛在他们肩头压上了某种永远无法改变的东西。阿切尔觉得自己正被它压垮,那是他的墓碑;前路漫漫,却再也没有什么能够释去他心头的重负。他依然站在那里,依然将头埋在手中,被遮蔽的双眼依然注视着茫茫黑暗。

"至少我爱过你——"他说道。

从壁炉另一边,大约是她蜷缩着的沙发一角,传来孩子般微弱的抽泣声。他慌忙跑到她身边。

"艾伦!你疯了!为什么要哭?没有什么事是不可改变的。我还是自由的,你也将是自由的。"他将她搂在怀里,她的面颊如雨中的花朵挨近他唇边,所有那些无谓的恐惧便如日出时的幽灵般烟消云散。他竟然远远站在房间另一边与她足足争论了五分钟,却偏偏没有想到,只需轻轻一触到她,一切就已变得如此简单。

她回应着他的吻。但不一会儿,他便感觉她在他怀中僵直了身子。她将他推开,站起身。

"啊,可怜的纽兰——我想必然如此。但这根本改变不了什么。"她说。现在是她站在壁炉边低头看着他了。

"这整个儿改变了我的生活。"

"不，不——绝不能这样，不可能这样。你已经和梅·韦兰订婚了，而我是有夫之妇。"

他也站起身，满脸通红，决然道："胡说！现在已经太晚了！我们没有权利自欺欺人。我们不谈你的婚姻，但事到如今，你以为我还会娶梅吗？"

她默然站着，纤瘦的双肘支着壁炉台，侧脸映在身后的镜中。她发髻上有一绺头发散下来，垂在颈间，神色憔悴而几乎苍老。

"我想，"终于她开口道，"你不会向梅提出这个问题，对不对？"

他漫不经心地耸耸肩。"太晚了，已经别无选择。"

"你这么说是因为目前情况下这么说最容易，而不是因为果真如此。现实是，除了我们已做的决定，已经别无选择。"

"啊，我不明白你的意思！"

她勉强笑笑，但凄惨的笑容并没有使她眼眉舒展，反而愈发蹙皱。"你不明白是因为你猜不到你是怎样改变了我的一切，哦，从一开始——远在我了解到你所做的一切之前。"

"我所做的一切？"

"是的。起先我完全没有意识到这里的人对我有所顾忌，他们认为我是那种可恶的人。好像他们甚至都不愿在晚宴上见到我。这是我后来才知道的。我还知道了是你说服你母亲同你一起去见了范·德尔·吕顿夫妇，是你坚持要在波福特家的舞会上宣布订婚，这样支持我的就能有两个家族，而不是只有一个——"

阿切尔听见这话忽然大笑起来。

"你想想，"她说道，"我是有多蠢、多迟钝！我对这些完全一无所知，直到有一天奶奶说漏了嘴。那时候，纽约对我来说就意味着平静，意味着自由，是回家。而我很高兴能够和自己人在一起，我遇到的每一个人都那么和善，那么喜欢见到我。但是，从一开始，"她继续说着，"我就感觉没有人像你那么好，没有人用我能明白的理由告诉我为什么要去做那些乍一看很艰难而且——没有必要的事情。那些好心人并没有说服我，我觉得他们根本不想那么做。而你却知道，你却理解；你知道外面的世界如何用金饵引诱一个人，你也痛恨它要人付出的代价，你痛恨用背叛、残忍和冷漠换来的幸福。那是我之前从来不知道的——而它胜过我所知道的一切。"

她平静地低声说着，没有眼泪，没有不安的神色，每一个字从她嘴里吐出，便如滚烫的铅块一般落到他心头。他坐着俯下身，双手捧着头，呆呆望着壁炉前的地毯以及她裙底露出的缎子鞋尖。突然，他跪倒在地，亲吻那鞋子。

她弯下腰，将手按在他肩上，目光深邃地凝视着他。他在她的目光之下一动不动。

"啊！我们不要改变你已经做的事！"她嚷道，"我现在无法回到那种思维方式了。我不能够爱你，除非我放弃你。"

他张开双臂想拥抱她，但她躲开了；他们依然彼此面对，却已经被她方才那句话隔开。蓦地，他怒火中烧。

"波福特呢？由他来取代我？"

话一出口，他便准备好迎接愤怒的回答，他要用它来引燃自己更猛烈的怒火。但是，奥兰斯卡夫人却只是脸色更惨白了而已，她默然站着，胳膊垂在身前，头略微低着，就是平常思索问题的样子。

"这会儿他正在斯图瑟夫人家等你呢。你怎么不去找他？"阿切尔冷笑道。

她转身去打铃。女仆进来，她吩咐道："今晚我不出去了。让马车去接侯爵夫人吧。"

门重新关上之后，阿切尔继续愤愤不平地看着她说道："何必如此牺牲？既然你说了你很孤独，我就无权不让你去见你的朋友。"

她潮润的睫毛下露出些许微笑。"我不会孤独了。我曾经孤独，我曾经害怕。但空虚与黑暗已经过去，现在我找回了自己，就像一个在黑夜行走的孩子终于踏进了一个永远点着灯的房间。"

她说话时的口吻与神态温和却令她变得可望而不可即。

阿切尔又叹息道:"我不理解你!"

"但你却理解梅!"

听见这话,他脸红了,但眼睛依然凝视着她。"梅是准备放弃我了。"

"什么!三天前你还跪下求她尽快完婚!"

"她拒绝了,因此我就有权——"

"啊,你让我知道了这个词究竟有多丑恶。"她说。

他极其疲惫地转过身去。他觉得自己似乎一连几个钟头奋力攀登一座险峰,而此刻,正当他拼尽全力登上山顶之时,脚下的岩石却瞬间崩塌,他一头栽入黑暗的深渊。

如果能再次将她搂入怀中,他或许就能立刻让她放弃所有那些理由;然而,她的神情姿态中捉摸不透的冷淡,以及他对她诚实的敬畏,使他感觉自己似乎已被她拒于千里之外。终于,他又开始恳求。

"要是我们现在这么做的话,以后会更糟——对所有人都会更糟——"

"不行——不行!"她几乎是在尖叫了,仿佛被他吓坏了似的。

这时候,房子里响起一阵铃声。他们并没有听见马车停在门外的声音,两人木然站着,惊讶地望着对方。

只听见外面娜丝塔西娅的脚步声穿过门厅,打开大门。过了一会儿,她走进客厅,将一封电报交给奥兰斯卡伯爵夫人。

"那位太太看见鲜花非常高兴，"娜丝塔西娅拉一拉围裙说道，"她还以为是她先生送的，她掉了眼泪，还说他太奢侈了。"

女主人微笑着接过那枚黄色的信封，拆开来，在灯下看了一眼。等门再次关上了，她才将那电报递给阿切尔。

电报是从圣奥古斯丁发出，致奥兰斯卡伯爵夫人的，写道："外婆电报成功。爸妈同意复活节后完婚。将致电纽兰。兴奋难言。爱你。感激不尽。梅。"

半个小时之后，阿切尔打开家里的大门，发现同样的一枚信封正搁在门厅桌上他那堆便笺与信函之上。信封里的电报也是梅·韦兰发出的，写的是："父母同意复活节后周二婚礼。恩典堂。十二点。八名伴娘。请见教区长。很兴奋。爱你的梅。"

阿切尔将那张黄纸揉成一团，仿佛这样就能抹去纸上的消息。他抽出一本小日记本，用颤抖的手指翻着纸页，却怎么也找不到他想找的东西，只得将电报往口袋里一塞，踏上楼梯。

一道光亮从门厅的门缝中透出，那是简妮的卧房兼梳妆室，她哥哥焦急地拍起门。门一开，妹妹站在他面前，身上穿着不知穿了多少年的紫色法兰绒晨衣，头发"戴着卡子"，

纯真年代 | 191

脸色苍白而忧虑。

"纽兰！我希望那封电报里没有什么坏消息！我特意等着，就怕——"（他的信件没有哪一封能够逃过简妮的眼睛。）

他没有理会她的问题。"听着，今年的复活节是哪一天？"

见他竟这样不像一个基督徒，她不由大吃一惊。"复活节？纽兰！怎么了？当然是四月第一个星期啊。怎么回事？"

"第一个星期？"他再次翻起日记本，一边低声迅速计算着，"你是说第一个星期？"

"天啊，到底出了什么事？"

"什么事也没有，只不过，一个月之后我就要结婚了。"

简妮一下子扑到他肩头，将他紧紧贴住自己的紫色法兰绒晨衣。"哦，纽兰，太好了！我太高兴了！但是，亲爱的，你为什么一个劲地笑啊？轻一点，别把妈妈吵醒了。"

第二卷

十九

那一天天气凉爽，春风扬起尘埃。两家里的各位老夫人都穿上了褪色泛黄的紫貂袍和白鼬衣，教堂前排长椅上的樟脑味几乎淹没了围绕圣坛的百合花丛那微弱的春日气息。

纽兰·阿切尔随着教堂司事的信号，从法衣室中走出，由伴郎陪同，来到恩典堂圣坛下的台阶旁站定。

那信号表明，已经能看见新娘和她父亲的轻便马车，不过到达前厅后必然会有很长时间的修正和商讨，各位伴娘已经如复活节的鲜花一般簇拥在那儿。在这不可避免的等待期间，新郎应该独自面对睽睽众目，以表明自己的迫切心情。阿切尔顺从地履行了这套程序，以及所有其他程序，十九世纪的纽约婚礼因为这些程序而如同历史发端时的仪式。在他承诺践行的道路上，一切都同样简单——也可以说同样痛苦，就看如何表达了；而此时他诚恳地遵从着伴郎慌忙中所作的指示，同他自己做伴郎时指引着走过同一座迷宫的那些新郎一样诚恳。

到这时，他有理由确信已经完成了自己的职责。给伴娘的八束白丁香和铃兰、给八位引宾员的黄金与蓝宝石袖链以及给伴郎的猫儿眼围巾扣都已按时送出；阿切尔忙到半夜，为男性友人和旧情人赠送的最后一批礼物斟酌答谢信的措辞;给主教和教区长的酬劳已经稳妥地放在了伴郎的口袋;他自己的行李和旅途中的换洗衣物已经送到曼森·明戈特夫人家,喜宴将在那里举办;火车上的私人包间已经订好,新人将被送往未知的目的地——新婚之夜的地点向来是秘而不宣的,这是史前仪式中最为神圣的禁忌。

"戒指放好了吗?"小范·德尔·吕顿·纽兰低声问道。他并没有做伴郎的经验,已经被自己的责任吓坏了。

阿切尔做了一个他曾见许多新郎做过的动作:将没有戴手套的右手伸进深灰色马甲的口袋,确认那枚小小的金指环(内侧刻着:纽兰赠梅,四月——,一八七——)已经在那儿,便恢复了之前的姿势,左手抓着高礼帽和走黑线的珠灰色手套,站直了望着教堂大门。

亨德尔的进行曲在仿石拱顶下嘹亮地响起,在悠扬的曲调中,一幕幕早已淡出的婚礼场景再次浮现;那时候的他,虽然同样站在这圣坛的台阶上,却是怀着事不关己的喜悦,看着别人家的新娘翩然步入教堂大殿,走向别人家的新郎。

"多像是歌剧院的首演之夜!"他暗想,望着同样的包厢里(不,现在是长椅上)那些同样的面孔,不知道当最后的号角响起时,塞尔弗里奇·梅里夫人是否还在,依然戴着那顶鸵鸟羽毛高耸的软帽,而波福特夫人是否还在,依然是那一副钻石耳环、那一副微笑——在那另一个世界,是否已经为她们备好了合适的座位。

依然有时间一个一个审视第一排的那些熟悉的脸；女人们因为好奇兴奋而神采奕奕，男人们则因为必须在午餐前穿上双排扣长礼服并不得不在喜宴上争抢食物而闷闷不乐。

"喜宴办在老凯瑟琳家真是糟糕，"新郎仿佛能听见瑞吉·契佛斯在说，"但我听说，罗维尔·明戈特一定要让他家的大厨来掌勺，所以应该是不错的，只要你能抢得到。"然后，他又仿佛听见西勒顿·杰克逊权威性的补充："亲爱的朋友，难道你没有听说？喜宴将摆在小桌子上，按照英国的新式规矩。"

阿切尔的目光在左边长椅上盘桓，他母亲挽着亨利·范·德尔·吕顿先生走进教堂之后就坐在那里，此时她正躲在尚蒂伊蕾丝面纱后面悄悄抽泣，两只手笼在她祖母传下的白鼬皮手筒里。

"可怜的简妮！"他看着妹妹，心想，"把脑袋扭来扭去，也只能看见坐在前面几排的人，几乎都是过时的纽兰家和达格内特家的人。"

在由白缎带隔出的座位这边，他看见了波福特，身材高大，满面红光，傲慢地审视着女眷们，身边坐着他的妻子，一身银鼠皮袍子，配着紫罗兰。白缎带另一边，劳伦斯·莱弗茨头发梳得油光可鉴，仿佛正守卫着那位掌管这婚典的隐形的"得体"之神。

纯真年代 | 197

阿切尔不知道他的神圣仪式会被莱弗茨那双犀利的眼睛挑出多少瑕疵。而他忽然想到自己也曾认为此类问题非常重要。那些曾充斥于他生活的东西,此刻看来却如同育儿室里的过家家,又仿佛中世纪学者对于某些没人能懂的玄学术语的争执。婚礼前的最后几个小时因为一场结婚礼物是否应当"展示"的激烈争论而闹得极不愉快。阿切尔难以理解这些成年人竟为了这样一些琐事而大动肝火,事情最后由韦兰夫人的一句话做出(否定)裁决:"我这就把记者放进家里来。"不过,阿切尔以前也是对这一类问题完全抱着明确而积极的态度,认为凡是涉及他家规矩习俗的事情都具有深远的意义。

"我认为,"他暗想,"在某个地方,始终生活着真实的人,经历着真实的事情……"

"他们来了!"伴郎兴奋地低声说道。而新郎则清醒得多。

教堂大门小心翼翼地打开,却只是马车行老板布朗先生(身穿黑色礼服,偶尔充当教堂司事)在引导队伍进入之前预先察看场地。大门又轻轻关上了。又过了一会,门再次庄严地打开,教堂里的人们窃窃私语:"新娘一家来了!"

首先出现的是韦兰夫人挽着她的长子。她那张粉红色的大脸盘带着恰如其分的庄重表情,侧面浅蓝拼接的深紫色缎袍及饰有蓝色鸵鸟羽毛的小巧缎帽得到了众人的赞许；但是还没等她窸窸窣窣地在阿切尔夫人对面的长椅上优雅落座，人们却已经伸长脖子看她后面跟着的是谁。前一天就有传言说，曼森·明戈特夫人将不顾身体不便，决意出席典礼；这完全符合她爱热闹的个性，因此俱乐部里已经有人下了大注，赌她能否走上大殿并把自己塞进座椅。听说她一定要派家里的木匠来察看能否将前排长椅的挡板拆下，并测量了座椅前面的距离，但结果令人沮丧；家里人又焦虑地看着她谋划要坐巴斯轮椅进入大殿，然后居高临下坐在圣坛跟前。

想到她要抛头露面，家里人都痛苦不堪，因此当有个聪明人突然发现轮椅的宽度无法通过教堂大门至路边的雨篷铁柱时，大家几乎要让他黄金加身了。而拆掉雨篷就意味着新娘将暴露在那些千方百计试图靠近雨篷的裁缝和报纸记者面前，即便是老凯瑟琳，虽然有过这样的考虑，却也没有这样的胆量。她不过是向女儿暗示了这个打算，韦兰夫人便嚷道："哎呀！他们会给我女儿拍照并且登上报的！"如此有伤风化的事不堪设想，整个家族都不寒而栗。老祖宗只得让步，但她的条件是喜宴必须在她家举行，尽管（正如华盛顿广场的亲友所说）韦兰家近在咫尺，几乎没必要同布朗定下特别价，把人送到荒野的另一头。

尽管所有情况都已由杰克逊兄妹广为报道，但仍有少数好事者坚信老凯瑟琳将现身教堂，而当众人发现进来的只是她的儿媳,气氛立刻冷淡下来。以她的年龄和气质,罗维尔·明戈特夫人在费力穿进新衣服之后显得面色红润而目光呆滞。因她婆婆没有露面而起的失望情绪很快淡去,人们一致认为,她那身尚蒂伊蕾丝罩浅紫色缎袍及饰有帕尔玛紫罗兰的软帽,与韦兰夫人的浅蓝与深紫相得益彰。但紧随其后,挽着明戈特先生的那位夫人却带来了截然不同的印象,她形容憔悴,矫揉造作,身上凌乱地垂挂着条纹、流苏和披巾;当最后这幽灵出现时,阿切尔的心不由抽紧,几乎停止跳动。

他以为曼森侯爵夫人还在华盛顿。大约四个星期前,她同侄女奥兰斯卡夫人去了那里。大家都认为,她们突然离开是因为奥兰斯卡夫人不希望姑妈再听到阿伽通·卡弗博士危险的长篇大论,眼看她就要被说服加入"爱之山谷公社"了;因此没有人以为她们会回来参加婚礼。一时间,阿切尔紧盯着梅朵拉古怪的身影,努力想看清她后面还跟着谁;但这小小队伍已经走完,家族中的次要人物也已入座,八位高大的引宾员犹如即将迁徙的鸟或昆虫一般聚拢,悄悄从边门溜进前厅。

"纽兰——喂,她来了!"伴郎悄声道。

阿切尔猛然惊醒。

看来他的心已经停跳了许久,因为白色与玫瑰色相间的队列已然来到大殿正中,主教、教区长和两名白衣助手正等在鲜花围起的圣坛旁，施波尔①的交响乐奏响，和弦如鲜花一般洒落在新娘面前。

阿切尔睁开眼睛（但他果真如自己想象的那样闭上眼睛了吗？），感到心脏重又跳动如常了。音乐、圣坛上的百合芬芳、云一般渐渐飘近的白纱和香橙花朵、阿切尔夫人喜极而泣的面庞、教区长的喃喃祝福、八名粉衣伴娘和八名黑衣引宾员井然有序的队形变化：所有这些景象、声响和感觉，原本是那么熟悉，此时却因为角度的变换而显得难以言表的陌生和空洞，在他头脑中乱作一团。

"天啊，"他想，"我把戒指带来了吗？"他又做了一遍新郎无法克制的那个动作。

转眼间，梅已经在他身边，光彩洋溢，散发出一种淡淡的温暖，穿透了阿切尔的麻木。他挺直身子，微笑着看着她的眼睛。

只听见教区长说道："亲爱的教友，我们齐聚在此……"

戒指戴到了她手上，主教赐下了祝福，伴娘重新列队，管风琴开始奏响门德尔松《婚礼进行曲》的前奏，那是伴随每一对纽约新人终成眷属的曲调。

"胳膊——喂，快让她挽你胳膊！"小纽兰紧张地低声说。阿切尔再次意识到自己又在未知世界里漂出了很远。不

---

① Louis Spohr (1784—1859)：德国作曲家、小提琴家、指挥家。

知是什么让他心神恍惚？也许是因为瞥见教堂侧翼不知名的观众群中一顶帽子下面露出的一缕深色头发，少顷抬起头，才发现那只是一位素不相识的长鼻子女士，可笑与被她唤起的那个形象毫无相似之处，他不禁自问是否产生了幻觉。

而此刻，他与妻子踏着门德尔松的轻柔曲调，缓步走过大殿，在敞开的教堂大门外，春日正向他们招手，韦兰夫人的栗色骏马额上戴着白色花结，正在雨篷另一头得意地腾跃着。

男仆的翻领上别着更大的白色花结，上前来替梅裹好白斗篷。阿切尔跳上马车，坐在梅的身边。她转过头来看着他，满脸胜利的微笑，两人的手在她的面纱底下握在一起。

"亲爱的！"阿切尔说——猛然间那个黑暗的深渊再次在他脚底裂开，他感觉自己跌了进去，越陷越深，而他的声音却在流利而愉快地说："是的，我可不就是以为把戒指弄丢了。假如可怜的新郎没经历过这个，婚礼就谈不上完整了。但你真是叫我好等！让我有时间把所有可能发生的坏事都想了个遍。"

而出乎他意料的是，就在人来人往的第五大道上，梅转过身，伸出双臂搂住他的脖子。"不过现在那些坏事统统都不可能发生了，是不是，纽兰？只要我们两个在一起。"

那一天的所有细节都仔细考虑到了，喜宴过后，新婚夫妇有充裕的时间换上旅行装，在欢笑的伴娘和哭泣的父母中间走下明戈特家宽阔的楼梯，登上马车，众人按照传统抛下米和缎面拖鞋。还有半个小时，尽可以从容地赶到车站，像所有老练的旅客那样在书摊上买好刚出的周刊，然后在预订的包间里安顿妥当。梅的女仆已经为她放好了鸽灰色旅行斗篷和伦敦买来的崭新的梳妆袋。

住在莱茵贝克的两位杜·拉克姑妈已经将她们家的房子腾出来给这对新人住，她们愿意去纽约跟阿切尔夫人住上一个星期。阿切尔则很高兴不必去住费城或巴尔的摩旅馆里的那种"新婚套房"，所以也爽快地同意了。

想到要去乡间，梅兴奋极了，而八个伴娘无论如何也猜不出他们的神秘去处，让她乐得像个孩子。租一栋乡间别墅被认为"很有英国风"的，这场被视作当年之最的盛大婚礼也因此锦上添花。但这栋别墅究竟在哪里，谁都不得而知，除了新人的父母；而当他们被再三追问，也只是噘噘嘴，神秘地说："啊，他们可没告诉我们——"这话显然应该是真的，因为的确没有那个必要。

当他们在包间里安顿妥当，火车已冲过郊外一望无际的树林，驶向一片淡淡的春色。阿切尔发现两人的谈话比预想的更为轻松。梅的外表和口吻依然是昨天那个单纯的女孩，急着同他就婚礼上的事情交换意见，就像伴娘跟引宾员之间毫无偏见的讨论。起先，阿切尔以为这种超然公正的态度是为了掩盖内心的悸动；但她那清澈的双眸中流露的却只有浑然不觉的沉静。这是她第一次和丈夫单独相处；而她的丈夫只是昨天那个迷人的伴侣。没有人让她如此爱慕，也没有人让她如此全心全意地信赖。从订婚到结婚的整个引人入胜的历险，此时达到了"热闹"的顶点，那就是单独与他旅行，就像一个成年人，事实上，就像一位"太太"。

有意思的是，如此深刻的情感竟能与如此贫乏的想象力并存——正如他在圣奥古斯丁传教堂花园里所发现的。甚至此时他依然记得，她一卸下良心的重担便即刻变回木讷的少女，真是令他惊诧；他看得出，也许她将尽其所能应付生活中出现的每一种经历，但绝不会只需悄悄一瞥便预见到什么。

或许正是那种浑然不觉使她的眼睛如此清澈，使她的表情与其说属于她个人，不如说属于一类人，仿佛她会被选去扮演美德女神或希腊女神。在她白皙皮肤下流淌的血液，仿佛是一种防腐剂，而非催老素；她那坚不可摧的青春并没有令她显得冷酷或迟钝，而仅仅是简单和纯洁。这样思索着，阿切尔突然发现自己正好像陌生人一般惊异地盯着她看，然后又不由自主回想起喜宴的情景以及得意洋洋的绝对主角老祖母明戈特夫人。

梅沉浸在这个令人愉快的话题中。"不过我很吃惊——你也没想到吧？——梅朵拉姨妈竟然来了。艾伦写信说她们俩都欠安,无法赶来。我真希望恢复健康的是她!你有没有看到她送给我的那些老式花边?漂亮极了。"

他已经知道这一刻迟早会到来,但他还幻想自己也许能够凭着意志力避开它。

"是的——我——没有;是的,很漂亮。"他嘴里说着,眼睛茫然地看着她,心里想着,是否一听见那两个字,自己精心构建起的世界便会如纸牌搭起的房子一般在他面前崩塌。

"你不累吗?我们到的时候能喝点茶就好了——我敢肯定姑妈已经都安排妥了,"他握起她的手,嘴里不停地说着;她的心便立刻飞到了波福特夫妇送的那套巴尔的摩精致银茶具和咖啡具上,它们和罗维尔·明戈特舅舅的托盘茶碟恰是"绝配"。

在春日的暮色中,火车抵达莱茵贝克站。他们沿站台走向正在等候的马车。

"啊,范·德尔·吕顿夫妇真是太好了——他们特地从斯库特克利夫派人来接我们。"阿切尔嚷道。一个穿制服的人神情庄重地走上前来,从女仆手中接过行李。

"非常抱歉,先生,"这位使者说,"杜·拉克小姐的房子发生了一点小意外:水箱漏水了。这是昨天的事,范·德尔·吕顿先生今天早上听说之后,就派了一名女仆搭早班火车去把庄园主宅子收拾出来。我想您一定会觉得那儿非常舒适,先生。杜·拉克小姐已经把她们的厨子派去了,所以您会感觉跟莱茵贝克没什么两样。"

阿切尔茫然地注视着来人,后者不得不更加委婉地继续致歉:"完全一样,先生,我向您保证——"幸好梅打破了沉默,热情地说道:"跟莱茵贝克一样?庄园主宅子吗?那可是要强上十万倍啊——是不是,纽兰?范·德尔·吕顿先生这么安排真是太客气了。"

马车上路了,女仆坐在车夫旁边,新婚夫妇闪闪发光的行李袋放在他们前面的座位上。梅兴奋地说道:"想想看,我还从来没有进过那房子呢——你进去过吗?很少有人得到范·德尔·吕顿夫妇的邀请进去过。不过他们好像邀请过艾伦,她告诉我说那是一处非常可爱的小房子,她说在美国只见过这一个地方能让她觉得幸福。"

"是吗——可那就是我们要的,对不对?"她丈夫高兴地嚷道。她的脸上露出男孩子般的微笑,答道:"啊,我们的好运不过刚刚开始——好运将永远伴随我们两个!"

二十

"我们当然得同卡弗莱夫人一道吃饭,亲爱的。"阿切尔说。住处的早餐桌上摆着堂皇的不列颠合金餐具,妻子坐在餐桌对面,双眉紧皱,忧心忡忡地看着他。

伦敦的秋天阴雨连绵,游人稀少,只有两个人是纽兰·阿切尔夫妇认识的,也是他们一心要避开的,因为根据老纽约的传统,在国外刻意引起熟人关注是有失"尊严"的。

阿切尔夫人和简妮在游览欧洲途中一直恪守这一原则,以令人费解的矜持对待同行游客的友好表示,她们几乎创纪录地没有同一个"外国人"说过话,除了旅馆和火车站的服务员。对于同胞——除了早已认识和应当认可的——她们更是明显地不屑一顾;因此,除了偶遇契佛斯、达格内特以及明戈特家的几个人,在国外那几个月里,母女俩始终只是彼此交谈。但是再周密的戒备也会有疏漏。在意大利博岑的一天晚上,住在走廊对面的两位英国女士中的一位(简妮已暗暗了解了她们的名字、衣着和社会地位)来敲门,询问阿切尔夫人是否有某种药膏。原来另一位女士——这位不速之客的姐姐,卡弗莱夫人——支气管炎突然发作,而阿切尔夫人不带齐全副家用药箱是绝不出门的,恰巧拿得出所需的

纯真年代 | 207

药品。

卡弗莱夫人病得很重,并且她同妹妹哈尔小姐是独自旅行,因此极为感激阿切尔夫人和小姐的慧心慰藉,阿切尔家能干的女仆又照料病人恢复了健康。

阿切尔母女离开博岑之后,就没有想到过会与卡弗莱夫人和哈尔小姐重逢。在阿切尔夫人看来,对于一个自己偶然帮助过的"外国人",没有比刻意引起对方关注更"有失尊严"的了。但卡弗莱夫人和她的妹妹对这种观点一无所知——即便知道也会觉得不可理喻,对于这两位在博岑慷慨相助的"快活的美国人",她们一直怀着无限感激。她们真诚地抓住每一个机会与来欧陆旅行的阿切尔夫人和简妮见面,甚至展现出超乎常人的敏锐嗅觉,总是能够了解到母女俩在往返美国途中何时会经过伦敦。这种亲密的友谊变得牢不可破,每当阿切尔夫人和简妮抵达布朗旅馆,总会发现这两位热情的朋友已经在恭候,她们跟自己一样,也用华德箱培植蕨类,也编织花边,读本生男爵夫人①的回忆录,对伦敦各大教堂的布道者均有品评。用阿切尔夫人的话来说,结识了卡弗莱夫人和哈尔小姐,"伦敦因此大不相同"。到了纽兰订婚的时候,两家的关系已经非常深厚,给两位英国女士

---

① Baroness Bunsen(1791—1876):英国画家、作家,其丈夫为德国外交官。1868年本生夫人出版了丈夫的传记。

寄去婚礼请柬已经是"理所当然的",而她们则赠送了一束美丽的玻璃压制的阿尔卑斯干花。纽兰携妻子即将起航赴英国时,阿切尔夫人在码头上的最后嘱咐是:"一定要带梅去看望卡弗莱夫人。"

纽兰和他的妻子并没有想过要遵命,但卡弗莱夫人以其一贯的敏锐找到了他们,并送来了晚餐的请柬。让梅对着茶和松饼皱眉的,正是这份请柬。

"对你来说是完全没关系的,纽兰,你认识她们。可我跟那么多从没见过的人在一起,会非常害羞的。况且我穿什么呢?"

纽兰靠在椅背上,笑吟吟地看着她。她显得更美,更像狩猎女神了。英国的湿润空气仿佛加深了她颊边的红晕,柔和了她稍显硬朗的纯真容颜,又或者,那不过是从她心底洋溢出来的幸福,如同穿透冰层的光芒。

"穿什么?亲爱的,我以为上星期已经有整整一箱东西从巴黎运到了呢。"

"是的,当然。我是说我不知道该穿哪一件?"她微微噘起嘴唇。"我从没在伦敦出门吃过饭。我可不想出丑。"

他试图解开她的迷茫。"可是英国女士晚上穿得难道跟其他人不一样吗?"

"纽兰!你怎么会问这么可笑的问题?她们去看戏的时候都穿着旧礼服,也不戴帽子。"

"哦,也许她们是在家的时候穿新礼服吧;但无论什么时候,卡弗莱夫人和哈尔小姐不会。她们会戴着我妈妈的那种帽子——还有披肩,非常软的那种披肩。"

"是的。可其他女士会穿什么呢?"

"穿什么都比不上你,亲爱的。"他答道,心想什么时候她突然像简妮那样对衣着产生了病态的兴趣。

她将椅子往后面挪挪,叹了口气。"你真好,纽兰,但这帮不了我什么。"

他突然有了主意。"不如穿上你的结婚礼服?那准错不了,对不对?"

"哎,亲爱的!要是礼服在这儿就好了!可我把它送到巴黎去改了,预备明年冬天穿。沃斯①还没有送回来。"

"哦,我说——"阿切尔说着站起身,"你看,雾散了。如果我们赶去国家美术馆,也许还能看一眼画。"

纽兰·阿切尔夫妇踏上归途。对于这三个月的新婚旅行,梅在给女友的信中含糊地概括为"天大的幸福"。

他们并没有去意大利湖区。经过深思熟虑,阿切尔想象不出妻子在那一种场景中的形象。而她自己的意思(在与巴

---

① Charles Frederick Worth (1826—1895):英国服装设计师,其设在巴黎的时装店开启了高级定制时装业。

黎的裁缝待了一个月之后）是七月里登山、八月里游泳。他们便准确地施行了这个计划，七月在瑞士因特拉肯和格林德瓦度过，八月则去了诺曼底海滨一个叫做埃特塔的小地方，据说那里古朴而宁静。有一两次，在群山之中，阿切尔指着南方说："那儿就是意大利。"梅站在龙胆花田中，快活地笑起来，答道："希望明年冬天能去那儿，如果你不必非待在纽约的话。"

但事实上，她对旅行的兴趣比他预料的更加淡薄。她以为旅行不过是（一旦把衣服订妥了）有更多时间散步、骑马、游泳以及尝试有趣的新运动——草地网球。而当最后回到伦敦（他们将在那儿停留两个星期，阿切尔要订他的衣服），她不再掩饰对于航行的热切渴望。

在伦敦，她感兴趣的只是看戏和购物。她认为这儿的戏院还不如巴黎咖啡馆里的演唱精彩：在香榭丽舍大街繁花盛开的七叶树下，她有了一番新奇的经历——从餐厅阳台俯瞰那些来观看演出的"交际花"，由丈夫为她翻译他认为适合新娘聆听的歌词。

阿切尔又恢复了所有祖传的婚姻老观念。虽然他还是无拘无束的单身汉的时候信口说过许多理论，但如今看来，恪守传统，完全按照身边朋友对待妻子的方式来对待梅，要简单得多。试图解放妻子毫无意义，因为妻子压根儿没想到自己是不自由的；他也早已发现，对于自以为拥有的那份自由,梅唯一能做的是将它奉上祭坛,以示对丈夫的崇拜。她与生俱来的尊严总是不允许她辱没这一奉献,甚至也许有一天(这已发生过一次)她会鼓起勇气把它完全收回,如果她认为那将对他有益。但她对婚姻的认识毕竟简单而淡漠,若果真发生这种危机,那必然是由于他的行为明显不可被容忍,但实在无法想象会出现那种情况,因为她对他的感情如此细腻入微。他知道,不管发生了什么,她都将忠诚、勇敢、毫无怨恨,而他也将因此恪守同样的美德。

所有这些都会把他拉回到原有的思想之中。如果她的简单意味着琐碎狭隘,他也许会恼火、会反抗;但她的性情虽然单调,却同她的面貌一般美好,于是她便成了他那些旧传统的守护神。

这些品质固然使她成为一个容易相处的伴侣,却很难给海外旅行带来生气;但他立刻就发现这些品质会很快发挥应有的作用。他不用担心自己会受到它们的压制,因为他对于艺术与知识的追求将一如既往地在家庭之外继续,而家庭生活本身也绝不会细碎沉闷——回到妻子身边绝不会像是在郊外漫步之后走进一个闷热的房间。等他们有了孩子,两个人生活中的空虚角落都将会被填满。

他们从梅费尔出发,缓缓驶向遥远的南肯辛顿卡弗莱夫人和她妹妹的住处,一路上阿切尔就在思索这些事情。他原本也希望避开这两位朋友的盛情邀请;他在旅行途中向来遵照家族传统,做一个旁观的游客,有意傲慢地无视同侪的存在。仅有一次例外,那时他刚从哈佛毕业,在佛罗伦萨同一伙已经欧洲化的古怪美国人快活地过了几个星期,在华屋中与贵妇通宵跳舞,在时髦的俱乐部里与花花公子一赌半天。这一切虽然是人间极乐,在他看来却如狂欢节一般虚幻。那些见多识广的古怪女子似乎需要向遇到的每一个人讲述她们那许多错综复杂的风流韵事,气度非凡的年轻军官和染过头发的半老才子则是那些隐秘的主角或倾诉对象。这些人与阿切尔从小熟悉的人物截然不同,就如同温室里昂贵却散发恶臭的异国植物,无法长期吸引他的遐想。将妻子带进这样的圈子是根本不可能的;而在旅行过程中,也没有人表现出与他交往的渴望。

他们到达伦敦不久便遇到了圣奥斯特利公爵,公爵立刻认出了他,热情地说:"过来看我,好不好?"但没有一个正常的美国人会当真将这个建议付诸行动,因此会面并没有下文。他们甚至躲过了梅在英国的姨妈——那位银行家的妻子依然住在约克郡。事实上,他们有意拖延到秋季才到伦敦,就是为了避免在社交季抵达而让那些从没见过面的亲戚以为他们是自命不凡地刻意为之。

"也许卡弗莱夫人家什么人都没有——这个季节的伦敦就是一片荒漠,而你打扮得实在太美了。"阿切尔坐在双人马车中对身边的梅说。梅披着天鹅羽绒滚边的天蓝色斗篷,如此完美无瑕,让人觉得就连让她暴露于伦敦的污秽之中也是极不应该的。

"我不想让她们觉得我们穿得像野蛮人。"她答道,轻蔑的语气准会惹怒波卡洪塔斯①。而他则再次惊讶地发现,即便是最不谙世故的美国女人也会对衣着所体现的社交优势怀着如此虔诚的敬仰。

"这就是她们的盔甲,"他心想,"她们借以抵御未知的一切,并借以表达对它的蔑视。"直到这时他才理解了为什么梅不会系上发带来取悦他,却会如此真诚地履行那庄严程式——挑选并定制满柜子的衣服。

他预料得不错,卡弗莱夫人家的宴会规模很小。他们发现,在狭长寒冷的客厅里,除了女主人和她的妹妹之外,只有一位披着披肩的夫人以及她的丈夫——一位亲切的教区牧师,一个寡言少语的少年——卡弗莱夫人说是她的侄子,还有一位黑头发的小个子绅士,她介绍说是侄子的家庭教师,报了一个法国名字。

梅·阿切尔走进昏暗灯光下这一群面容模糊的人中间,悠悠然仿佛夕照下的天鹅。她的丈夫从未见过她如此高大而美丽,衣裙摇摆得如此大声;他发现,她那红润的面颊和鬓

---

① Pocahontas (1595—1617):美国弗吉尼亚州印第安部落酋长的女儿,后嫁给英国种植园主,作为"开化的野蛮人"进入英国社交界。

窣作响的衣裙正标志着极度的幼稚与胆怯。

"他们究竟想让我说些什么?"她那双无助的眼睛正向他发出乞求,而与此同时,她那光彩夺目的形象却也在他人心中激起了同样的不安。美人即使缺乏自信,也依然能够唤醒男人内心的信任,牧师和那位叫法国名字的家庭教师很快就明白告诉梅,他们希望她不要拘束。

但尽管他们百般努力,晚宴仍是令人兴味索然。阿切尔注意到他妻子想在外国人面前表现得自在,话题却无可救药地越来越狭隘,虽然她的容貌令人爱慕,谈吐却让对方扫兴。牧师很快就放弃了努力,家庭教师则操着优雅流利的英语,继续极有风度地对她滔滔不绝,直到女士们上楼去客厅,众人才都松了一口气。

牧师喝过一杯波尔图酒之后便不得不匆匆告辞,去赴一个约会。那个羞涩的侄子似乎身体很弱,也被打发上床了。阿切尔和家庭教师却继续安坐畅饮,而突然间阿切尔发现,自从上一次与内德·温塞特对谈之后,他还没有与人如此交谈过。原来卡弗莱的侄子由于肺病不得不离开哈罗公学去了瑞士,在气候温和的日内瓦湖边住了两年。这个小书虫被委托给里维埃先生照管。现在里维埃先生将他带回英国,并陪伴他直到来年春天进入牛津。然后里维埃先生直言不讳道,那时候他就不得不另谋职业了。

阿切尔认为,像他这样一个兴趣广泛、多才多艺的人似乎不可能长期没有工作。他三十岁上下,面庞瘦削而丑陋(梅一定会说他相貌平常),将他的所有观点都表现得极其生动,而在他的活跃中却不见丝毫的轻浮与卑贱。

他的父亲英年早逝,生前是一个小外交官,原本希望儿子继承衣钵,但这年轻人酷爱文学,先是投身新闻界,继而开始创作(显然并不成功),最后——经过其他一些他未向听者提及的尝试与辗转——来到瑞士为英国少年充当家庭教师。不过在此之前,他长住巴黎,是龚古尔沙龙的常客,莫泊桑建议他放弃写作(在阿切尔听来,就连这都是无上的荣耀!),还时常在母亲家与梅里美交谈。他显然总是陷于贫困,忧心忡忡(还要供养母亲和待嫁的妹妹),而他的文学抱负看来已经落空。其实从物质而言,他的境况并不比内德·温塞特光明,但正如他自己所说,在他所生活的世界里,没有一个热爱思想的人会感到精神上的饥渴。而可怜的温塞特正是怀着这样的热爱,却几乎要饥渴而死。阿切尔不由得替温塞特羡慕眼前这位潦倒却生气勃勃的年轻人,他穷得如此富足。

"您瞧,先生,为了保持心智的自由,为了不束缚鉴赏力和批评的独立性,付出任何代价都是值得的,对不对?正因为此,我才放弃了新闻工作而选择这个单调得多的差事,成了一个家庭教师兼私人秘书。这份工作自然非常枯燥,却能让人保持道德上的自由,也就是法语所谓的'自主'。当一个人听到高谈阔论，他可以参与其中，坚持自己的观点而不必妥协，或者可以倾听，并在心中应答。啊，高雅的对话——没有什么可与之比拟，对不对？思想才是唯一值得呼吸的空气。所以我从不懊悔自己离开了外交和新闻——那不过是自我放弃的两种不同形式罢了。"他又点起一支烟，神采奕奕地看着阿切尔，"您瞧，先生，能够直面生活，那么住在阁楼里也是值得的，对不对？但毕竟还必须挣够钱付阁楼的租金。我承认，如果到老了还在做私人教师——或者其他'私人'什么的，那就跟在布加勒斯特做一个二等秘书一样，让人想想就心寒。有时候我觉得自己必须下定决心，下一个大决心。比如说，你看我能不能在美国找到机会——在纽约？"

阿切尔惊异地看着他。一个时常与龚古尔兄弟和福楼拜来往的年轻人，一个将精神生活视为唯一的年轻人，要去纽约！他茫然地注视着里维埃先生，不知该如何告诉他，他的那些优势和有利条件无疑将恰恰成为他成功的障碍。

"纽约——纽约——可非得是纽约吗？"阿切尔结结巴巴地说道，完全想不出他的故乡能够为一个将高雅对话视为必需品的年轻人提供何种致富的机会。

里维埃先生蜡黄的脸上突然泛起一片红晕。"我——我想那是您居住的大都市，那儿的精神生活不是更加活跃吗？"他答道。然后，仿佛是生怕让听者感觉自己是在乞求帮助似的，他急忙又说道："不过随口一提，只是自己想想而已。其实我看眼下并没有这个可能——"他站起身，继续说着，看不出丝毫拘束："恐怕卡弗莱夫人会认为我应该带您上楼了。"

返回路上，阿切尔思索着这一段情景。与里维埃先生共度的时光为他注入了新鲜空气，他的第一个念头就是邀请他第二天来吃饭；但是他已经逐渐明白，为什么已婚男人不能总是听从自己的第一个念头。

"那个年轻的家庭教师很有意思，饭后我们聊了书和一些问题，非常投机。"他在双人马车里试探她道。

梅从梦境般的沉默中惊醒——他曾经在这种沉默中读出多少意味，而六个月的婚姻却已令他懂得了其中的含义。

"那个小个子法国人？他不是再平常不过了吗？"她冷冷地问道。他猜测她心里正暗暗失望，因为在伦敦受邀，见的却是一个牧师和一个法国家庭教师。这种失望并非出于通常所说的势利，而是老纽约在国外认为自己可能有失尊严时产生的一种感觉。如果梅的父母在第五大道款待卡弗莱姐妹，他们一定会邀请比牧师和教师更重要的人物来作陪。

但阿切尔心里烦躁，便追问起来。

"平常——哪儿平常了？"他质问道。而她竟出乎意料地迅速答道："怎么，我说他哪儿哪儿都平常，除了在他那个教室里。这种人在社交场合总是很令人尴尬的。不过，"为了缓和气氛,她又说道,"我想要是他为人聪明,我就不会察觉了。"

她说"聪明"就跟说"平常"一样让阿切尔很反感。不过他开始害怕自己会常常去想她身上让他反感的东西。毕竟她的观点并不新奇,他从小熟悉的每一个人都抱着同样的观点,他早已视之为必然而尽可以忽略的。直到几个月前,他才认识了一个对生活抱着不同看法的"好"女人。而如果男人结婚,那就必然是要选择好女人的。

"啊——那我就不请他吃饭了!"他笑着决定道。梅不解地说:"天啊——请卡弗莱的家庭教师吃饭?"

"哦,不是在请卡弗莱的那一天,如果你不愿意就算了。但我的确希望再跟他谈谈。他想去纽约找工作。"

她更惊讶也更冷淡了。他几乎认为她在疑心他染上了"外国腔"。

"去纽约找工作?什么工作?大家都不请法国教师的。他想做什么呢?"

"主要是享受高雅的对话,我想。"她丈夫有意这样答道。而她则赞赏地大笑道:"噢,纽兰,太好笑了!这不是太法国了吗?"

他希望邀请里维埃先生,梅却拒绝考虑,但总的来说,他很高兴这件事就这样解决了。如果再有一次饭后交谈,就很难避免去纽约的问题了。而阿切尔越想越觉得无法将里维

纯真年代 | 219

埃先生放入他所熟悉的任何一幅纽约场景之中。

想到以后会有许多问题自己都将不得不放弃了事,他不由心中一凛。然而,当他开销了车费,随着妻子的长裙裾走进房子里之后,他想起老话里说过新婚后的六个月最难度过,便感觉宽慰了一些。他想:"六个月之后,我想我们就差不多能磨去彼此的棱角了。"但糟糕的是,梅所着力的却恰恰是他最希望保留的那些棱角。

二十一

一小片明媚的草地平缓地延伸至明媚的大海边。

草地边缘种着鲜红的天竺葵和锦紫苏,一条整齐铺设的砾石小路蜿蜒通向大海,路边间隔有序地立着漆成巧克力色的铸铁花瓶,环绕着矮牵牛和天竺葵编成的花环。

从四方形木屋(同样漆成巧克力色,盖着铁皮屋顶的游廊则是棕黄相间,相当于雨篷)到悬崖的中途,靠着灌木丛竖起了两个大箭靶。草地另一头,对着箭靶支起一座真正的帐篷,帐篷周围安着长椅和庭院椅。一些着夏装的女士和身穿双排扣常礼服、头戴高礼帽的绅士正站在草地上或坐在长椅上。时不时会有一位身穿浆过的细棉布裙的苗条女孩从帐篷里出来,手里握着弓,对准箭靶射出一箭,众人便会停止交谈,观看结果。

纽兰·阿切尔站在木屋游廊上,好奇地望着这情景。油光晶亮的台阶两侧各有一个高大的蓝瓷花盆立在明黄色瓷座上,花盆里种着绿色的针叶植物。游廊下面种着宽阔的一排蓝色绣球花,边缘仍是鲜红的天竺葵。阿切尔身后是他刚刚走过的落地长窗,透过飘拂的蕾丝窗帘,可以窥见屋里光亮如镜的拼花地板,散放着印花布蒲团、矮脚扶手椅和天鹅绒桌子，桌上摆满盛着果冻蛋糕的银器。

纽波特射箭俱乐部的八月聚会总是在波福特家举行。此前，射箭是除了槌球之外最受欢迎的运动，但如今却因为草地网球的兴起而渐遭遗弃。但网球仍被视为粗俗不雅，不适合社交场合，因此，作为展示漂亮服装和优雅举止的机会，弓箭依然有着自己的一席之地。

阿切尔满怀惊奇地望着这熟悉的场景。出乎他意料的是，生活依然遵循着固有的方式，而他自己对生活的反应却已彻底改变。正是在纽波特，他清楚地意识到了这种改变。去年冬天在纽约，他和梅住进了那栋带凸窗和庞贝式门廊的黄绿色房子，他便如释重负地回到了一成不变的事务所生活，日常活动恢复如常，仿佛链环一般将他与过去的自己联系在一起。接下来是令人兴奋的喜事——为梅的轻便马车（韦兰夫妇的礼物）选了一匹神气的灰色快马，并兴致勃勃地安排好了他的新书房。尽管家人表示怀疑和反对，但他还是按照他梦寐以求的方式布置：深色凸纹墙纸、伊斯特雷克书柜以及"真诚的"扶手椅和桌子。他在"百人团"见到了温塞特，又在"纽约人"俱乐部[①]找到了与他一个圈子的时髦的年轻人。他的时间一部分专注于法律工作，一部分交给外出用餐或在家款待朋友，晚上偶尔去听歌剧或者看戏，生活似

---

① Knickerbocker：成立于1871年的绅士俱乐部。

乎依然相当现实,按部就班。

而纽波特却意味着摆脱责任,全然进入一种度假氛围。阿切尔曾试图说服梅去缅因近海的一座偏僻小岛(叫做荒山,的确名副其实)避暑,有一些强健的波士顿人和费城人在当地的"土人"茅舍里野营,报道了那里的旖旎风光以及密林深水中类似狩猎者的野外生活。

但韦兰家向来是去纽波特的,峭壁滨海道上那些方形别墅中有一栋就是他们家的。他们的女婿举不出什么正当理由说明他和梅为什么不能跟他们同往。韦兰夫人甚至尖刻地指出,梅完全没必要辛辛苦苦在巴黎试那些夏装,如果不允许她穿。对于这一点,阿切尔一直没办法反驳。

梅自己也不懂他为何令人费解地不愿接受如此合理而愉快的避暑方式。她提醒他说,结婚前他总是非常喜欢纽波特的。这的确无可置疑,于是阿切尔只得声称他会更喜欢那里了,因为这次是他俩一起去。然而当他站在波福特家的游廊上望着草地的红男绿女时却心头一寒,他意识到自己再也不会喜欢这里了。

可怜的梅,这不是她的错。如果说他们在旅行中时有些许不合拍,那么在回到梅熟悉的环境中之后便恢复了和谐。他早已预见到梅不会令他失望,他没有看错。他结婚了(就像大多数年轻人一样),因为在他所经历的一系列漫无目的的感情冒险都令人厌恶地草草收场之际,遇到了一位完美无缺的美丽女孩，她代表着平和、稳定、志同道合以及恒久的不可推卸的责任感。

他不能说自己的选择是错误的，因为她满足了他的所有预期。娶了纽约最漂亮、最有人缘的女子无疑是让人心满意足的，何况她还是一位性情最温柔、最通情达理的妻子。对于这些优点，阿切尔绝不会无动于衷。至于新婚前夕的那场短暂疯狂，他已尽力克制，将它视为已经放弃的冒险中的最后一次。他已清醒地看到，妄想娶奥兰斯卡伯爵夫人是不可思议的，她将仅仅是他记忆里一连串幽影中的一个，最哀婉、最刻骨铭心的那一个。

但是，经过这一切消解和清除，他的头脑变得空空如也，只剩下过往的余音。他想这或许就是为什么他看见波福特家的草地上那些忙忙碌碌的人们就像看见一群在墓地里玩耍的孩子一般震惊。

他听到身旁一阵衣裙窸窣，曼森侯爵夫人穿过客厅长窗飘然而至。她同往常一样，身上张灯结彩似的异常俗艳，头顶软塌塌的意大利麦秆草帽，上面绕着一层又一层褪了色的网纱，帽檐上方可笑地撑着一把象牙雕花柄的黑色丝绒阳伞。

"亲爱的纽兰，我不知道你和梅已经来了！你自己是昨天才到的吧？啊，工作——工作——职责……我知道许多做丈夫的只有周末才有可能陪伴妻子。"她脑袋一歪，眯起眼睛，愁眉苦脸地看着他。"但婚姻是一种长时间的牺牲,我以前就常对艾伦这样说——"

阿切尔的心莫名地抽紧了,就同过去某一次一样,仿佛有一扇门被猛地关上,将他与外面的世界隔开。但这隔绝一定是瞬间便消失的,因为他知道自己已经设法提出一个问题,而梅朵拉正在回答了。

"我不住在这儿,我要跟布兰克一家去朴茨茅斯,她们在那儿有一处可爱幽静的地方。波福特非常周到,今天早上派了他有名的赛马来接我,所以我至少能看一眼瑞吉娜的游园会。不过今天晚上我就要回到乡村生活了。布兰克一家总是很有新意,他们在朴茨茅斯租了一间简单的旧农舍,邀请了各种代表性人物……"她躲在帽檐下轻轻一低头,脸色微微泛红,继续说道:"这个星期阿伽通·卡弗博士会在那儿举办一系列有关'内在思想'的聚会。与这儿世俗娱乐的欢乐场面真是鲜明的对比——但我不就是一直生活在对比之中吗!对我来说,最无可救药的是单调。我总是对艾伦说:小心单调,它是一切大恶的根源。但这可怜的孩子正处于一种亢奋之中,对这个世界深恶痛绝。我想你也许知道,她拒绝了所有邀请,不肯来纽波特,甚至不肯陪她的祖母明戈特夫人。说出来你都不会相信,我都没法说服她和我一起去布兰克家!她的生活太不健康、不自然了。唉,她应该听我的话,当时事情还有转机……门还开着……不过我们还是下去看看

纯真年代 | 225

精彩的比赛吧！听说你的梅也参赛了呢。"

波福特正从帐篷那儿穿过草地，大步向他们走来。他身量高大而笨重，被紧紧裹在一件伦敦常礼服中，扣眼里别着一支自家的兰花。阿切尔已经有两三个月没见过他了，对他外表的变化大吃一惊。在盛夏的阳光下，他红润的面色显得过于浓重甚至臃肿，要不是他肩膀挺阔，那步态就该像是一个大腹便便、衣着厚重的老人了。

关于波福特的各种流言很多。春天，他乘着自己的蒸汽游艇长途旅行去了西印度群岛，据说，在他所到之处，总有一位貌似范妮·瑞茵小姐的女士相随。这艘游艇建于苏格兰克莱德河畔的船厂，配有瓷砖铺地的浴室和其他闻所未闻的奢侈装备，说是花了他五十万美元；而他返回纽约时给妻子奉上的那条珍珠项链光华夺目，做赎罪的贡品恰如其分。波福特的资财经得起如此挥霍，但令人不安的谣言却从未平息，不仅在第五大道，也在华尔街流传。有人说他投机铁路失败，也有人说他被她的某个最贪得无厌的同行狠敲了一笔。对于每一次破产传言，波福特总是回应以更多的挥霍：新建一排兰花花房，新买一批赛马，或是为他的画廊新添一幅梅索尼埃①或卡巴内尔的画。

他向侯爵夫人和纽兰走来，带着一贯的微含嘲讽的笑

---

① Jean-Louis Ernest Meissonier（1815—1891）：法国画家。

容。"喂,梅朵拉!那些赛马怎么样?四十分钟就到了,嗯? ……不坏吧,可不能吓掉你的魂哟。"他握了握阿切尔的手,然后随他们转过身,立在曼森夫人的另一边,压低声音说了些什么,不让他们的同伴听清。

侯爵夫人脸色一变,用她那副古怪的外国腔调答道:"你想要我怎么办?①"波福特听见,眉头皱得更紧了。但当他眼睛瞥到阿切尔,又立刻装出一脸微笑,祝贺道:"你瞧梅就要赢头奖了。"

"啊,那头奖还是在家里人手上了。"梅朵拉说道。这时他们走到帐篷前,波福特夫人一身少女般的淡紫色细棉布裙,面纱飘飘,向他们迎上来。

梅·韦兰恰好走出帐篷。她一身白裙,腰间一道浅绿色缎带,帽子上绕着常春藤花环,那一副狩猎女神般的超然神态分明就是订婚当夜步入波福特家舞厅时的模样。此刻,她的眼里毫无思想,心里也毫无情绪,虽然她丈夫知道那两者她都具备,却再次惊讶地发现她会如此看不出任何阅历。

她手握弓箭,在草地上的粉笔标记处立定,将弓举到齐肩,瞄准靶心。那典雅的姿态,一出场便赢得一片低声赞叹,阿切尔不由感到一种拥有者的满足,正是这种满足感时常欺骗他生出短暂的幸福。她那些妩媚的对手——瑞吉·契佛斯

---

① 原文为法语。

夫人，梅里家的小姐们，以及索利家、达格内特家和明戈特家的几位面色红润的姑娘——都紧张地站在她身后，棕色秀发、金色弯弓、浅色布裙和缀满鲜花的帽子汇成一道柔和的彩虹，一个个风华正茂，沉浸在夏日的盛景中，却没有哪一个比得上他妻子如水泽仙子那般悠然，此刻她正绷紧肌肉，笑眉微蹙，全神贯注地用足力量。

"老天，"阿切尔听见劳伦斯·莱弗茨说，"没人像她这样拿弓。"波福特驳道："没错，但她能射中的也只有那种靶子了。"

阿切尔心头无名火起。主人对梅的"美好"表示轻蔑应该就是做丈夫的希望听到的评价。一个粗俗的人认为她缺乏魅力，不过是再次证明了她的品质，但那句话依然令他心头一凛。如果"美好"到极致而仅仅成为其反面，如果帷幕落下，后面仅仅是虚空呢？梅最后一箭正中靶心，他望着她两颊绯红地平静退场，感到自己还从未开启过那道帷幕。

她接受了对手和同伴的祝贺，淡然的神态使她的优雅更加完美。没有谁会嫉妒她的胜利，因为她已使众人感到，即便她输了，也会是同样的安静。然而，当她的目光与她丈夫的目光相遇，当她见到他脸上的喜悦时，她脸上便也立刻喜悦洋溢了。

韦兰夫人的藤编小马车已经在等他们了。他们随着逐渐散去的许多马车一起离开，梅持着缰绳，阿切尔坐在她身边。

午后的日光依然在明媚的草地上、灌木丛间流连,贝勒维大街上,四轮折篷马车、双轮马车、敞篷马车和双人对座马车来来往往,衣冠楚楚的绅士淑女或是正从波福特家的游园会上离开,或是刚刚结束每天下午的海滨大道兜风正往回赶。

"我们去看看外婆好吗?"梅突然建议道,"我想亲口告诉她我得了头奖。离晚饭还早呢。"

阿切尔默许了,她便掉转马头,沿纳拉甘塞特大道而行,穿过斯普林街,驶向乱石崎岖的荒野。就在这偏僻冷落的地方,向来无视先例和节俭的凯瑟琳女皇在她年轻的时候就在一处俯视海湾的廉价地段为自己建造了一栋尖顶丛立、架着横梁的华丽别墅。在茂密的矮橡树林中,她的游廊延伸到小岛点缀的水面上。一条蜿蜒的车道穿过铸铁牡鹿和镶嵌蓝色玻璃球的天竺葵小丘,直达油光闪亮的胡桃木大门。大门上方搭着条纹顶篷,里面便是门厅,铺着星星图案的黄黑相间拼花地板,通往四个正方形小房间。房间天花板下面贴着厚重的绒面壁纸,天花板上面则请了意大利画匠浓墨重彩描绘了奥林匹斯山诸神。在明戈特夫人不堪身体重负之后,这些房间中的一个就成了她的卧室,相邻的一间则是她日常起居的地方。她总是端坐在敞开的房门与窗子之间一张宽大的扶手椅中,永不停歇地摇动着一柄蒲扇,但由于她的前胸异常突出，扇子距离身体其他部位便异常遥远，搅动起来的风便只够吹起扶手罩子上的流苏。

由于是老凯瑟琳促成了阿切尔尽快完婚，因此她对这年轻人表现出援助者对于受援者的那种热忱。她相信他之所以迫不及待是出于难以克制的爱情，而她向来热烈赞许冲动行为（只要不会让她花钱），所以她每次见到他都会同谋似的对他亲切地眨眨眼睛，玩点暗示，幸好梅对此毫无反应。

她兴致勃勃地对梅胸前那枚在比赛后赢得的嵌钻箭形胸针细细品鉴了一番，说她当年顶多就是一枚金银丝胸针了，不过波福特做事情确实漂亮。

"真是一件传家宝呢，亲爱的，"老夫人嘿嘿笑道，"你一定得传给你的大女儿。"她拧了拧梅白皙的胳膊，看着她脸上生起红晕。"哎，哎，我说什么了就让你打出红旗啦？就不生女儿了？只生儿子，嗯？老天爷啊，瞧瞧她越发脸红起来。怎么，连这也说不得？哎哟哟，我的孩子们求我在头顶画上那些个男神女神的时候，我就说，谢天谢地，总算我身边有几个人是什么都吓不到他们的了！"

阿切尔大笑起来，梅也跟着笑了几声，眼睛红红的。

"好了，现在就请跟我说说游园会吧，亲爱的，从傻乎乎的梅朵拉那儿可听不到一句实诚话。"老祖宗说道。梅一听便嚷道："梅朵拉姨妈？我还当她去朴茨茅斯了呢？"老祖宗温和地说："她是要去那儿，但她得先过来接艾伦。啊，你还不知道吧？艾伦来这儿跟我住了一天了。她不肯来这儿消暑，真是胡来，不过我已经有五十年不跟年轻人争了。艾伦——艾伦！"她苍老的声音尖利地嚷起来，一边努力探出身子去，试图看到游廊外面的草坪。

没有人回答。明戈特夫人烦躁地提起手杖敲了敲亮晶晶的地板。一个裹着鲜艳头巾的黑白混血女仆应声进来，告诉女主人她看见"艾伦小姐"沿小路去海边了。明戈特夫人转过脸来看着阿切尔。

"乖孩子，快去把她叫回来。让这位漂亮女士来给我讲讲聚会的事。"她说。阿切尔站起身，如坠梦中。

自从他们上次会面，这一年半以来，他时常听到奥兰斯卡伯爵夫人的名字，甚至对她这期间的主要经历了如指掌。他知道去年夏天她在纽波特，频频现身社交界，但到了秋天，她突然将波福特费尽心机为她找来的"完美房子"转租出去，决定搬到华盛顿。冬天，他听说（人们总是能够听说华盛顿的漂亮女士的事）她在据说是弥补了政府处理社会问题不力的"一流的外交圈子"里大放光彩。他淡然地听着这些描述，听着有关她的容貌、谈吐、观点和交友的各种互相矛盾的传闻，仿佛在听某个早已死去的人的往事；直到梅朵拉在射箭比赛上突然间说出她的名字，艾伦·奥兰斯卡才在他心头复活。侯爵夫人愚蠢的咬舌音唤起了炉火映着小客厅的画面以及马车夜归碾过空寂小街的声响。他想起曾经读过一

纯真年代 | 231

个故事：几个托斯卡纳的农家孩子在路边洞穴里点燃一捆稻草，照亮了彩绘墓室里沉默不语的古老影像……

通往海边的小路从别墅所在的斜坡往下伸向种着垂柳的水上步道。透过柳影，阿切尔看见石灰山崖闪着光，山崖上那座白色小塔楼正是广受尊敬的守塔人伊达·刘易斯安度晚年的地方。更远处是一片平坦的水域以及政府在山羊岛上竖起的丑陋烟囱，金光粼粼的海湾往北延伸，直到遍栽矮橡树的普鲁登斯岛，暮霭中隐隐可见科纳尼卡特岛的岸线。

柳径外伸出一道窄窄的木堤，尽头是一座形如宝塔的凉亭，亭中立着一位女士，倚着栏杆，背对岸边。阿切尔一见便停住脚步，仿佛从梦中醒来一般。往昔的画面是梦，岸上头那栋房子里等待着他的才是现实——韦兰夫人的马车正在门前打转；梅坐在鲜廉寡耻的奥林匹斯山诸神脚下，没说出口的希望令她容光焕发；贝勒维大街另一头的韦兰别墅里，韦兰先生已经换好晚餐礼服，焦躁地在客厅里踱步，手里攥着表——因为在他们这样的人家，哪个钟点应当做哪件事情，都应该是一清二楚的。

"我是什么？女婿——"阿切尔心想。

长堤尽头的人影一动不动。年轻人在坡上站立许久，凝视着海湾里来来往往的帆船、游艇、渔舟和喧嚷的运煤拖船搅动起波浪。凉亭里的那位女士仿佛也被同样的情景所吸引。灰蒙蒙的亚当斯堡后面，漫天晚霞碎裂成千百团火焰，一艘单桅帆船正从石灰山崖和海岸之间的水道驶过,那船帆仿佛被点燃了一般。阿切尔望着这景象,想起了《流浪汉》中的那一幕,蒙塔格将艾达·戴斯的丝带捧到唇边,而她却并未察觉他就在房间里。

"她不知道——她猜不到。如果是她在我背后,我又会不会知道?"他沉思着。忽然,他对自己说:"要是那帆船驶到石灰山崖的灯塔了她还不转过来,我就回去。"

那船随着退去的潮水漂远,来到石灰山崖前,遮住了伊达·刘易斯的小屋,驶过了悬挂灯盏的塔楼。阿切尔等待着,直到船尾和小岛最远处那块礁石之间的宽阔水面闪动起来,那凉亭里的人影依然一动不动。

他转身朝坡上走去。

"真遗憾你没有找到艾伦——我本想再见到她的,"在他们趁着暮色驾车回家的路上,梅说,"不过也许她无所谓——她似乎变了许多。"

"变了许多?"她丈夫不露声色地重复道,眼睛盯着马颤动的耳朵。

"我是说,她对朋友那么冷漠,放弃了纽约和她的房子,结交了那么些怪人。想想她在布兰克家该有多么不自在!她说她去那儿是为了不让梅朵拉姨妈受到伤害:免得她嫁给坏人。但我有时候觉得是我们一直让她厌烦。"

阿切尔没有接口,她继续说下去,那坦率稚嫩的声音里竟带着一种他从未觉察的冷酷。"毕竟我不知道,她跟她丈夫在一起是否真的没那么快活。"

他大笑起来。"老天爷!"他嚷道。她转过脸来看着他,不解地皱起眉头。他又说道:"我以前可从没听见你说过一句残忍的话。"

"残忍?"

"哦——看罪人痛苦扭动是天使们最喜爱的娱乐;但我想,就连他们也不会认为地狱里的人会更快活。"

"可惜她嫁到了外国。"梅的语气平静得同她母亲对待韦兰先生的心血来潮时一样。阿切尔觉得自己被轻轻贬入了那一类不通情理的丈夫之中。

他们沿贝勒维大街行驶,来到顶着铸铁灯的削角木门柱前便转了进去,那是韦兰家别墅的入口。灯光已从窗子里透出,马车停下的时候,阿切尔瞥见岳父正如他想象的那样在客厅里踱步,手里攥着表,脸上带着痛苦的表情——他早就发现这远比愤怒有效。

年轻人跟着妻子走进门厅,感觉心绪已莫名地彻底改变。韦兰家的奢华陈设和浓厚气氛,充斥着琐碎严苛的清规戒律,已经如麻醉剂一般悄悄渗入了他的身心。厚重的地毯,警惕的仆人,恪尽职守的时钟永远滴滴答答,提醒着时间的流逝,门厅桌上永远堆着新送来的名片和请柬,琐事构成一道专横的锁链,将每时每刻、将这家里的每个成员都捆在一起,使所有不够系统而丰富的存在变得不真实、不稳固。可现在,却是韦兰家以及他应当在这家里过的那种生活变得不真实、不相干了,而他立在海边坡上看到的那一幕,虽然转瞬即逝,却切近得犹如他血管里的鲜血。

他一夜无眠,在印花布装饰的宽敞卧室里,在梅的身边,望着月光斜照在地毯上,想着艾伦·奥兰斯卡穿过闪烁的海滩回家,为她拉车的正是波福特的赛马。

二十二

"为布兰克家办欢迎会——布兰克家?"

韦兰先生不安地放下刀叉,狐疑地望着午餐桌另一头的妻子。韦兰夫人扶了扶金边眼镜,用高雅喜剧的口吻朗声念道:"爱默森·西勒顿教授及夫人诚邀韦兰先生偕夫人于八月二十五日三时整莅临星期三午后俱乐部聚会,欢迎布兰克夫人及小姐。敬祈赐复。凯瑟琳大街,红山墙。"

"老天爷——"韦兰先生倒吸一口气,仿佛必须再读一遍才能完全领会此事是何等荒谬。

"可怜的艾米·西勒顿——你永远猜不出她丈夫接下来会做出什么事,"韦兰夫人叹息道,"我想他是刚刚发现布兰克一家。"

爱默森·西勒顿教授是纽波特社交界的一根刺,一根难以拔除的刺,因为他生长于名门望族。他就是所谓"事事优越"的那一类人物。父亲是西勒顿·杰克逊的舅舅,母亲是波士顿彭尼罗家的人,两边都是有财有势,门当户对。正如韦兰夫人常说的,爱默森·西勒顿根本没有必要当个考古学家,或任何哪门学科的教授,也根本没有必要冬天住到纽波特来,或做其他那些离经叛道的事情。至少,若他果真要与传统决裂，公然藐视社交界，那就没必要娶可怜的艾米·达格内特，因为她可是有权指望"另一种生活"，或能供得起自己的马车。

明戈特家族里没人能理解为什么艾米·西勒顿会对丈夫的种种怪癖如此顺从。他请回家的都是些长头发的男人和短头发的女人，外出旅行的时候，他带她去尤卡坦半岛看古墓，而不是去巴黎或意大利。但他们就是那样，我行我素，显然没有觉察自己与旁人截然不同。当他们一年一度举办无聊的游园会时，峭壁滨海道上的人家不得不因为西勒顿、彭尼罗、达格内特家族的密切关系而抽签，勉强派一位代表出席。

"真是难得，"韦兰夫人说，"他们居然没有挑'国际杯'赛那天！你记得吗，两年前他们为一个黑人办聚会，跟茱莉亚·明戈特的午后舞会正好是同一天！幸好这次没有其他活动——因为我们总得有一些人要去。"

韦兰先生紧张地叹了口气。"'有一些人'，亲爱的，你是说不止一个？三点钟很尴尬。我必须三点半在家吃药。如果不按计划吃药，那么采用本科姆的新疗法就会毫无作用。如果我晚一点去找你，显然又赶不上兜风了。"想到这些，他又放下刀叉，布满细纹的脸都焦虑地涨红了。

"你实在没必要去，亲爱的，"他妻子用机械的愉快口吻答道，"我要去贝勒维大街另一头送几张名片的。我就三点

纯真年代 | 237

半到那儿待上一阵子,不让可怜的艾米感觉受了怠慢就行了。"她迟疑地看了女儿一眼。"如果纽兰下午有安排,也许梅可以驾上小马陪你兜风,也可以试试那套新马具。"

韦兰家有一条规矩,每个人的每一天、每一小时都应当像韦兰夫人所谓的"有安排"。她常常忧虑地想到有可能不得不"消磨时间"(尤其是对那些不喜欢玩惠斯特或单人纸牌游戏的人来说),就像慈善家常常被幽灵般的失业者困扰。她的另一条规矩是,父母绝不能(至少不能明显地)干预已婚子女的计划;而既要尊重梅的独立性,又要解决韦兰先生的燃眉之急,那就只有依靠神机妙算来协调了,于是韦兰夫人自己的每一秒钟都不会没有安排了。

"我当然会陪爸爸兜风——相信纽兰会找到事情做的。"梅应道,那语气也是在温和地提醒丈夫不该毫无反应。女婿在日程安排上毫无远见,这常常令韦兰夫人烦恼。阿切尔在她家待了两个星期,每当她问他下午打算做什么,他总是自相矛盾地回答:"哦,我想变一变,我要省下它,而不是度过它——"有一次,她和梅不得不进行了一轮耽搁已久的午后拜访,而阿切尔却承认他在别墅后海滩的一块石头下面躺了一下午。

"纽兰似乎从不事先打算。"韦兰夫人有一次试探着向女儿抱怨。梅却平静地答道:"是的。不过你看这也不要紧,因为没有什么事情做的时候他就读书。"

"啊,是的——就像他父亲!"韦兰夫人赞同道,仿佛接受了这种遗传的怪异,从此以后,大家就心照不宣地不再提及纽兰无所事事的问题了。

然而,当西勒顿家的欢迎会日益临近,梅又自然而然地流露出对他利益的关切,建议他去契佛斯家打网球,或者坐裘力斯·波福特的帆船出海,以补偿自己的暂时离开。"你看我会在六点钟前回来,亲爱的。爸爸绝不会在六点以后坐车——"直到阿切尔说他想租一辆敞篷小马车去岛上的种马场看看一匹马是否适合她的轻便马车,她才放下心。为了这匹马,他们已经找了一阵子,这个建议很令人满意,梅看了母亲一眼,仿佛在说:"你瞧他跟我们大家一样知道怎样安排时间。"

在第一次提到爱默森·西勒顿邀请的那天,阿切尔就萌发了这个去种马场选马的念头。但他一直没有提出来,仿佛这计划中包含着什么隐秘,一被发现就无法实施了。但他早有预备,已经提前订了一辆敞篷马车和一对还能在平路上跑十八英里的老马。两点一到,他便匆匆离开午餐桌,跳上马车出发了。

天气极好。轻柔的北风将白色的碎云推过碧蓝的天空,天空下面涌动着明媚的大海。这时候的贝勒维大街空空荡荡。阿切尔在米尔街拐角扔下马夫,便转入老海滨路,驶上伊斯特曼海滩。

他怀着一种莫名的兴奋,念书的时候,每当有半天假期,他便是怀着这样的兴奋投入未知的世界。即便让这对马悠闲地跑,他也一定能在三点钟之前到达天堂岩外不远处的种马场;所以,看过马(不错的话也可以试一试)之后,他仍然有宝贵的四个小时可以支配。

一听说西勒顿要办聚会,阿切尔就思忖着曼森侯爵夫人一定会同布兰克一家来纽波特,而奥兰斯卡夫人很可能趁此机会去她祖母家待上一天。无论如何,布兰克的住处应该空无一人,他就能满足对它的朦胧好奇而不会太唐突。他不敢肯定自己是否还想再见到奥兰斯卡伯爵夫人;但自从他在海边小径见到她之后,就产生了一个难以说清的荒唐念头,希望看一看她住的地方,追踪想象中她的行动,就像亲眼看见凉亭中那个真实的她一样。这个难以形容的渴望日夜萦绕在他心头,如同病人突然间想要某种曾经吃过却早已忘记的饮食。他看不到这渴望以外的事情,也想不到它会有何结果,因为他并没有意识到自己希望跟奥兰斯卡夫人交谈或听见她的声音。他只是觉得,如果能将她走过的土地连同周围的海与天一道印入脑海,那么余下的世界或许就不会那么虚空了。

到了种马场,他只瞥了一眼就发现那马不是他想要的,但他还是在它身后转了转,以证明自己并不仓促。但是一到三点,他便抖开缰绳,转入了通往朴茨茅斯的小路。风更缓了,地平线上的薄霭预示着退潮之后萨康尼特河将被浓雾吞没,但他身边的田野和树林却都沉浸在金色的阳光之中。

他驶过果园里灰色屋顶的农舍,驶过干草场和橡树林,驶过几处乡村礼拜堂,那些白色的尖顶高高耸入渐渐暗淡的天空;在停车向田里的几个农夫问了路之后,他终于转入一条小巷。两侧是长满黄花与荆棘的高坡,尽头是一条碧波粼粼的河,左手边,在一片橡树和枫树林前,他看见一长溜破败的房子,护墙板上的白漆已经斑驳。

正对大门的路旁立着一个敞开的棚屋,是新英格兰人放农具、客人拴马匹的地方。他跳下车,将两匹马牵进棚里拴在桩子上,便转身向那房子走去。房子前的草坪已沦为干草场,而左边一片杂草丛生的黄杨树花园里长满大丽花和赭色的玫瑰丛,环绕着一座幽灵般的凉亭架子。那曾经的白色凉亭,顶上有一座木雕丘比特,如今他手中的弓箭已不知去向,却依然在毫无意义地瞄准。

阿切尔倚着大门站了一会儿。看不见一个人影,打开的窗户里也听不见丝毫声响:一只灰色纽芬兰犬在门前打盹,同那没了弓箭的丘比特一样,是个毫无意义的看守。想到吵吵闹闹的布兰克一家竟然住在这么一个寂静破败的地方,令人十分诧异。但阿切尔确信自己并没有搞错。

他在那儿站了很久,心满意足地看着眼前的景象,甚至渐渐地仿佛被它催眠了一般;但他终于惊醒,意识到时间正

纯真年代 | 241

在流逝。他是不是应该看个够就驾车离开？他犹豫不决，突然想看一看房子里面，这样就能想象奥兰斯卡夫人起居的房间了。他完全可以走到门前拉铃。如果正像他推测的那样，她和其他人一道走了，那么他满可以报上名字，请求进起居室去留一张便笺。

但他却反身穿过草坪，向花园走去。刚踏进花园，他便瞥见凉亭里有一件颜色鲜艳的东西，并立刻认出那是一柄粉红色的遮阳伞。那伞如磁石般吸引着他：他确信那是她的。他走进凉亭，在摇摇晃晃的凳子上坐下，捡起那柄绸伞观看。雕花伞柄用某种稀有的木料制成，散发着香气。阿切尔将伞举到唇边。

他听见衣裙拂过黄杨树丛的窸窣声，却依然纹丝不动地坐着，双手紧攥伞柄。那窸窣声愈发近了，他并没有抬起眼睛。他早知道这必然会发生……

"哦，阿切尔先生！"一个稚嫩的声音嚷道。他抬起头，只看见面前站着的是布兰克家身量最高的小女儿，一头金发，一身脏污的布裙，样子很邋遢，脸颊上一块红印子，仿佛是方才压着枕头的痕迹，一双惺忪睡眼热情而又困惑地望着他。

"老天爷——你这是从哪儿来的？我一定是在吊床上睡熟了。其他人都去纽波特了。你拉铃了吗？"她前言不搭后语地问道。

阿切尔比她更疑惑。"我——没有——我是说,我正要去拉铃。我是来岛上看马的,想过来看看能不能见到布兰克夫人和你们家的客人。但这房子里好像没人——所以我就坐下来等等。"

布兰克小姐打消了睡意,愈发感兴趣了似的看着他。"房子里的确没人。妈妈不在家,侯爵夫人也不在——大家都不在,只除了我。"她的目光里流露出淡淡的责备。"你不知道吗?今天下午西勒顿教授和夫人为妈妈还有我们大家举行游园会。我真倒霉,去不成,因为我嗓子痛,妈妈恐怕要今天晚上才回来。你说还有比这更扫兴的吗?当然啦,"她又快活地说道,"要是我早知道你会来,就根本无所谓了。"

她显然开始撒起娇来了,阿切尔鼓起勇气打断她道:"可奥兰斯卡夫人——她也去纽波特了吗?"

布兰克小姐吃惊地瞪着他。"奥兰斯卡夫人——你不知道吗?她被叫走了。"

"叫走了?——"

"哎呀,我的遮阳伞!我借给凯蒂那个笨蛋了,因为这伞能配她的缎带,可这粗心的家伙竟然落在这儿了。我们布兰克家的人全都像⋯⋯地地道道的波希米亚人!"她伸手夺过那伞打开,一片玫瑰色圆顶便悬在她头上。"是的,艾伦昨天被叫走了。你瞧她让我们叫她艾伦。从波士顿来了封电报,她说她大概要去两天。我真喜欢她的发型,你喜不喜欢?"布兰克小姐信口扯了起来。

阿切尔茫然地朝她瞪着,仿佛她是透明的一般。他只看见那柄花里胡哨的遮阳伞在她咯咯傻笑的脑袋上撑出一片粉红色。

过了片刻,他又试探道:"也许你知道奥兰斯卡夫人为什么去波士顿?希望不是因为什么坏消息吧?"

布兰克小姐乐呵呵地表示怀疑。"哦,我可不那么想。她没告诉我们电报里写的什么。我看她不想让侯爵夫人知道。她看上去真浪漫,对不对?你有没有觉得她念《杰拉丁女士的求婚》①的时候活脱脱像司各特-西顿斯夫人②?你从没听她念过诗?"

阿切尔努力整理着纷乱的思绪。他的未来仿佛猛然间在他面前展开;沿着无尽的虚空望去,他看见一个越来越矮小的身影,而他身上什么事都不会发生。他望一眼四周这杂乱的花园、破败的房子和暮色渐浓的橡树林。仿佛这里正应该是他找到奥兰斯卡夫人的地方,可她已经远去,就连那柄粉红色的伞都不是她的……

他皱起眉头踌躇道:"我想你不知道——我明天要去波士顿。如果我能够见到她——"

---

① *Lady Geraldine's Courtship*:英国诗人伊丽莎白·勃朗宁诗作。
② Mary Frances Scott-Siddons(1844—1896):英国女演员。

他感觉布兰克小姐开始对他冷淡了，尽管她脸上依然带着笑。"哦，当然啦，你真好！她住帕克旅馆。这样的天气，那儿一定糟透了。"

接下来，阿切尔就只断断续续地听见两人的对话了。他只记得自己拒绝了她让他等家人回来后一起喝了茶再走的请求。最后，他还是由女主人陪着走出了木雕丘比特的射程，解下缰绳，驾车离开。转出小巷的时候，他看见布兰克小姐还站在门口，挥动着那柄粉红色的遮阳伞。

二十三

第二天早晨,阿切尔走下福尔里弗号列车,踏进波士顿的酷暑天气。车站周边的街道上充斥着啤酒、咖啡和烂水果的气味,行人只穿着衬衫招摇过市,那无所谓的神态仿佛穿过走道去盥洗室的寄宿生。

阿切尔找了一辆出租马车,去萨默塞特俱乐部吃早餐。即便是上流街区也弥漫着凌乱散漫的气息,而欧洲城市是绝不可能因为酷热难耐而堕落至此的。穿着布衫的看门人懒洋洋地躺在有钱人家的台阶上,波士顿公园仿佛一个大办共济会野餐的游乐场。如果说阿切尔曾试图想象艾伦·奥兰斯卡出现在不可思议的场景之中,那么再也没有比热浪滚滚、无人问津的波士顿更不适合她的地方了。

他很有胃口地悠然吃着早餐,先是一片甜瓜,然后一边等着吐司和炒蛋,一边读着晨报。昨天晚上他告诉梅要去波士顿处理些公务,会在今天晚上搭福尔里弗号汽船返程,明天早晨再转车回到纽约。说出这个计划之后,他便一下子有了全新的活力。原本大家都认为他会在周初回纽约,但当他从朴茨茅斯探险回来时却发现门厅桌角上鬼使神差地放着一封事务所来信,使他能够理直气壮地改变了计划。事情安排得如此顺利，他甚至有些羞愧了，一时间不安地想起劳伦斯·莱弗茨为了确保自由而费尽心机。但这不安很快就消失了，因为他现在没有心思琢磨。

早餐后他抽了一支烟，翻了翻《商业广告人报》。这期间进来了两三个他认识的人。他们像往常一样互相问候。世界毕竟还是老样子，虽然他有一种奇怪的感觉，觉得自己是从时空的网隙中溜出来的。

他看看手表，已经九点半了，便起身走进写字间，写下几行字，让信差送往帕克旅馆，他立等回音。然后他重新坐下再拿起一张报纸来看，心里计算着出租马车赶到帕克旅馆的时间。

"夫人出去了，先生。"突然间，他听见身边传来侍者的声音。他一下子结巴起来："出去了？——"仿佛这句话是用某种陌生的语言说的。

他站起身，走进门厅。一定是搞错了：这个时候她不可能出去。他为自己的愚蠢而气红了脸：为什么没有一到就送信去呢？

他找到帽子和手杖，走上大街。这城市突然间变得陌生而空阔，仿佛他是一个远道而来的过客。他站在台阶上踌躇了一会儿，然后决定去帕克旅馆。万一那信差听错了，她其实还在呢？

他步行穿过波士顿公园；就在树下第一张长椅上，他看

纯真年代 | 247

见她正坐着,撑着一把灰色绸伞——他怎么会以为她的伞是粉红色的呢?他走近前,却惊讶地发现她神情颓然,坐在那儿无所事事一般。他看见她的侧影,垂着头,黑色的帽子下面,发髻低低地缀在颈际,撑着伞的手上戴着打褶的长手套。他又上前两步,她转身看见他了。

"哦——"她说道。他第一次见她显出讶异;但那神情转眼就化作惊喜和满足的微笑了。

"哦——"见他低头看着她,她又轻轻说了一声,只是语调变了。她并没有起身,只是挪了挪为他让出位子。

"我来这里办事——刚刚到。"阿切尔解释道。不知道为什么,他突然佯装见到她很吃惊。"但你怎么会到这荒凉地方来呢?"他根本没有意识到自己在说什么。他感觉自己仿佛隔着一片茫茫朝她高喊,而不等他追上,她便会再次消失。

"我?哦,我也是来办事的。"她答道,转过头正脸对着他。他几乎没听见她说了些什么——他只是留意到她的声音,只是惊讶地发现,那声音他竟然丝毫都不记得了。他甚至忘了她那低沉的音色和略带嘶哑的辅音。

"你改了发型。"他说道,心跳加快,仿佛自己说了什么不可挽回的话。

"改了发型?没有——只不过是娜丝塔西娅不在的时候,我自己尽力做成这样罢了。"

"娜丝塔西娅。她没跟你来?"

"没有,我一个人来的。只待两天,没必要带着她。"

"你一个人——住在帕克旅馆?"

她看着他,闪过一丝旧时的恶意。"你觉得这很危险?"

"不是危险——"

"是不合常规?我明白了。我想是不合常规。"她思索了片刻。"我没想到这一点,因为我刚刚做的一件事远比这个更不合常规了。"她的眼睛里流露出淡淡的嘲讽。"我刚刚拒绝拿回一笔钱——一笔属于我的钱。"

阿切尔跳起来,后退了两步。她收起伞,心不在焉地坐着在沙地上画着图案。他又走上前,站在她面前。

"有人——来这儿见你?"

"是的。"

"提出这建议?"

她点点头。

"而你拒绝了——因为他的条件?"

"我拒绝了。"她沉吟片刻后答道。

他重新在她身边坐下。"什么条件?"

"哦,并不繁重。不过是偶尔在他餐桌的一头坐坐。"

又是一阵沉默。阿切尔的心奇怪地猛然一停。他坐在那儿,徒劳搜寻着措辞。

"他要你回去——愿付任何代价。"

"哦,高昂的代价。至少对我来说是高昂的代价。"

他又一顿,琢磨着那个他认为不得不提的问题。

"你到这儿来是为了见他?"

她瞪大了眼睛,接着大笑起来。"见他?见我丈夫?在这儿?这个季节,他不在考斯就在巴登。"

"他派人来的?"

"是的。"

"带来一封信?"

她摇摇头。"没有,只是口信。他从不写信。我想我只收到过他一封信。"一说到此,她脸上泛起红晕,仿佛映得阿切尔的脸也红了。

"他为什么从不写信?"

"为什么要写?要秘书干什么?"

年轻人的脸更红了。这个词从她口中说出,似乎同她说的任何其他词一样毫无特别之意。他险些脱口而出:"那么他派的是他秘书?"但奥兰斯基伯爵给他妻子的唯一那封信依然令他记忆犹新。他又顿了顿,然后继续发问。

"那么那个人——"

"那位特使?那位特使,"奥兰斯卡夫人依然微笑着,答道,"我看是本该走了,但他坚持要等到今天晚上……为的是万一……有可能……"

"所以你来这儿考虑其中的可能性?"

"我出来是为了透透气。旅馆里太闷。我要坐下午的车回朴茨茅斯。"

他们默然坐着,没有看彼此,而是注视着路上的行人。最后,她的眼睛又落到他的脸上,说道:"你没有变。"

他想说:"我变了,直到再次见到你。"但他没有说出口,却猛然站起身,扫视着炎热脏乱的公园。

"这儿真糟。我们为什么不去海湾走走?那儿有点风,会凉快些。我们可以坐汽船去阿利角。"她抬起头迟疑地看着他。他继续说道:"星期一上午船上不会有什么人。我的火车傍晚才开——我要回纽约。我们为什么不去呢?"他低头看着她,突然脱口而出:"难道我们不是已经尽力了吗?"

"哦——"她又轻轻说了一声,然后站起身,撑开遮阳伞,看一眼周围,仿佛在审视这环境,要确信自己不可能留在这里了。然后,她的目光再次落到他脸上。"你不可以对我说这样的话。"她说。

"我会说你喜欢听的话,或者什么都不说。我不会开口,除非你让我开口。这会伤害谁?我不过是想听听你的声音。"他嗫嚅道。

她掏出一只珐琅链子的金表。"哦,不要算时间,"他嚷道,"今天就交给我了!我要你摆脱那个人。他什么时候来?"

纯真年代 | 251

她的脸又红了。"十一点。"

"那你必须立刻过来。"

"你不用担心——如果我不来的话。"

"你也不用担心——如果你来的话。我发誓我只是想听听你的情况,知道你在做些什么。我们上次见面已经是一百年前——我们再要见面也许又是一百年。"

她还在犹豫,焦虑的目光注视着他。"我在奶奶家那天,你为什么不到海边来找我?"她问。

"因为你没有回头——因为你不知道我在那里。我发誓只要你不回头我就不过去。"这么幼稚的坦白,他自己听了都笑了。

"但我是故意不回头的。"

"故意的?"

"我知道你在那里。你们来的时候,我就认出了你们的马。所以我才去海边的。"

"要尽可能离我远一点?"

她轻声重复道:"要尽可能离你远一点。"

他又大笑起来,这次是出于小男孩的满足感。"不过,你看这没有用。我还可以告诉你,"他接着说,"我来这里办的事情就是找你。但是你瞧,我们必须走了,不然就赶不上船了。"

"船?"她不解地皱皱眉,转而微微一笑,"哦,但我得先回旅馆：必须留张字条——"

"你想留多少就留多少。你可以在这里写。"他掏出一只票夹和一支新式自来水笔。"我连信封都有——你瞧一切都是注定的！喏，把它搁在你膝盖上，我这就把笔准备好。这得顺着来。等着——"他将握着笔的手敲敲长椅靠背。"窍门在这儿，就像把温度计里的水银摔下去一样。现在试试——"

她笑起来，俯身在阿切尔铺在票夹上的一张纸上写起来。阿切尔退后几步，眼睛神采奕奕地注视着来往行人，却又什么都没有看见；而行人也纷纷停下脚步注视着眼前这不寻常的场景——一位衣着入时的女士在公园长椅上伏在膝头写信。

奥兰斯卡夫人将纸塞进信封，写上名字，装进口袋，然后站起身。

他们返身朝灯塔街走去，快到俱乐部的时候，阿切尔看见一辆内铺丝绒的公共马车，正是方才为他送信去帕克旅馆的那辆，车夫正就着街角的水龙头冲洗额头解乏。

"我说了一切都是注定的！这儿就有一辆马车等着我们。你瞧！"他们大笑起来，在这个钟点、这个地方、这个公共马车仍被视为"外国新玩意儿"的城市，他们竟能找到一辆，可真是奇迹了。

阿切尔看看表，去汽船码头前，他们还有时间去帕克旅馆。他们驶过炎热的大街，在旅馆门前停下。

阿切尔伸出手来要信。"我来送进去？"他问。但奥兰斯卡夫人摇摇头，便跳下马车，消失在玻璃门后了。刚刚十点半。阿切尔瞥一眼挤在路边喝冷饮的游客，如果那名使者等得不耐烦，又不知如何打发时间，便也坐在那些游客中间，那可怎么办？

他等着，在马车前来回踱步。一个眉眼仿佛娜丝塔西娅的西西里青年上来要为他擦鞋。一个爱尔兰女人要他买桃子。玻璃门不一会儿便打开一次，走出几个人，头上的草帽因为天气炎热而推到脑后，这些人在他身边走过时都瞥他一眼。他很奇怪这门开得如此频繁，走出的人都如此相似——仿佛在这个时间、在所有地方，所有穿过旅馆旋转门、不断进进出出的人都是一个样子。

就在这时，突然出现了一张面孔，令他觉得与众不同。那张脸一闪而过，因为这时候阿切尔恰巧走到远处，正返身打算往旅馆走；与各种类型的面孔——倦怠的窄脸、惊奇的圆脸、温和的方脸——相比，那张脸所流露的如此复杂、如此特别。那是一张苍白的年轻面孔，不知是因为酷热还是因为焦虑，或者两者兼有，神情颇为黯然，同时又显得敏捷、生动而清醒——但也许那只是因为他与众不同。阿切尔似乎抓住了一线模糊的记忆，但那记忆立刻断了，随那张脸一同消失了。那显然是一位外国商人，在这样的环境中越发像外国人了。他已淹没在人流之中,阿切尔则继续来回踱步。

阿切尔不希望从旅馆那儿能看见他手里拿着表,而他粗粗估算时间,觉得奥兰斯卡夫人这么久还没有回来,只可能是因为她被那名使者耽搁住了。一想到这,阿切尔不由担心起来。

"她再不马上出来,我就进去找她。"他心想。

门再次打开,她出现在他身边。他们登上马车,刚一启动,他便取出表来看,发现她只离开了三分钟。松动的窗子咔哒作响,他们无法交谈,只是一路在高高低低的卵石路上颠簸着,向码头驶去。

他们肩并肩坐在乘客稀少的汽船上,发现彼此几乎无话可说,或者更准确地说,他们想诉说的一切都已在这轻松的单独相处中、在幸福的默然无言中表达出来了。

桨轮开始转动,码头与船只在一片朦胧热浪中退去,阿切尔仿佛觉得那熟悉的习俗世界也正随之退去。他想问问奥兰斯卡夫人,她是否有同样的感觉,感觉他们正踏上漫长的旅程,并将永不复返。但他不敢问,也不敢说出任何可能打破两人间微妙平衡的话,令她不再信赖他。事实上,他无意辜负这信赖。多少个日夜,他回想起吻她的瞬间,只觉得双唇一次次被灼伤;甚至就在前一天,在去朴茨茅斯的路上,对她的思念依然在他心中燃烧;而此刻,她就在身边,与他一起漂向那未知的世界，两人仿佛已更加亲近，却又会在一触之间分离。

船离开码头，向大海驶去，微风拂过，海湾上拉出一道油迹斑斑的波涛，浪花飞溅，荡开涟漪。蒸腾的热浪依然笼罩城市，前方却是波浪起伏，一片清新的世界，远方岬角上，灯塔映着阳光。奥兰斯卡夫人倚在船栏边，嘴唇微启，迎着凉风。她将面纱缠在帽子上，露出面庞，阿切尔被她那平静喜悦的表情打动了。她仿佛并没有将这次冒险视为不同寻常，既不担心与熟人不期而遇，也没有因为有这种可能而过分得意（那样更糟）。

小旅店空荡荡的餐厅里，一群涉世不深的青年男女吵吵嚷嚷。店主告诉他们，那是些来度假的教师。阿切尔原本希望两人单独待着，想到他们不得不在吵闹声中的谈话，他的心一沉。

"这里太糟了。我要一个单间。"他说。奥兰斯卡夫人并没有反对，只是等着他去找房间。单间对着一道木长廊，开窗便可见到大海。屋子凉爽却没有多少陈设，一张桌子铺着方格粗布，桌上摆着一瓶泡菜，一个罩子罩着一块蓝莓馅饼。没有比这更直白的"单间"了，分明是情人幽会的场所。奥兰斯卡夫人在他对面坐下时微微一哂，阿切尔仿佛觉得那流露出一种宽慰。一个从丈夫身边逃走的女人——而且据说是跟着另一个男人逃走的——大约已经掌握了坦然面对一切的艺术；但在她的从容中，却有什么东西消解了他的嘲讽。她如此安静，如此镇定，如此自然，显然已经摆脱了所有常规，让他觉得找个地方独处是再自然不过的，因为他们就是两个有许多话要说的老朋友……

二十四

他们若有所思地慢慢吃着午饭,时而默然无言,时而又滔滔不绝;一旦魔咒被打破,他们便有太多话要说,但仍有一些时候,交谈仿佛仅是长时间沉默对白的伴奏。阿切尔没有谈自己的事,并不是有意回避,而是他不愿错过她故事的每一个字。而她,紧扣双手,托着下巴,倚在桌边,说起两人分手一年半以来她的经历。

她渐渐厌倦了所谓"社交界";纽约的友善殷勤几乎令人压抑;她无法忘记它是怎样欢迎她回来的;但随着最初的新奇感过去,她发现自己——用她的话来说——太"与众不同",不可能喜欢纽约所在意的一切。因此她决定去华盛顿试试,也许在那里能遇到各色各样的人,听到各色各样的见解。总的来说,她或许应该在华盛顿住下来,让可怜的梅朵拉有一个家。其他亲戚都已经对梅朵拉失去了耐心,而这却是梅朵拉最需要照顾的时候,免得陷入危险的婚姻。

"但是卡弗博士——难道你是在担心他?我听说他和你们一起住在布兰克家。"

她微微一笑。"哦,卡弗危机已经过去。卡弗博士是个聪明人。他想娶个有钱的太太来资助他的计划,而梅朵拉只能是一个好广告,虽然她很信他。"

"信他什么?"

"信他那些个新鲜疯狂的社会计划。不过,你知道吗,我觉得那些计划总比盲目顺从传统——别人的传统——有意思,我看我们的朋友就是那样。真够蠢的,发现了新大陆,最后却只是模仿另一个国家。"她隔着桌子对他微笑。"你以为克里斯托弗·哥伦布费尽周折就是为了跟塞尔弗里奇·梅里夫妇去看歌剧?"

阿切尔脸一红。"那么波福特呢——这些话你对波福特说过吗?"他突然问道。

"我很长时间没见他了。但我以前对他说过,他也能理解。"

"啊,我早跟你说过了,你不喜欢我们。你喜欢波福特,因为他跟我们不一样。"他看看这空荡荡的屋子,看看外面空荡荡的海滩以及岸边一排简陋的白色村舍。"我们是无聊透顶。我们没有个性,没有色彩,没有变化——我真奇怪,"他嚷道,"你为什么不回去?"

她的眼睛蒙上一层阴影。他以为她会愤怒地反驳,但她只是静静坐着,仿佛在回味他的话。他开始害怕她会回答说,她也觉得奇怪。

最后她开口道:"我想是因为你。"

没有比这更冷静的坦白,同时却又没有比这更不能激发

纯真年代 | 259

听者虚荣心的口吻了。阿切尔连太阳穴都涨得通红,却不敢动也不敢回答:仿佛她的话是一只珍稀的蝴蝶,一丝一毫的响动都会让它受惊而飞远,但如果不受惊扰,它便会引来一群蝴蝶。

"至少,"她又说道,"是你让我意识到,在无聊背后还有那么美好、那么敏感、那么精致的东西,甚至让我在先前的生活中热爱的那些东西也变得可怜起来。我不知道该怎么解释得清——"她困惑地皱起眉头——"但似乎我以前从没有意识到,为了那些高雅的乐趣需要付出那么多艰辛和屈辱。"

"高雅的乐趣——是值得拥有的!"他想反驳她,但她目光中的恳求使他无法开口。

"我不想,"她继续说道,"瞒你什么——也不想瞒我自己。我一直希望有这样的机会,能告诉你,你怎样帮助了我,怎样改变了我——"

阿切尔坐在那儿,拧紧眉头,瞪大了眼睛。他笑了一声,打断了她。"而你知道你是怎样改变了我吗?"

她脸色一白。"改变了你?"

"是的。你改变我的远甚于我改变你的。我娶了一个女人因为另一个女人要我这么做。"

她苍白的脸色霎时红了。"我以为——你答应过——今天不讲这些事。"

"啊——这就是女人！你们从来不会把一件坏事彻底解决！"

她声音低沉地问道："难道那是件坏事——对梅来说？"

他站到窗前，敲着撑起的窗框，每一根神经都感受到她提起表妹名字时伤感的温柔。

"因为那正是我们一直不得不考虑的事——不是吗——你自己的表现不也证明了吗？"她坚决地说道。

"我自己的表现？"他重复着她的话，依然茫然地望着大海。

"如果不是，"她接着说下去，痛苦地继续着自己的思索，"为了不让别人遭受幻灭和痛苦而放弃、而失去某些东西，如果这么做是不值得的，那么促使我回家的那一切、让我先前的生活因为没人在意而显得空洞可悲的那一切，就都成了一场虚假的梦——"

他转过身，但依然站在窗边。"而如果是那样，你就更没有理由不回去了？"他替她下结论道。

她绝望地注视着他。"哦，真的没有理由吗？"

"没有理由，如果你把你的全部都押在我婚姻成功上。我的婚姻，"他恶狠狠地说，"不该是你留下来的原因。"她没有接话，他便说下去，"有什么用？你让我第一次看到真正的生活，同时又让我继续虚伪的生活。这谁都不能忍受——

纯真年代 | 261

就是这样。"

"哦,别这么说。因为我也在忍受!"她嚷道,眼里满是泪水。

她的双臂垂在桌边,全不躲避他的凝视,仿佛毫不顾忌迫在眉睫的危险。那脸庞似乎暴露了她的一切,她的灵魂。阿切尔呆呆立着,这突如其来的坦白令他不知所措。

"你也在忍受——哦,你也一直在忍受?"

她的眼泪夺眶而出,缓缓流下,这就是她的回答。

他们之间依然隔着半个房间,谁都没有动一动。阿切尔发现自己竟然完全没有留意她的身体,若不是她的一只手突然放到桌上,他根本就不会注意,就像在二十三街的那座小房子里时那样,他是为了避开她的脸,才一直看着她的手的。此刻,他的心思绕着那手旋转,仿佛处于漩涡边缘一般,但他仍然没有去接近。他知道有一种爱情是需要抚摸来激发,同时也会激发抚摸,但此刻这激情却深切入骨而无法以肤浅来满足。他唯一害怕的是自己的某个举动可能会抹去她的声音和话语,他唯一想到的是永远不会再孤独。

但很快他又被一种荒废和毁灭的感觉压垮。他们在这里是如此靠近,没有任何人来打扰,却又被各自的命运所束缚,远隔天涯。

"有什么用——既然你要回去?"他突然嚷道。那言外之意却是绝望地向她哀求:我怎样才能留住你?

她纹丝不动地坐着,垂着眼睛。"哦——我还不会走!"

"还不会走?那么,总有一天会的?你已经知道是哪一天了?"

听见这话,她抬起清澈的眼睛。"我答应你:只要你能够坚持,只要我们能够像现在这样看着彼此,我就不走。"

他跌坐在椅子里。其实她是在说:"如果你抬起一根手指,就会迫使我回去,回到你领教过的可憎的生活中,回到你多半猜得到的诱惑中。"他完全明白她的意思,就像她当真说出来了一般,而想到这些,他不由怀着感动与崇敬,一动不动地靠在桌边。

"对你来说,那是怎样一种生活!"他喃喃道。

"哦——只要属于你生活的一部分。"

"而我的生活也属于你生活的一部分?"

她点点头。

"对我们俩来说——就只是这样了?"

"嗯,就只是这样了,对不对?"

他猛然跳起来,忘记了一切,心中只有她那动人的脸庞。她也站起身,并不像要迎上来,也不像要逃开他,而是静静地站着,仿佛最艰难的事情已经完成,她只需等待了。他走上前,而她只是静静地伸出双手,不是为了阻挡他,而是为了引导他。她的双手被他握在手心,展开的双臂并不僵硬，却使他与自己保持着距离，而剩下的话都已经写在她屈服的脸庞上了。

他们或许就这样站了很久，也或许只站了片刻，但已足以让她用沉默表达出不得不说的一切，也足以让他感到只有一件事情是重要的。他绝不能有任何举动，不然他们将就此永别；他必须把他们的未来交给她掌管，只能请求她将它牢牢抓住。

"不要——不要难过，"她有点哽咽地说道，一边把双手抽回。他答道："你不会回去了？——你不会回去了？"仿佛那是他唯一不能承受的事。

"我不会回去了。"说着，她转身打开门，在他之前向公共餐厅走去。

那群吵吵闹闹的教师正在收拾东西，准备陆陆续续地去码头。海滩外的长堤上停着一艘白色汽船。隔着洒满阳光的水面，波士顿隐隐约约出现在一带雾霭中。

二十五

再次来到船上，再次来到众人面前，阿切尔竟感到一种心灵的宁静，这宁静出乎他的意料，却也支持着他。

根据现有的评判标准，这一天不过是一场荒唐的失败，他没能把奥兰斯卡夫人的手捧到唇边，也没能让她许诺给自己更多机会。然而，对于一个因爱情失意而苦恼、不知何时才能与热恋对象重逢的男人来说，他觉得自己是近乎耻辱的镇定而安静。对他人忠实、对自己坦诚，她能够在两者之间找到完美的平衡，这令他激动，同时却也令他平静。这平衡并非出于巧妙地计算，而是问心无愧的真诚的自然流露，她的眼泪和犹豫便是证明。这使他满怀温柔的敬畏，而现在危险过去，他感谢命运没有让他因为想在不俗者面前故作不俗、没有让他因为个人虚荣的蛊惑而去蛊惑她。甚至当他们在福尔里弗车站执手告别，当他独自转身离开，他依然确信，他们的会面所挽救的远多于他所牺牲的。

他慢慢走回俱乐部，在空无一人的图书室里坐下，细细回想着他们共同度过的每一秒。一番仔细分析之后，他越发清楚地看到，如果最终决定回到欧洲——回到她丈夫身边，那也并不是因为逃不开往日生活的诱惑，即使又加上了那些新条件。绝不是。如果她要走,那只能是因为她觉得自己在诱惑阿切尔,诱惑他违背他们共同设立的准则。她决定留在他近旁,只要他不要求她走得更近。他完全能够让她在这里,稳妥却疏远。

上了火车,这些念头依然盘踞在他脑子里,仿佛金色的雾霭将他包裹,使周围人的面孔都显得遥远而模糊起来。他觉得如果自己开口,那些旅伴会无法理解他在说些什么。第二天早晨,他依然是这样魂不守舍地醒来,发现自己已经回到现实——令人窒息的九月纽约。长长的列车上那些被炎热折磨的面孔在他身边涌过,他依然隔着那层金色雾霭瞪着他们;但是,当他走出车站,突然间却有一张脸从人群中跳出,走到近前,压迫着他的知觉。他立刻回想起前一天在帕克旅馆外看到的那张年轻人的脸,那张在美国旅馆里见不到的无法归类的脸。

此刻他又有了这种感觉,并且再次被搅动起了模糊的记忆。那年轻人站在那儿环顾四周,带着一种外国人饱尝美国旅行之苦的茫然神情;然后他朝阿切尔走来,抬起帽子,用英语说:"先生,我们一定在伦敦见过吧?"

"啊,没错,是伦敦!"阿切尔好奇而又同情地握住他的手,"这么说,你到底还是来了?"他嚷道,惊奇地望着眼前这张敏锐而憔悴的脸——此人正是小卡弗莱的法国教师。

"哦,我来了,是的,"里维埃先生绷着嘴唇说,"但不会待很久,我后天就回去。"一只干干净净戴着手套的手捏着小旅行袋,焦虑、困惑、几乎恳求的眼神凝视着阿切尔的脸。

"我想,先生,既然我很幸运地遇见了你,不知能否——"

"我正想提呢,来吃午饭,好不好?在城里,我是说。如果你能来我办公室,我会带你去那里的一家很不错的餐馆。"

里维埃先生显然很感动,也很惊讶。"你真是太好了。但我只是想问你能否告诉我哪里能找到一辆车。这里没有脚夫,好像也没有人听——"

"我知道,我们美国的车站一定让你大吃一惊。你要找脚夫,他们却给你口香糖。但如果你过来,我会帮你的。你真的一定要来和我吃午饭。"

那年轻人似乎犹豫了一会儿,连连道谢,用不那么令人信服的口吻说他另有安排。不过当他们来到街上,他的疑虑相对少些了,就又问是否可以下午去拜访。

阿切尔正值盛夏的清闲期,便定了时间,写下地址。法国人将地址装进口袋,再三道谢。他将帽子一挥,一辆马车迎了上来。阿切尔则走开了。

里维埃先生准时到了。他刮过了脸,熨平了衣服,但依然带着明显的疲倦和严肃。阿切尔一个人在办公室,而那年

纯真年代 | 267

轻人来不及坐下,就突然说道:"我想我昨天在波士顿看见你了,先生。"

这句话并没有什么了不得,阿切尔刚想承认,却又住了口,因为他看见来客坚定的目光中有某种神秘而豁然开朗似的神情。

"不寻常,这太不寻常了,"里维埃先生接着说道,"我竟然在这样的情况下遇见你。"

"什么情况?"阿切尔问,有些疑心他是不是需要钱。

里维埃先生继续试探地注视着他。"我来这里不是为了找工作,像上次见面时我说的那样,我来这里是因为一项特殊的使命——"

"啊!"阿切尔嚷道。刹那间,两次会面在他脑海中联系到一起。他沉吟着,思考着突然间明了的前因后果,里维埃先生也沉默了,仿佛意识到他已经说得够多了。

"一项特殊的使命。"终于,阿切尔重复了一句。

那年轻的法国人展开手掌,微微举起,两个人隔着办公桌彼此注视着,阿切尔忽然回过神来,说道:"请坐。"里维埃先生欠一欠身,在远处的一张椅子上坐下,继续等待着。

"你是想同我谈谈这项使命?"最后阿切尔开口问道。

里维埃先生低下头。"不是为我自己,我自己这方面已经完全应付好了。我是想——如果可以——跟你谈谈奥兰斯卡伯爵夫人。"

阿切尔已经料到他会这么说，但当这些话果真说出口，阿切尔还是觉得热血冲上脑门，仿佛被灌木丛中一根弯出的枝条牵带住了。

"那么，"他问道，"你想为了谁呢？"

里维埃先生坚定地答道："嗯——恕我冒昧，我想说是为了她。或者我是否可以说，为了抽象的正义？"

阿切尔嘲讽地注视着他。"换句话说，你是奥兰斯基伯爵的信使？"

他看见里维埃先生也和自己一样泛起红晕，蜡黄的脸色愈加深了。"他并没有派我传信给你，先生。我来找你是另有一番缘由。"

"目前情况下，你有什么权力另找缘由？"阿切尔反驳道，"你既然是信使，就仅仅是信使。"

年轻人沉吟道："我的使命已经结束。就奥兰斯卡伯爵夫人而言，我失败了。"

"我无能为力。"阿切尔冷笑道。

"是的，但你有办法——"里维埃先生顿了顿，依然干干净净戴着手套的一双手将帽子翻转过来，他低头看着帽子衬里，又抬头盯着阿切尔的脸。"你有办法的，先生，我相信你有办法让我的使命在她家人那里同样失败。"

阿切尔向后一推椅子，起身嚷道："天哪，你说什么！"他站在那儿，双手插在口袋里，愤怒地瞪着里维埃先生，这

纯真年代 | 269

个小个子法国人也站了起来,但他的面孔还是比阿切尔的视线低一两英寸。

里维埃先生的脸白了,显出本来肤色,几乎超出了脸色改变的限度。

阿切尔继续咆哮道:"我以为你来找我是因为奥兰斯卡夫人是我的亲戚,那你凭什么认为我会反对她的家人!"

一时间,里维埃的脸色成了他仅有的回答。他的表情从羞怯变成完完全全的痛苦;对于一个向来能够随机应变的年轻人来说,此刻却仿佛束手无策、软弱无助到了极点。"哦,先生——"

"我真无法理解,"阿切尔又说道,"伯爵夫人明明还有至亲,你又何必来找我。况且你为什么以为我更能接受你奉命来传递的那些观点。"

里维埃先生惶恐而谦卑地承受着这一番指责。"先生,我试图向你表达的这些观点并非我奉命来传递的,而完全是我自己的想法。"

"那我就更没有理由洗耳恭听了。"

里维埃先生再次低头看着帽子,仿佛在思忖这最后一句话是否在暗示他应该戴上帽子走人。但他突然下定决心了似的,说道:"先生——请你就回答我一个问题,可以吗?你是质疑我没有权力来这里?或者你认为这件事情已经完全定局?"

他的沉静和坚定使阿切尔觉得自己气势汹汹过于莽撞。里维埃先生终于成功了。阿切尔微微红了脸,重新坐回椅子里,示意年轻人也坐下。

"请原谅,但这件事情怎么就没有定局呢?"

里维埃先生痛苦地凝视着他。"这么说来,你也赞成她的家人,既然我奉命带来了那些新的建议,奥兰斯卡夫人就不可能不回到丈夫身边了?"

"天哪!"阿切尔嚷道,他的客人也低低叹了一声。

"奉了奥兰斯基伯爵的命令,我在见伯爵夫人之前先拜见了罗维尔·明戈特先生。我跟他谈了几次,然后才去波士顿的。据我所知,他代表了他母亲的意见,而曼森·明戈特夫人的意见在整个家族里是举足轻重的。"

阿切尔默然坐着,仿佛觉得自己正竭力攀着一处摇摇欲坠的悬崖。他发现自己被完全排除在谈判之外了,甚至连有谈判这回事都瞒着他,这让他大为震惊,以至于刚才听到的消息都显得不怎么令人意外了。一瞬间他领悟到,如果这家人已经不同他商量,那就是因为某种深层的家族本能在警告他们,他已经不站在他们一边了。他猛然想起,射箭比赛那天,他们从曼森·明戈特夫人家返回的路上,梅曾说,也许艾伦还是跟她丈夫在一起更快活。

这个发现令阿切尔心神不宁,他记得自己当时愤慨的喊叫,而且从那以后他妻子再也没有对他提过奥兰斯卡夫人的

纯真年代 | 271

名字。她随口说出的那句话显然是一根试探风向的稻草，而试探的结果向家族报告之后，他们便心照不宣地不再询问阿切尔的意见。梅服从了这一决定，他赞赏这样的家族纪律。他知道，如果违背良心，她是不会那样做的。但她恐怕和家里人的想法一致，认为奥兰斯卡夫人与其分居，还不如做个不幸的妻子，而且与纽兰谈这件事毫无意义，因为他会突然间莫名其妙地无视最基本的常理。

阿切尔抬起头，见客人正忧心忡忡地注视着他。"先生，难道你不知道——也许你当真不知道——她的家人开始怀疑他们是否有权劝说伯爵夫人拒绝她丈夫最后的提议。"

"你带来的提议？"

"我带来的提议。"

阿切尔险些嚷道，无论他知不知道，都与他里维埃无关。但里维埃谦逊而无畏的眼神里却有某种东西令他放弃了这个念头。他反问道："你对我说这些，为的是什么？"

他立即得到了回答。"为的是恳求你，先生，竭尽我所能恳求你，不要让她回去。——哦，不要让她回去！"

阿切尔越发惊诧地看着他。他无疑是发自内心的痛苦，无疑是下定了决心：他要不顾一切地表达自己的观点。阿切尔沉思着。

"你能否回答我，"终于他说道，"你本来就站在奥兰斯卡伯爵夫人一边吗？"

里维埃先生涨红了脸,但目光没有丝毫动摇。"不是的,先生,我接受使命的时候是真诚的。我当时真诚地相信——其中的原因我想不必烦扰你——奥兰斯卡夫人若能恢复原来的地位和财产,恢复她丈夫的地位所带给她的社会尊重,我相信那是再好不过的。"

"所以我想,如果你不是这么认为,也就不可能接受这个使命了。"

"我不会接受这个使命。"

"那么,后来——?"阿切尔再次停下来,两人久久揣摩着对方。

"啊,先生,等我见到她,听她讲过之后,我却认为她更应该留在这里。"

"你看到——?"

"先生,我忠实地履行我的职责:我传达了伯爵的意思,说明了他的提议,丝毫没有提及我个人的观点。伯爵夫人耐心地听了,她十分善意地见了我两次,不带偏见地考虑了我所说的一切。正是在这两次谈话中,我改变了想法,现在我的态度完全改变了。"

"请问你为什么会有这样的改变?"

"就因为我看到了她身上的变化。"里维埃先生答道。

"她身上的变化?这么说你以前就认识她?"

年轻人的脸又红了。"我曾在她丈夫家里见过她。我认识奥兰斯基伯爵很多年了。你能想得到他是不会把这件事交给一个陌生人办的吧。"

阿切尔的目光移向办公室空荡荡的墙壁，落到挂在那儿的日历上，日历顶上是美国总统粗犷硬朗的面庞。这样的对话竟然发生在他治理下的辽阔土地上，真是超出了人们的想象。

"她的变化——你指哪一种变化？"

"啊，先生，我要是能说得清就好了！"里维埃先生顿了顿，"你瞧，我从未想到会有这样的发现：她是美国人。而如果你是她那样的——你们那样的美国人，在其他某些社会中能被认可的事情，或至少在通常的交换中能被接受的事情，却会变得不可思议，完完全全的不可思议。如果奥兰斯卡夫人的亲属理解这些事情，他们就会和她一样，坚决反对她回去。但是他们好像以为，她丈夫希望她回去就证明他强烈地渴望家庭生活。"说到这里，里维埃先生停了停，才又说道，"而事实却要复杂得多。"

阿切尔又看了一眼墙上的美国总统，再低头看着他的办公桌以及桌上凌乱的文件。一时间，他觉得自己说不出任何话来。这时候，他听见里维埃先生的椅子往后一推，这才发现年轻人已经站起身。他再次抬起头，见客人此时同他自己一样激动。

阿切尔只说了一声："谢谢你。"

"没有什么可谢我的,先生。反倒是我——"里维埃停下来,仿佛说话也变得艰难起来,终于他坚定地继续说下去,"不过,我还想再说一句。你刚才问我是否受雇于奥兰斯基伯爵。目前是的。几个月之前,由于个人原因,任何需要供养病人老人的人都会有的原因,我回到他那里。但自从我决定来向你提起这些事情,我想我就已经被解雇了,我回去之后就要对他说,告诉他为什么。就这样,先生。"

里维埃先生欠一欠身,退后一步。

"谢谢你。"阿切尔又说了一遍,两个人的手握在了一起。

二十六

　　每年一到十月十五日,第五大道便打开百叶窗,铺起地毯,挂上三层窗帘。

　　到了十一月一日,这场家政仪式就已结束,社交界开始观察和反思。到了十五日,社交季进入鼎盛,歌剧院和戏院推出最新的节目,晚宴邀请越来越多,舞会日期一一确定。而就在这个时候,阿切尔夫人总会说,纽约已经变得太多。

　　阿切尔夫人站在一个局外人的超然角度观察,再加上西勒顿·杰克逊先生和索菲小姐从旁襄助,她能够明察秋毫地找出上流社会表面的每一处细小瑕疵,能够从井井有条的植物中甄别出所有陌生的杂草。阿切尔小时候很乐意听母亲每年一度发表高论,逐一列举他粗心错过的最细微的衰微迹象。在阿切尔夫人眼里,纽约的变化从来就只是越来越糟的,而索菲·杰克逊小姐对此由衷赞同。

　　西勒顿·杰克逊先生看惯人情世故,并不轻易流露自己的判断,只是兴致勃勃、不带偏见地听着两位女士的哀叹。但就连他也从不否认纽约已经变了;而纽兰·阿切尔到了婚后第二年冬天,同样不得不承认即使纽约还没有完全改变,但至少变化已经开始。

这些观点照例是在阿切尔夫人的感恩节晚宴上提出的。这一天,她按着规定感谢上天一年来的恩赐,也必然要反思她的世界,悲哀却谈不上痛苦。她想不出有什么值得感谢的,至少不会是为了上流社会;如果还存在所谓上流社会,那景况也已足以招致《圣经》中的诅咒了。事实上,当阿什莫尔牧师在感恩节讲道时选择了《耶利米书》中的一节(第二章第二十五节)①,谁都明白他指的是什么。阿什莫尔牧师之所以当选圣马修堂的新任教区长,是因为他非常"超前"——他的布道思想大胆、言辞新颖。每当他严厉谴责上流社会时,总会说到它的"潮流";而阿切尔夫人想到自己属于一个逐潮流而动的群体,不免感觉惊恐而又着迷。

"阿什莫尔牧师无疑是正确的,的确有一股明显的潮流。"她说,就好像它看得见摸得着,就如同房子的裂缝。

"不过,感恩节布道讲这个题目还是很奇怪,"杰克逊小姐以为。女主人却冷冷地答道:"哦,他是想要我们对剩下的那些东西心存感激。"

对于母亲一年一度的预言,阿切尔总是报以微笑,但是今年听了那一桩桩变化,他却也不得不承认,这"潮流"是显而易见的。

---

① 内容为"我说:你不要使脚上无鞋,喉咙干渴。你倒说:这是枉然。我喜爱别神,我必随从他们"。

纯真年代 | 277

"比方说衣着上有多铺张——"杰克逊小姐说道,"西勒顿带我去看了首场歌剧,真真的只有简·梅里的裙子还看得出来是去年的样子,但就连她那身也是改过前片的。我知道那是她两年前才从沃斯买回来的,因为我的裁缝常常过去,把她那些巴黎裙子改了再穿。"

"啊,简·梅里还是我们一路的人啊!"阿切尔夫人叹了口气,仿佛生活在如今这年代并不值得骄傲,女士们一出海关大楼就到处炫耀她们的巴黎裙子,再也没有人像阿切尔夫人那代人似的,新衣服要先锁进箱子放一放。

"没错,她这样的人已经不多了。"杰克逊小姐接口道,"我年轻的时候,穿最新款是很俗气的。艾米·西勒顿总是跟我说,波士顿的规矩是巴黎裙子得放上两年再穿。巴克斯特·彭尼罗老夫人做什么都是大手笔,以前她每年都要进口十二套,两套丝绒,两套缎子,两套丝绸,还有六套府绸和最好的开司米,全是长期订单。后来她病了两年,最后过世,他们找出四十八套沃斯裙子,根本连绵纸都没去掉呢。他们家姑娘服丧结束,才穿上第一批去听交响音乐会,一点不显出新潮。"

"嗯,波士顿要比纽约保守。不过我总觉得比较稳妥的规矩是法国裙子放上一季再穿。"阿切尔夫人退让道。

"这风气就是波福特开的,新衣服一到,就让他妻子上身。我不得不说,瑞吉娜常常不得不煞费苦心,为了看上去不像……不像……"杰克逊小姐扫了一眼围坐在桌边的人，正看见简妮瞪大了眼睛，只得含含糊糊地咕哝起来。

"不像她的竞争者。"西勒顿·杰克逊先生说道，那口吻仿佛自己说出了一句妙语。

"哦——"女士们轻声说道。阿切尔夫人接过话头，也是为了把女儿的注意力从忌讳的话题上移开："可怜的瑞吉娜！恐怕她的感恩节过得不开心。你们有没有听说关于波福特投机的传言，西勒顿？"

杰克逊先生漫不经心地点点头。这个传言谁都听说了，而尽人皆知的事情他是不屑于求证的。

众人都黯然沉默。没有人真的喜欢波福特，对他的私生活做最坏的猜想也并非全无乐趣，但想到他带给妻子娘家的经济上的耻辱，人人都会震惊，就连他的敌人也不会高兴。阿切尔时代的纽约，私人关系中可以容忍虚伪，生意场上却要求绝对诚实。已经很久没有过知名银行家信誉扫地而破产的事了，但上一次发生此类事情，导致商行首脑被上流社会唾弃的情形，大家却都还记得。波福特夫妇的命运也将如此，就算他权势再大，她风头再足，都无法挽回。达拉斯家族联合起来也救不了可怜的瑞吉娜，如果关于她丈夫非法投机的那些消息有些许属实的话。

他们躲开这个不祥的话题，转而聊起其他事情，但提及的每一件事都在证明阿切尔夫人的感觉——潮流已越变越快。

"当然了,纽兰,我知道你让亲爱的梅去了斯图瑟夫人的星期天晚会——"她刚开口,梅便兴冲冲地插话道:"噢,你知道,现在大家都去斯图瑟夫人家。上次外婆家举行招待会,也邀请她了呢。"

阿切尔暗想,纽约就是以这种方式完成转变的:大家都串通一气似的对变化视而不见,直到一切都变了样,然后又真心诚意地想象那些变化是老早就已经存在的。堡垒里总会出一个叛徒,既然他(通常是她)都把钥匙交出去了,那么假装堡垒坚不可摧又有什么意义?一旦人们领略了斯图瑟夫人家殷勤自在的星期天晚会,谁又会坐在家里去想什么她家的香槟就是改头换面的鞋油?

"我知道,亲爱的,我知道,"阿切尔夫人叹了口气,"这种事是免不了的,我想,只要人们追求的是娱乐;但我从来没有原谅你的表姐奥兰斯卡夫人,她可是第一个出来支持斯图瑟夫人的呀。"

小阿切尔夫人的脸一下子红了,这让她丈夫以及桌边的其他人都大为意外。"哦,艾伦啊——"她喃喃道,带着一种指责而轻蔑的语气,就像她父母会说:"哦,布兰克家啊——"

奥兰斯卡伯爵夫人坚定回绝丈夫的建议,令全家人惊诧而难堪,从那以后,他们提到她的名字便是这种语气了,但现在从梅的嘴里听到，却引人深思。阿切尔看着她，感到一种陌生，有时候，当她与周围人一个调子的时候，他便会生出这种陌生感。

他的母亲并没有像平常那样敏锐地注意到气氛的变化，继续说道："我向来以为，像奥兰斯卡伯爵夫人这样生活在贵族圈的人，应该帮助我们维持阶层差异，而不是无视它。"

梅依然颊边泛着红晕，仿佛除了表示承认奥兰斯卡夫人糟糕的社会信念之外，还别有深意。

"我相信，在外国人眼里，我们都是一样的。"杰克逊小姐尖刻地说道。

"我认为艾伦不喜欢社交，不过谁也说不清她究竟喜欢什么。"梅又说道，仿佛在寻找一个模棱两可的说辞。

"啊，这个嘛——"阿切尔夫人又叹了口气。

大家都知道奥兰斯卡夫人已经失去了家里人的欢心。她拒绝回到丈夫身边，就连向来保护她的曼森·明戈特老夫人都无法为她辩护了。明戈特家的人并没有公开表示不满，他们的团结意识太强。他们只是像韦兰夫人所说的那样，"让可怜的艾伦找到自己的位置"，然而令人痛心且无法理解的是，她找到的位置却是那样一个暗无天日的深渊——布兰克们在大出风头，"写东西的人"在邋遢地欢庆。这虽然令人难以置信，却是事实，艾伦明明有那么多机会与特权，却偏偏成了个"波希米亚人"。这愈加证明了人们的看法：她不

纯真年代 | 281

愿回到奥兰斯基伯爵身边,是犯下了致命的错误。毕竟,年轻女人的归宿应该是在她丈夫的屋檐之下,尤其是她曾经在那种……那种谁都没兴趣追究的情况下出走。

"奥兰斯卡夫人可是很受绅士们青睐啊。"索菲小姐说,当知道自己在发暗箭的时候,她是很希望说几句话来息事宁人的。

"啊,像奥兰斯卡夫人这样的年轻女人总是容易遇到这样的危险。"阿切尔夫人悲伤地表示赞同。说到这里,女士们都拢起裙裾,去了点着卡索油灯的起居室,阿切尔和西勒顿·杰克逊先生则退到哥特式书房里。

杰克逊先生在壁炉前坐定,惬意地点起雪茄以弥补可怜的晚餐,然后开始滔滔不绝地发表预言。

"要是波福特当真破产,"他断言,"就会有不少事情败露。"

阿切尔立刻抬起头。每当他听见这个名字,眼前总会清晰地浮现起波福特笨重的身影:穿着华丽的皮衣皮靴,踏过斯库特克利夫庄园的雪地。

"必然会清洗出最肮脏的东西,"杰克逊先生继续说道,"他的钱可没有都花在瑞吉娜身上。"

"哦,是打了折扣,对不对?我相信他能够全身而退的。"年轻人说道,想换个话题。

"也难说——难说啊。我知道他今天要去见几个头面人物。当然咯，"杰克逊先生勉强让步道，"希望他们都帮他渡过难关——至少是这一次。我可不希望看到可怜的瑞吉娜不得不出国，在某个破产者才去的寒酸的温泉疗养地度过余生。"

阿切尔没有接口。他认为，掠夺不义之财最终受到无情地惩罚，这是天经地义的，虽然未免悲惨，因此他并没有多想波福特夫人的命运，而是回到了更为切近的问题上。提到奥兰斯卡伯爵夫人的时候，梅为什么会脸红？

仲夏时见到奥兰斯卡夫人，现在已过去四个月了，他没有再见过她。他知道她已经返回华盛顿，回到了她和梅朵拉·曼森住的那栋小房子。他曾给她去过一封信，不过是寥寥数语，问她几时再见。而她的回答却更为简短："还不行。"

从那以后，他们便再没有联络，而他心中已建起一座圣殿，所有隐秘的思想和渴望都被她占据。渐渐地，这座圣殿成为他真正的生活、他唯一的理性活动的场所，他将平常读的书、滋养他的思想与情感以及他的见解与想象带入其中。在这圣殿之外，是他日常生活的场所，他却怀着与日俱增的虚幻和缺憾之感，在熟习的偏见和传统观念中举步维艰，如同一个心不在焉的人撞到自己房间里的家具。心不在焉，正是他目前的状态，对于身边所有近切的东西都心不在焉，甚至有时候当发现人们还以为他在场时，他会大吃一惊。

他注意到杰克逊先生清清嗓子准备披露更多的内幕。

纯真年代 | 283

"当然,我不清楚你妻子的家人对于大家的看法了解多少——就是有关奥兰斯卡夫人拒绝她丈夫最近的建议的事。"

阿切尔沉默不语,杰克逊先生继续拐弯抹角地说道:"很可惜——真是可惜——她竟然拒绝了。"

"可惜?看在上帝分上,有什么可惜的?"

杰克逊先生低头看着自己的腿,看着锃亮的皮鞋里露出的一截平整的袜子。

"怎么说呢,最起码,她现在靠什么生活呢?"

"现在——?"

"假如波福特——"

阿切尔霍地站起身,一拳砸到黑胡桃木镶边的书桌上,黄铜墨水台都蹦了起来。

"先生,你究竟是什么意思?"

杰克逊先生在椅子里稍稍挪一挪身子,平静的目光落在年轻人愤怒的脸上。

"这个嘛,我的消息来自相当有威望的人——实际上就是老凯瑟琳本人,奥兰斯卡伯爵夫人断然拒绝回到丈夫身边之后,她家里人就大大削减了她的津贴;而且,她这一拒绝也使自己丧失了结婚时获得的钱——奥兰斯基原是打算移交给她的,如果她回去的话。亲爱的孩子,你问我究竟是什么意思,你这又是什么意思呢?"杰克逊先生和蔼地反驳道。

阿切尔走到壁炉前，弯腰将烟灰弹进炉膛。

"我完全不了解奥兰斯卡夫人的私事，也没有必要明确知道你在暗示什么——"

"哦，我可没有暗示什么。要说暗示的话，莱弗茨算一个。"杰克逊先生打断他道。

"莱弗茨——向她求爱却被拒绝的那个家伙！"阿切尔轻蔑地嚷道。

"啊——是吗？"杰克逊答道，仿佛那正是他想要套出的话。他依然斜对着炉火坐着，老辣的目光如弹簧一般紧盯着阿切尔的面孔。

"哎呀呀，很可惜，她没有在波福特栽跟头之前回去，"他又说道，"如果她现在回去，又如果他破产，那就只能证实大家的看法了——对了，可不只是莱弗茨一个人这么看的。"

"噢，她现在不会回去，绝对不会！"阿切尔话一出口，便意识到杰克逊先生正等着他这么说呢。

老先生留心地注视着他。"哦，这就是你的看法？当然你是知道的。不过所有人都会告诉你，梅朵拉·曼森的那几个钱都捏在波福特手里呢，要是他自身难保，我真想不出她们怎么撑得过去。当然咯，奥兰斯卡夫人还是可以让老凯瑟琳心软的，虽然她向来坚决反对她留在这里。她想要多少钱，老凯瑟琳都可以给她，但谁都知道她是舍不得钱的，而

纯真年代 | 285

家里其他人可都没有特别的兴趣非要奥兰斯卡夫人留下来不可。"

阿切尔怒火中烧,却束手无策。此刻他是明知道自己在做蠢事,却无法自拔。

他发现杰克逊先生一眼就看出他并不知道奥兰斯卡夫人与她祖母及其他亲属之间的分歧,对于阿切尔为什么被排除在家庭讨论之外,老先生也已经得出了自己的结论。阿切尔知道自己应该谨慎,但提到波福特,却令他忘记了一切。然而,即便他可以无视自身危险,却不能忘记杰克逊先生是在他母亲家里,因此也是他的客人。老纽约恪守殷勤待客之道,与客人的讨论绝不能演变为争吵。

"也许我们该上楼去我母亲那里了。"见杰克逊先生的最后一段烟灰落进了身边的黄铜烟缸,他立刻直截了当地说道。

坐车回家的路上,梅一直奇怪地一言不发;黑暗中,他依然能感觉到她阴沉地涨红了脸。他参不透这令人不安的阴沉意味着什么,但有一件事足以引起他的警觉——一切都是由于提到奥兰斯卡夫人的名字。

他们上楼之后,他转身去图书室。通常她都会跟着他,但这时候他却听到她沿着走廊向卧室走去。

"梅!"他不耐烦地嚷道。她转回来,瞥了他一眼,对他的语气稍有惊讶。

"这灯又在冒烟了。我想应该让仆人留心把灯芯修剪整齐。"他紧张地抱怨道。

"对不起,以后不会出这种事了。"她答道,那坚定而轻松的口吻与她母亲如出一辙,阿切尔听了不免气恼,仿佛她已经把他当作小韦兰先生似的开始迁就了。她俯身将灯芯捻低,灯光映着她白皙的肩膀和脸庞的轮廓。阿切尔暗想:"她多么年轻!这样的生活真是永无尽头!"

他感觉到自己强有力的青春以及血管里澎湃的热血,心里升起一种恐惧。"你看,"他突然说道,"我可能要去华盛顿几天——就在最近,也许是下星期。"

她依然手拈灯钮,脸慢慢转过来瞧着他。灯火刚刚使她的面颊恢复了些许红润,可当她抬起头,脸色却又变得苍白。

"有公事?"她问道,那口吻仿佛在说,不可能有其他原因,她这么问完全是不假思索的,只为了替他把话说完。

"当然是有公事。有一桩专利权的案子要提交最高法院——"他说出了发明者的名字,以及所有细节,和劳伦斯·莱弗茨一样伶牙俐齿,而她则专心听着,时不时说道:"嗯,我明白了。"

"换换环境对你有好处,"听他说完,她淡淡地说道,"而且你一定要去看看艾伦。"她凝视他的眼睛,笑容明媚,语气仿佛是在敦促他不要遗忘某件恼人的家务事。

这是两人就这个话题所说的唯一一句话，然而根据他俩所受的训练，其中的含义却是："你当然明白我知道大家是怎么说艾伦的，也明白我十分赞同我家人试图让她回到丈夫身边。同时我也知道，你出于某种不愿告诉我的原因，劝她不要回去，这违背了家里长辈，包括我们外祖母的意思。正是由于你的怂恿，艾伦才违抗家里人，并使自己不得不遭受某种批评，今天晚上杰克逊先生恐怕已经向你暗示了她受到的批评，而你因此大为光火……这样的暗示确实不少，但因为你似乎不愿意接受别人的暗示，我只得亲自来这样暗示你了，这是我们这样有教养的人讨论不愉快的事情所能采用的唯一方式：我要你明白，我知道你到华盛顿之后是打算去见艾伦的，也许你去那里就是为了这个目的；既然你肯定会去见她，那么我希望你是得到了我充分而明确的同意的——也希望你借此机会让她知道，你怂恿她所采取的行动将会导致怎样的后果。"

当这段无声的讯息的最后一个字传递给他的时候，她依然手拈着灯钮。她将灯芯捻低，取下灯罩，对那萎了的火苗一吹。

"吹灭了，气味就小了。"她解释道，一副精通家务的神气。她走到门口，转回身，等着他来吻她。

二十七

第二天，华尔街传出的有关波福特的消息让人放下心来。消息虽不确实，却带来了希望。大家听说他能够在紧急关头找到头面人物帮忙，而且他也已经办成了。到了晚上，当波福特夫人以一贯的笑容和崭新的祖母绿项链亮相歌剧院时，整个社交界都长舒了一口气。

纽约向来是不遗余力地谴责生意场上的违规行为。这条不成文的规矩，从来不曾破例，违背诚信的人都必须付出代价；所有人都看得清楚，即便是波福特夫妇也绝对会成为这条规矩的牺牲品。但若果真不得不牺牲他们，却又是一件痛苦而又困难的事情。波福特夫妇如果消失，那么他们这个紧密的小圈子将留下巨大的空白；也有一些特别无知或大意的人，对道德上的灾难无动于衷，却已经在哀叹纽约将失去最好的舞厅了。

阿切尔已打定主意去华盛顿，只等着他对梅提过的那件案子开庭，希望开庭的日期能与他动身的日期相吻合。可到了下一个星期二，莱特布赖先生却告诉他说案子可能推迟几个星期。然而他下午回家的时候依然决定次日晚上出发。他想着梅对他的公事一无所知，也从不表现出任何兴趣，她可能不会知道推迟的事，即便知道了，也不会记得之前提过的当事人的名字。而他无论如何都不能推迟与奥兰斯卡夫人的会面。他有满肚子的话要同她讲。

星期三早上，他来到办公室，见到莱特布赖先生满脸愁容。波福特终究是没能"渡过难关"。他散播传言说自己已经过关，以此让储户安心，到前一天晚上，已有大量资金注入银行，但就在此时，坏消息再次甚嚣尘上。人们开始挤兑，银行恐怕撑不到晚上就得关门。人人都在议论波福特的卑怯行为，他将陷入华尔街历史上最可耻的失败。

这场大劫令莱特布赖先生脸色惨白，一筹莫展。"我这辈子见过不少坏事，却没有哪一次比这次更糟了。我们认识的每一个人都会受到这样那样的打击。波福特夫人会怎么样？她又能怎么样？我也很同情曼森·明戈特夫人，这一把年纪，真不知道这件事会对她有什么影响。她一直很信任波福特——拿他当朋友！还有整个达拉斯家族：可怜的波福特夫人可是你们所有人的亲戚。她唯一的机会就是离开她丈夫——可是这话谁能对她说出口？留在他身边是她的责任。幸好她似乎从来就对他私底下的癖好视而不见。"

这时候有人敲门。莱特布赖先生猛一转头。"什么事？别来烦我。"

一名办事员送来一封信给阿切尔之后就退了出去。年轻人认出是妻子的笔迹。他打开信封读道："你能否尽快过来？昨晚外婆轻度中风。她不知怎么比其他人都先发现银行的坏消息。罗维尔舅舅出去打猎了，可怜的爸爸想到这桩不名誉的事就紧张得发起烧来，没办法离开他的房间。妈妈非常需要你，我希望你立刻出发，直接到外婆家来。"

阿切尔将信交给他上司，几分钟后他便登上一辆拥挤的马拉街车，慢吞吞往北去，到了十四大街再换了第五大道专线的一辆摇摇晃晃的公共马车。直到十二点之后，这辆笨重的车子才把他带到老凯瑟琳家门前。一楼起居室窗前曾由她女王一般占据着，这时候却只见她的女儿韦兰夫人毫无气势的身影。看见阿切尔，韦兰夫人疲惫不堪地表示欢迎。梅在门前等着阿切尔。门厅显出几分异样，那是事事有条不紊的人家突遭疾病时特有的景象：椅子上堆着披肩和皮衣，桌子上放着医生的皮包和大衣，被丢在一旁的信件和卡片已经堆积如山。

梅脸色苍白却带着微笑：本科姆医生刚来过第二次，态度更为乐观了，明戈特夫人想要活下去并恢复健康的坚定决心影响了家里的每一个人。梅将阿切尔带进老夫人的起居室，通往卧室的移门紧闭，厚重的黄缎门帘落下，韦兰夫人惊恐地向他详细诉说起灾难的原委。似乎是前一天晚上，发生了一件骇人而神秘的事。八点来钟，明戈特夫人每天晚饭后的单人纸牌戏刚刚结束，门铃就响了。是一位蒙着重重面纱的夫人求见，仆人都没有立刻认出是谁。

管家辨出了那个熟悉的声音，打开起居室门通报道："裘力斯·波福特夫人到！"然后为两位夫人又将门关上。当明戈特夫人打铃时，波福特夫人已悄然离去，只剩下老夫人一个人，脸色白得吓人，瘫坐在巨大的椅子上，示意管家帮她回到卧室。当时她虽然神情痛苦，但仍然能够完全控制自己的身体和头脑。黑白混血女仆服侍她上床，像往常一样送上一杯茶，把屋里的一切收拾妥当便退下了。然而到了凌晨三点，铃声又起，两个仆人听见这非比寻常的召唤（老凯瑟琳通常睡得就像婴儿），急忙赶来，却发现女主人靠着枕头坐起，脸扭曲地笑着，巨大的胳膊上无力地垂下一只小手。

这次中风显然并不严重，因为她口齿依然清晰，能够表达自己的意思。医生第一次来诊后不久，她就已经恢复了面部肌肉控制。但这已引起众人极大的惊恐，而当他们从明戈特夫人的只言片语中得知瑞吉娜·波福特是来请求她——实在厚颜无耻！——支持自己的丈夫，帮助他们——用她的话来说，不要"抛弃"他们，而实际上是劝说明戈特家掩盖并宽恕他们的无耻行径，他们真是怒不可遏。

"我跟她说：'在曼森·明戈特家，名誉从来就是名誉，诚实从来就是诚实，在我被人脚朝前抬出去之前，这绝对不会变。'"半瘫了的老太太声音低沉地对着女儿的耳朵期期艾艾地说道，"她说：'可是舅妈，我的名字，我的名字是瑞吉娜·达拉斯啊。'我就说：'他给你满身珠宝的时候，你姓波福特，所以他给你满身耻辱的时候，你就还是得姓波福特。'"

韦兰夫人泪流满面，惊恐地喘息着讲述这一切，脸色惨白，几乎崩溃，不同寻常的责任使她终于不得不正视这些不愉快、不名誉的事。"但愿我能把这些事瞒住别让你岳父知道。他总是说：'奥古斯塔，可怜可怜我吧，别毁了我最后的幻想'——可我怎样才能不让他知道这些可怕的事呢？"可怜的夫人哭道。

"妈妈，毕竟他不会见到这些事的。"她女儿说道。韦兰夫人叹了口气说："唉，是啊。谢天谢地，他现在安安稳稳地躺在床上。本科姆医生说会让他一直卧床，直到可怜的妈妈好转。瑞吉娜也不知去哪儿了。"

阿切尔坐在窗前，茫然地望着空荡荡的大街。显然召唤他来是为了给受到打击的女士们给予精神上的支持，而不是因为他能提供什么具体的帮助。已经给罗维尔·明戈特先生发去电报，也已经派人送信通知在纽约的所有亲属；此刻并没有什么事情可做，除了压低声音讨论波福特名誉扫地、他妻子无端行事会造成何种后果。

罗维尔·明戈特夫人在另一个房间写信，这时候也过来，加入了讨论。在她们那个年代，男人若在生意场上做下丑事，他的妻子只会有一个念头：不再抛头露面，跟他一起消失。"比如可怜的斯派赛外婆——就是你的太外婆,梅。当然咯,"韦兰夫人急忙补充道,"你太外公的经济困难纯属私事——好像是打牌输了钱,也可能是给谁写了张借据——我就没怎么搞清楚过,因为妈妈从来不提这事。但她是在乡下长大的,她母亲不得不离开纽约,就是因为出了那件什么丑事。她们孤苦伶仃住在哈得孙上游,寒来暑往,直到妈妈长到十六岁。斯派赛外婆才不会想到求家里人'支持'她,像瑞吉娜那样,丢脸的私事算得了什么,想想看现在这桩丑闻可是毁了几百个无辜的人。"

"是啊,瑞吉娜躲着别出面,也比她找别人出面要合适得多,"罗维尔·明戈特夫人赞同道,"据我所知,她上星期五看歌剧时戴的那条祖母绿项链是鲍尔-布莱克珠宝铺那天下午送去给她试戴的。不晓得他们会不会收回去。"

阿切尔无动于衷地听着她们无情的同声讨伐。阿切尔坚信,在金钱方面的绝对清白是绅士的首要法则,不会因为同情怜悯而动摇。或许勒缪尔·斯图瑟那样的冒险家可以通过无数龌龊交易积累起百万之数,但所谓"位高者任重",清白无瑕仍是老纽约金融界的信条。波福特夫人的命运对于阿切尔也没有多少触动。无疑,比起她那些愤愤不平的亲戚,他更为她感到遗憾,然而对他来说,夫妇之间的纽带固然可能在顺境中破裂,在逆境中却应牢不可摧。正如莱特布赖先生所说,丈夫有麻烦的时候,妻子就应当留在他身边;可是上流社会却不会站在他一边,因此当波福特夫人错误地以为上流社会会予以支持,她便几乎成了他的共犯。妻子恳求其家族掩盖她丈夫在生意场上的丑行,这样的念头本身就是不可容忍的,因为家族作为一个体系是不可能做出这种事情的。

罗维尔·明戈特夫人被混血女仆请到门厅,不多久又皱着眉头回来了。

"她要我发电报给艾伦·奥兰斯卡。我已经给艾伦写过信了,当然,也给梅朵拉写了;但现在看来还不够。我得立刻再给她发份电报,让她一个人回来。"

回答她的是一片沉默。韦兰夫人无奈地叹了口气,梅从椅子上站起身,收拾起散落在地上的几张报纸。

"看来一定得发了。"罗维尔·明戈特夫人又说道,仿佛是希望有人反对。梅转身走到房间中间。

"当然得发了,"她说,"外婆知道自己想要什么,而我们必须满足她的愿望。我来帮你写电文吧,舅妈。要是立刻发出去,艾伦说不定能赶上明天早上的火车。"她将那名字念得格外清晰,仿佛敲响了两枚银铃。

"哦,没办法立刻发。贾斯珀和副管家都出去送信发电报了。"

梅微笑着转过脸瞧着她丈夫。"但是有纽兰在这儿帮忙呢。你去发电报好吗,纽兰?赶在午饭前正好来得及。"

阿切尔站起身，嘟哝着答应了。她便在凯瑟琳的檀木写字桌前坐下，用尚不熟练的大字体写好电文，再用吸墨纸吸干，交给阿切尔。

"真可惜，"她说，"你和艾伦要在路上错过了！"她转过身来对她母亲和舅妈说，"纽兰有一件专利案子要提交最高法院，所以不得不去华盛顿。我想罗维尔舅舅明天晚上就能回来，既然外婆已经大有好转，恐怕不合适让纽兰放弃事务所的重要工作，对不对？"

她住了口，仿佛在等待回答。韦兰夫人立刻应道："那当然不合适，亲爱的。你外婆第一个不同意。"阿切尔拿着电报走出房间，听见他岳母仿佛是对罗维尔·明戈特夫人说："可是她究竟为什么要你发电报给艾伦·奥兰斯卡——"然后便是梅清脆的声音："也许是为了再次提醒她，毕竟她的职责是回到丈夫身边。"

大门在阿切尔身后关闭，他急匆匆地向电报公司走去。

二十八

"奥——奥——这名字到底是怎么写的？"阿切尔将妻子写的电文送进西联公司的黄铜柜台，柜台里那个年轻姑娘尖刻地问道。

"奥兰斯卡——奥-兰-斯-卡。"他重复道，一边把电文抽回来，好将梅潦草写下的外国姓氏用印刷体再描一遍。

"这个姓在纽约的电报公司可是很少见啊。"突然传来一个意想不到的声音。阿切尔转回头，却见劳伦斯·莱弗茨就站在他身后，冷冷地拈着髭须，装出一副绝不正眼看电文的模样。

"你好，纽兰，我想我能在这里赶上你。我刚听说明戈特老夫人中风了；正要去探望，却看见你转到这条街上来，就跟来了。我猜你正是从她那里来的？"

阿切尔点点头，又将电文从柜台格子底下推进去。

"莫非情况不妙？"莱弗茨接着说，"是给亲属发电报吧。我想是真的不妙了，如果连奥兰斯卡伯爵夫人都想到了。"

阿切尔绷紧嘴唇，真想挥起拳头，对准他那张虚伪的漂亮长脸狠狠打过去。

"为什么？"他质问道。

莱弗茨素来回避争论，这时候他眉毛一挑，扮了个嘲讽的怪相，警告对方格子后面那姑娘正瞧着他们呢。那表情是在提醒阿切尔，大庭广众之下发火可是最最不"得体"的。

阿切尔已经完全不在乎所谓得体不得体了；但他想打伤劳伦斯·莱弗茨的念头不过是一时冲动。这种时候跟他提起艾伦·奥兰斯卡的名字，无论是出于怎样的刺激，都是不可思议的。他付了电报费，两个年轻人一起走到外面街上。阿切尔恢复了自我克制，说道："明戈特夫人已经大为好转，医生已经完全不担心了。"莱弗茨便露出大感宽慰的表情，又问他是否听说了有关波福特的那些可怕传言……

那天下午，波福特破产的公告出现在所有的报纸上，几乎使人们忘记了曼森·明戈特夫人中风的消息，只有少数人听说了两者之间的神秘联系，才想得到老凯瑟琳病倒绝对不会是肥胖和年龄的缘故。

波福特的丑闻令整个纽约蒙上阴影。正如莱特布赖先生所说，在他的记忆中——甚至是在创立事务所的祖上老莱特布赖记忆中，没有哪一次情形比这次更糟了。在破产不可避免之后那一整天，银行竟然还一直在吸收资金；由于许多客户都是属于这个或那个大家族，波福特的欺诈行为就显得愈加黑暗。如果波福特夫人没有说出什么"这种'不幸'（她就是这么说的)是'对友谊的考验'"之类的话,那么人们对她的同情或许会稍稍抵消对她丈夫的愤怒。但她那么说了——尤其她夜访曼森·明戈特夫人的目的也为人所知了——人们就认为她比她丈夫更加黑暗;况且她无法以"外国人"为借口寻求宽恕,而抨击她的人也不会满足。想到波福特曾经是个"外国人",这多少是个安慰(对于那些没有受到证券损失的人来说)。然而,如果南卡罗来纳的某位达拉斯先生发表高见,不假思索地说他很快就能"东山再起",那么争论也会缓和下去,因为大家别无选择,只能接受婚姻不可破的难堪事实。上流社会必然要适应没有波福特的日子,而且事情总会结束——除了这场灾难的那几位不幸的受害者:梅朵拉·曼森、可怜的老拉宁小姐,以及其他几位误下判断的门第高贵的女士,如果她们早听了亨利·范·德尔·吕顿先生的话……

"波福特夫妇最好的出路,"阿切尔夫人仿佛在诊病开方子似的总结道,"就是去北卡罗来纳瑞吉娜出来的那个小地方。波福特家一直有赛马,所以他最好是养马。我敢说他具备优秀马贩子的所有素质。"大家都同意她的看法,却没有人屈尊纡贵去问问波福特自己有何打算。

第二天,曼森·明戈特夫人愈加精神,声音也已恢复,能够下命令说谁都不许再向她提起波福特夫妇,本科姆医生来的时候,她还问他说,家里人对她的健康大惊小怪究竟是什么意思。

"如果我这把年纪的人晚饭愿意吃鸡肉沙拉,那么他们还有什么不满意的?"她问道。医生适时修改了她的食谱,中风就成了消化不良。可是尽管老凯瑟琳语气坚定,却没有完全恢复原先的处世态度。随年岁增长的冷漠并未减弱她对邻居的好奇,却也磨钝了她本就不强烈的同情心,没有费多大功夫,波福特的悲剧就似乎已经被她抛于脑后。但她破天荒地开始留意起自己的症状,并且对她素来藐视冷淡的某些家庭成员表现出某种关心。

韦兰先生尤其荣幸地吸引了她的关注。在所有女婿中,她最轻视的一直就是他;每当他妻子想方设法描绘他的坚强性格和卓越才华(只要他"愿意"),都只会引来一阵轻蔑的嘲笑。但此刻他却因为无病呻吟的不凡表现而成为受关注的对象,明戈特夫人严令他一旦烧退就得把他的食谱拿过来比较,因为老凯瑟琳第一次意识到,对于发烧是绝不可以大意的。

传召奥兰斯卡夫人的电报发出二十四小时之后她的回电就送来了,说她第二天晚上将从华盛顿赶到。纽兰·阿切尔夫妇刚好在韦兰家吃午饭,谁去泽西城接她的问题立刻被提了出来。韦兰一家向来是如同前线哨所一般,苦苦挣扎于家务事的重重困难之中,这时候更是发生了激烈争论。谁都认为韦兰夫人不可能去泽西城,因为当天下午她要陪着丈夫去老凯瑟琳家,而马车也不会有空,因为这是韦兰先生在岳母中风之后第一次去见她,万一他"不适",就必须立刻坐车回家。韦兰家的少爷们当然得"进城",罗维尔·明戈特先生恰好打猎返回,明戈特家的马车得去接他;也不可能要求梅大冬天傍晚独自摆渡去泽西城,就算是坐她自己的马车也不行。但如果家里人都不去车站接奥兰斯卡夫人,又会显得太冷淡,也有违老凯瑟琳的意愿。韦兰夫人厌倦的语气仿佛在说:这就是艾伦,总要让家里人左右为难。"事情总是一件连着一件,"可怜的夫人叹息道,难得见她如此抱怨命运,"我看妈妈并没有像本科姆医生说的那样恢复了,不然怎么会有这种怪念头,竟然叫艾伦立刻回来,也不管去接她有多不方便。"

人在不耐烦的时候说话常常会有欠考虑,韦兰先生立刻抓住了她的破绽。

"奥古斯塔,"他脸色转白,放下叉子说道,"你是否还有其他理由认为本科姆医生不如以前可靠了?你是否注意到他对我的病以及你母亲的病并不像以前那样认真了?"

这下韦兰夫人的脸白了,想到自己一时失口将导致无穷无尽的后果,却还是努力笑了一声,又吃了一口牡蛎,硬挤出素日里那副乐呵呵的面孔,这才开口道:"亲爱的,你怎么会想到这上头去了?我的意思不过是说,妈妈已经明确表示艾伦理当回到她丈夫身边,这会儿却心血来潮地要见她岂不是有点奇怪，明明放着五六个孙子孙女可以找嘛。但我们千万别忘了，虽然妈妈精力充沛，但毕竟上了岁数。"

韦兰先生依然紧锁眉头，显然他的纷乱心绪立刻纠缠在她最后那句话上了。"没错，你母亲是上了岁数，我们也明白本科姆医生不见得擅长为老年人治病。正如你所说，亲爱的，事情总是一件连着一件，再过十来年，我也得高高兴兴换个新医生了。换医生这种事，最好还是别等到万不得已了才着手去做。"韦兰先生做出了这个英勇决定之后，终于又坚定地拿起了叉子。

"可是不管怎么说，我还是不知道明天晚上艾伦怎么过来，"韦兰夫人又说道，一边从餐桌边站起身，领着众人来到堆砌着紫缎子和孔雀石的所谓后客厅，"我希望事情都能够至少提前二十四小时安排妥。"

阿切尔正出神地望着一幅玛瑙浮雕镶嵌八角黑檀木框的小画，画中是两位红衣主教正在开怀畅饮。这时候他转过身来。

"是否我去接她？"他建议道，"我完全可以到时候从办公室出来去渡口，如果梅愿意驾车到渡口。"他嘴里说着，心却激动地狂跳起来。

韦兰夫人感激地舒了一口气，已经走到窗前的梅回过身来赞许地望着他。"你瞧，妈妈，事情的确能够提前二十四小时安排妥。"说着，她俯身吻了吻母亲蹙紧的额头。

梅的马车正等在大门口,她要驾车送阿切尔到联合广场,然后他换乘百老汇马车去事务所。她在自己位子上坐稳后便问道:"我刚才是不想提出新的问题来让妈妈担心。可是你明天怎么能接艾伦到纽约呢?你不是要去华盛顿吗?"

"哦,我不去了。"阿切尔答道。

"不去了?怎么回事?"她清脆的声音仿佛银铃,充满了妻子的关切。

"案子停了——推迟了。"

"推迟?奇怪!今天早上我看见莱特布赖先生给妈妈的一封信,说他明天要去华盛顿最高法院,为一件专利案辩护。你说过是一件专利案的,是不是?"

"嗯,是那件案子。但不会整个事务所都去。莱特布赖决定今天早上走。"

"这么说来它没有推迟?"她追问道,这样不同寻常的固执令他不由血往上涌,为她失去一贯的温柔而脸红。

"没有,但我的日程推迟了。"他答道,暗暗咒骂当时提出去华盛顿的时候不该做那些多余的解释,想起不知在哪里读到过,聪明人说谎会讲出细节,最聪明的人却什么都不讲。刺痛他的与其说是自己对梅说了谎,不如说是他看出梅试图佯装没有识破他。

"我要过些时候再去,正好你们家也方便了。"他补充道,想用讽刺来勉强搪塞。他说话的时候,感觉她正注视着自己，便也注视着她，以免显得在回避她的目光。四目交织刹那，也许眼神中流露出太多他们并不希望流露的含义。

"是的，真是太方便了，"梅愉快地赞同道，"毕竟你能去接艾伦了。你一定看出来了，你愿意帮忙，妈妈有多么感激。"

"哦，我很乐意去。"马车停了，他跳下车。她朝他俯下身，握着他的手。"再见，最亲爱的。"她说，湛蓝的眼睛凝视着他，使他事后回想时觉得那眼中仿佛饱含着泪水。

他转身踏上联合广场，一遍又一遍地对自己说："从泽西城到老凯瑟琳家要走整整两个钟头，整整两个钟头——也许还不止。"

二十九

妻子的深蓝色马车（婚礼饰物还没有除去）在渡口等着阿切尔，将他惬意地送到泽西城的宾夕法尼亚车站。

下雪的午后，天色阴沉，宽阔的车站里点着煤气灯，回荡着各种声响。他在站台上踱着步，等待华盛顿来的快车，想起有人曾设想有朝一日在哈得孙河底下挖一条隧道，宾夕法尼亚铁路上的火车就能直达纽约。那都是些梦想家，还预言将建造五天内横渡大西洋的轮船，将发明能飞上天的机器、用电照明的灯、没有电线的电话，以及更多天方夜谭里才有的奇迹。

"我可不管哪些梦想会变成现实，"阿切尔思忖道，"只要隧道还没有建成。"他兴奋得像个懵懂的学生，幻想着奥兰斯卡夫人走下火车，他老远就从无数模糊不清的面孔中一眼认出她，幻想着她挽起他的胳膊，他引着她钻进马车，慢慢朝码头驶去，疾行的马匹、满载的货车、高声吆喝的马夫纷纷擦肩而过，最后他们来到静得出奇的渡船边，漫天飞雪中他们肩并肩坐在纹丝不动的马车里，而大地仿佛在他们脚下缓缓滑动，滑向太阳的另一边。他竟然有那么多话要对她倾吐，所有那些话将争先恐后地涌到他唇边……

火车的铿锵轰鸣越来越近,它蹒跚着驶进车站,仿佛一只怪兽带着猎物返回巢穴。阿切尔奋力往前挤,穿过人群,透过一扇又一扇车窗,茫然地朝车里张望。突然,他看见奥兰斯卡夫人苍白而惊讶的脸庞就在眼前,再次尴尬地发现自己又忘记了她的模样。

他们走到彼此跟前,握起手,他挽起她的胳膊。"这边来——我有马车。"他说。

之后的情景就和他幻想的一模一样。他将她扶上马车,安顿好她的行李;后来他依稀记得曾安慰她说祖母的病已经好转,又大致说起波福特的境况(她轻声叹息"可怜的瑞吉娜!"令他心中一动)。马车离开了忙作一团的车站,沿着溜滑的斜坡缓缓朝码头驶去,心惊胆战地经过摇摇晃晃的煤车、惊慌失措的马匹、凌乱不堪的货车,甚至还有一辆空灵车——啊,一辆灵车!灵车驶过的时候,她闭上眼睛,紧紧抓住阿切尔的手。

"千万别是——可怜的奶奶!"

"哦,不会,不会——她已经好多了——她没事,真的。瞧,过去了!"他嚷道,仿佛这样就能改变一切似的。她的手已经被他握在手心,当马车驶过浮桥登上渡船,他便低头解开她那窄小的棕色手套,亲吻她的手掌,仿佛亲吻一件圣物。她惨淡一笑,挣脱出来。他说道:"你没想到今天是我来吧?"

"哦,没有。"

"我原打算去华盛顿看你,全都安排好了——差点就在火车上跟你错过了。"

"哦——"她嚷道,仿佛为逃过一劫而后怕。

"你可知道——我几乎把你忘了?"

"把我忘了?"

"我是说——我该怎么解释呢?我——就是这样。每一次,你都是重新来到我身边。"

"哦,是的,我明白!我明白!"

"那么——我——对你来说,也是如此吗?"他追问道。

她点点头,眼睛转到窗外。

"艾伦——艾伦——艾伦!"

她没有回答。他便默然坐着,望着她的侧脸在窗外飞雪茫茫的暮色下变得越来越迷蒙。这漫长的四个月里她究竟做了些什么?他们彼此所知竟如此之少!宝贵的时间正在流逝,他却完全忘了自己想对她说的话,所能做的只是绝望地思索他们为何相距如此遥远却又如此切近,就像此刻,两人明明促膝而坐,却偏偏无法看到彼此的脸。

"多漂亮的马车!是梅的吗?"她突然转过脸来,问道。

"是的。"

"那么说来,是梅让你来接我的?她真好!"

他沉默片刻,突然嚷道:"我们在波士顿见面后的第二天，你丈夫的秘书来找我。"

他在写给她的短信中并没有提到里维埃先生的拜访，他本想把这件事埋藏在心底。可她提起他们坐的是他妻子的马车，让他起了报复的念头。他想看看她听见里维埃的名字，是不是比他听见梅的名字更高兴！就像其他某些时候一样，他原本以为会让她抛下平常的冷静，可她却没有流露出丝毫惊讶，于是他立刻得出结论："看来他和她通信。"

"里维埃先生去见过你了？"

"是的。你不知道？"

"不知道。"她直截了当地说道。

"你不吃惊？"

她迟疑了。"为什么要吃惊？他在波士顿的时候就告诉我说认识你。他是在英国认识你的吧，我想。"

"艾伦——有件事我必须问你。"

"什么？"

"我和他见面之后就想问你的，但我不能在信里提。是里维埃先生帮助你离开——离开你丈夫的，是不是？"

他只觉得心脏快要停止跳动了。对于这个问题，她还会那样冷静吗？

"是的，我欠他太多。"她答道，声音平静得听不出任何颤抖。

她的语气那么自然，几乎有些冷漠，令阿切尔克制住了心中的狂躁。她再一次凭着纯粹的坦率让他认识到自己是多么愚蠢的因循守旧,而他还自以为早已将那些陈规旧俗抛到九霄云外了呢。

"我想你是我见过的最诚实的女人!"他嚷道。

"哦,谈不上——不过也许是最不大惊小怪的一个吧。"她含笑答道。

"随你怎么说。你看事情很实际。"

"啊——不得不如此。我必须看着蛇发女妖。"

"嗯,可那并没有让你变瞎!你已经看出来她不过是个老妖怪,跟其他妖怪没什么区别。"

"她并不会弄瞎你的眼睛;她只会弄干你的眼泪。"

这句话让阿切尔将嘴边的恳求咽了下去:它仿佛来自最深刻的经验,是他所无法触及的。渡船的缓慢移动戛然而止,船头重重撞到码头的木桩,马车猛然一震,将阿切尔与奥兰斯卡夫人撞到一起。年轻人感觉到她肩膀的触动,浑身颤抖,伸手将她搂住。

"如果你还没有瞎,就一定能看出再不能这样下去了。"

"什么?"

"我们在一起——却又不能在一起。"

"不行。今天你不应该来。"她说话的声音变了,突然,她转过脸,伸手搂住他,将嘴唇贴在他嘴唇上。就在这时,马车启动了,码头边的煤气灯光射进车窗。她退开了,两人默然呆坐着。马车挤过争相上岸的车流,来到街上,阿切尔又急忙开口。

"不要怕我。你不用这样缩回到角落里。我要的不是一个偷来的吻,我甚至都没有想去碰你的衣袖。不要以为我不懂你的意思,你不愿意我们的感情沦为寻常的偷情。昨天我还不会说这些话,因为我们分别以来,我一直盼着见你,所有的念头都被大火烧尽了。可是你来了,你不仅仅是我记忆中的样子,而我想从你这里得到的也不仅仅是偶然的一两个小时,然后又是徒劳的渴望和等待,我能像现在这样安安静静坐在你身边,心里却有另一种幻想,但愿它能够实现。"

她没有回答。过了一会儿,她才低声问道:"你说但愿它能够实现,是什么意思?"

"怎么——你知道会实现的,对不对?"

"你幻想你我会在一起?"她突然冷笑起来,"你真是选了一个好地方来对我说这些!"

"你是指我们在我妻子的马车里?那我们下去走,怎么样?我想一点点雪你不会介意吧?"

她又笑起来,声音温和些了。"不,我不下去走,因为我得赶紧到奶奶那儿去。你就坐在我身边,我们不看什么幻想,我们来看看现实。"

"我不懂你所谓现实是什么意思。对我来说,这就是唯一的现实。"

她沉默了许久。马车沿着一条昏暗的小路行驶，然后一转弯，来到了灯火通明的第五大道。

"那么你是不是这样打算：让我作为情妇跟你同居——既然我不可能成为你的妻子？"她问道。

这样毫不掩饰的诘问令他大为震惊，他这个阶层的女子对这个词都讳莫如深，即便她们几乎谈到了这个话题。他注意到奥兰斯卡夫人说出这个词时的神情，仿佛它早就存在于她的词汇中，也许在她尚未逃离那段可怕的生活之前，它就已经是司空见惯的了。这问题令他一时语塞，他支支吾吾地说道：

"我想——我想跟你去另一个世界，那里没有这种词，没有这一类东西。我们就是两个相爱的人，是彼此的全部，除此之外全都无关紧要。"

她深深叹了一口气，然后又笑起来。"哦，亲爱的——这地方在哪里？你去过吗？"她问道。见他阴沉着脸说不出话，她便接着说道："我知道有很多人想找到这样一个地方，但相信我，他们全都下错了站：他们去了布洛涅，去了比萨，去了蒙特卡洛，而这些地方跟他们逃离的旧世界完全一样，只不过更小、更脏、更乱。"

他从没听见过她以这样的口吻说话，他想起她刚才说的那句话。

"是的，蛇发女妖已经弄干了你的眼泪。"他说。

"哦，她也让我睁开了眼睛，说她让人变瞎只是错觉。其实恰恰相反，她是把人的眼睛撑开，使他们无法回到无忧无虑的黑暗之中。中国不就有这样一种酷刑吗？应当有！啊，相信我，那可是个可悲的小地方！"

马车穿过四十二街。梅那匹强健的马如肯塔基快马一般带着他们往北驶去。时间正在流逝，言辞徒劳无用，阿切尔感到窒息了似的。

"那么，你认为我们该怎么办？"他问道。

"我们？从这个意义上说，根本就没有我们！我们只有远隔天涯才能近在咫尺，才能是我们自己。不然，我们就只是艾伦·奥兰斯卡的表妹夫纽兰·阿切尔和纽兰·阿切尔夫人的表姐艾伦·奥兰斯卡，试图背着信任他们的人寻欢作乐。"

"啊，我才不是。"他呻吟道。

"你就是！你从来就没有超越过那一层，我却超越了，"她说道，声音完全变了，"而且我知道那意味着什么。"

他默然坐着，被难以言表的痛苦所折磨。突然，他在黑暗的车厢中摸索着给车夫发命令的小铃。他想起梅要停车的时候就拉两下。他拉了铃，马车在街边停下。

"为什么停车？奶奶家还没到呢。"奥兰斯卡夫人嚷道。

"是的，但我要下车了。"他结结巴巴地说着，打开车门，跳到人行道上。街灯映出她惊诧的脸庞，她不由自主地想拦住他。他关上门,在窗前靠了片刻。

"你说得对:我今天不应该来。"他压低声音说道,生怕车夫听见。她探出身,似乎想说些什么,但他已经吩咐车夫继续上路。马车远去,他却依然站在街角。雪已经停了,刺骨的寒风卷起,抽打着他的脸。他站在那里凝望,突然感到睫毛上结了什么冰冷的东西,这才发现自己原来在哭,而眼泪已经被风吹冻了。

他将手插进衣袋,急急沿第五大道向自己家里走去。

三十

这天晚上，阿切尔下楼来吃饭，发现客厅里空无一人。

家里只有他和梅吃饭，曼森·明戈特夫人病倒之后，家里一切活动都已推迟。梅向来比他守时，今天却没有先到，令他意外。他知道她在家，因为他换衣服的时候听到她在自己屋里走动；不知她被什么事耽搁了。

他已经习惯做诸如此类的猜测，这样他就能将自己的思绪禁锢在现实之中。有时候他仿佛觉得已经参透了岳父为什么专注于那些鸡毛蒜皮；也许很久以前，就连韦兰先生也曾逃避过、幻想过，于是制造了那许多家务事来抵御诱惑。

梅来了，显得很疲惫。她身穿低领紧身晚宴裙，根据明戈特家的礼仪，那适用于最不正式的场合；金发像平常那样层层盘起；脸庞却苍白而憔悴。但她依然温柔地注视着他，蓝眼睛依然如前一天般明媚。

"你怎么了，亲爱的？"她问道，"我在外婆家等着，却是艾伦一个人来的，说半路上让你下了车，因为你急着去处理公事。没出什么事吧？"

"不过是有几封信我之前忘记了，想在晚饭前寄出去。"

"啊——"停顿片刻，她又说道，"可惜你没去外婆家——要不是那些信很紧急。"

"的确很紧急,"他答道,奇怪她怎么刨根问底的,"不过,我不懂为什么我一定要去你外婆家。我不知道你在那儿呀。"

她转过身,走到壁炉上的镜子前,抬起纤长的手臂将盘发上落下的一缕头发拢好。阿切尔见她的神情中带着些倦怠慵懒,十分纳闷,莫非他们的单调生活也令她倍感压力?这时候他才想起来,早上离开家时她在楼上高声说会在外婆家等他一起坐车回来,而他兴高采烈地回答了一声"好",可后来他的心思全放在别的事情上,将允诺忘得一干二净。他心里愧疚,又有些恼怒,结婚都快两年了,这样的小疏忽还被记着。他已经厌倦了这样永远生活在不温不火的蜜月中,明明热情已消退,却要求处处一丝不苟。如果梅把她的委屈说出来(他怀疑她委屈不少),他倒可以一笑置之;可她的教养却偏偏是要用克制的微笑来隐藏想象中的伤痛。

为了掩饰心中的不悦,阿切尔便问起她外婆的病情。她回答说,明戈特老夫人仍在好转,但波福特夫妇的近况令她着实不安。

"怎么了?"

"他们好像打算留在纽约。我想他是准备从事保险什么的。他们正在找一处小房子。"

这未免太过离谱。他们走进餐厅。吃饭的时候,话题局限在平常的范围之内,但阿切尔注意到妻子完全没有提到奥兰斯卡夫人,也没有说起老凯瑟琳是如何接待她的。他为此庆幸,却又隐隐感觉些许不祥。

他们上楼去书房喝咖啡,阿切尔点起一支雪茄,取下一本米什莱①的著作。梅若见他拿的是诗集,就会要他朗读,于是他晚上开始读史。并不是因为他不喜欢自己的嗓音,而是因为他总能料准她会说些什么。他们订婚的时候,(他后来认识到)她就只会重复他告诉她的那些话;而现在他不再对她发表见解,她就开始大胆评论,导致那些作品的趣味立刻荡然无存。

见他选了一本历史书,她便拿过针线篮,将扶手椅拉到绿色灯罩的阅读灯前,取出为他的沙发绣的一个靠垫。她并不精于女红;她那双大手更擅长骑马、射箭之类的户外运动;但既然别人家的妻子都为丈夫绣靠垫,那么她也不愿意错过这表现爱意的最后一环。

她就坐在阿切尔对面,让他一抬眼就能看见自己在缝纫台边俯身忙碌。荷叶半袖垂到肘边,露出她紧实圆润的手臂,左手指间的结婚金戒托衬着订婚蓝宝石熠熠生辉,右手吃力地慢慢刺着底布。她坐着的角度正好让灯光落到光洁的额头上,他沮丧地暗想,她头脑里的一切他都将看透,来日

---

① Jules Michelet (1798—1874):法国历史学家。

方长,而她绝不会有出人意料的情绪,不会有任何崭新的想法、任何脆弱、冷酷或激动。她的诗意与浪漫已经在他们短暂的恋爱中用尽:需求不再,机能便随之枯竭。此刻她不过是慢慢变成她的母亲,而不可思议的是,与此同时,她也正企图将他变成韦兰先生。他放下书,烦躁地站起身。她立刻抬起头。

"怎么了?"

"屋子里太闷。我想透透气。"

他曾坚持要在书房安装窗帘杆,窗帘可以来回拉动,晚上可以合上,而不是像客厅里那样固定在镀金窗帘盒里,只能一层层收起。他将窗帘拉开,打开窗子,将身子探进冰冷的夜色。只要不看见梅,只要坐在自己桌边、自己灯下,只要看到别处的房子、屋顶和烟囱,想到自己之外还有别样的生活、纽约之外还有别样的城市、他的世界之外还有别样的世界——只要想到这一切,他的头脑便清醒了,呼吸也顺畅了。

他探身在黑夜中,不一会儿就听到她喊道:"纽兰!快关上窗。你找死呢。"

他将窗子关上,转回身。"找死!"他重复道,真想再加上一句:"可我已经死了。我已经死了好几个月了。"

一番文字玩味之后,他心中突然闪出一个疯狂的想法。如果死的是她呢!如果她就要死了——很快就要死了——那么他就自由了!站在这个熟悉、温暖的房间里,望着她,盼着她死——这感觉太奇怪、太令人着迷而无法抗拒,使他一时间竟然没有意识到其中的罪恶。他只是感觉到自己疲惫的灵魂也许能抓住新的契机。是的,梅有可能死——完全有可能:就是像她这样健康的年轻人:她有可能死,那么他就一下子自由了。

她抬起头瞥他一眼。他见她睁大了双眼,知道自己的眼神肯定有些奇怪。

"纽兰!你病了吗?"

他摇摇头,转身朝扶手椅走去。她继续俯身刺绣。他走到她身边的时候,将一只手放在她头上。"可怜的梅!"他说道。

"可怜?怎么可怜了?"她勉强笑着说。

"因为我每次开窗都会惹你担心啊。"他答道,也笑起来。

她沉默了片刻,然后依旧低头刺绣,声音幽幽地说道:"我绝对不会担心,只要你高兴。"

"啊,亲爱的,可我绝对不会高兴,除非我能把窗子打开!"

"这种天气?"她抱怨道。他叹了口气,继续埋头读书了。

六七天过去了。阿切尔没有听到奥兰斯卡夫人的任何消息。他注意到家里人谁都不会当着他的面提到她的名字。他并不想见她；她在老凯瑟重重设防的床边，要见她几乎是不可能的。既然情况不明，他便顺其自然，只是内心深处还暗暗怀着那个冰冷的夜晚他探身书房窗外时起的念头。有了这念头，他才能够不露声色地静静等候。

终于有一天，梅告诉他说曼森·明戈特夫人要见他。这要求并不出人意料，因为老夫人正日渐康复，而她向来公开声称阿切尔是她最满意的孙女婿。梅传达这信息的时候显然很高兴：老凯瑟琳欣赏她的丈夫，她为此而骄傲。

阿切尔犹豫片刻，然后义不容辞地说道："好的。今天下午我们一起去吗？"

他妻子喜形于色，但立刻答道："哦，最好还是你一个人去。外婆不会喜欢老是见到同一些人。"

拉响明戈特老夫人家门铃的时候，阿切尔的心狂跳起来。他满心希望一个人来，因为他相信这次一定会有机会跟奥兰斯卡伯爵夫人单独说句话。他曾下定决心要顺其自然地等待机会出现，现在机会来了，他已经来到门阶上，而就在大门后面，就在门厅旁那间黄缎门帘后面的屋子里，她一定在等着他；他马上就能见到她，在她领他进入病房之前就能跟她说上话。

他只想提一个问题，然后他就能有明确的方向了。他想

纯真年代 | 319

问的只是她返回华盛顿的日期,而这个问题她几乎不可能拒绝回答。

但是,在黄缎客厅里等着他的却是那个混血女仆。她露出琴键般亮晶晶的白牙齿,推开移门,引他来到老凯瑟琳身边。

老太太坐在床边一把王座似的巨型扶手椅上,椅子边一张红木几上立着一盏铸铜雕花球形灯,罩着绿色纸灯罩。近旁没有一本书、一张报纸,也不见任何女人用的东西:明戈特夫人唯一的消遣是聊天,而佯装喜欢刺绣只会让她鄙视。

阿切尔见她并未留下中风的任何痕迹,只是脸色有些苍白,肥硕的身体上皱纹更深重了。她戴着褶裥软帽,在头两层下巴之间打起一个浆过的蝴蝶结,细棉手帕搭在翻滚的紫色睡袍上,神态酷似她自己的某位祖上,精明而善良,对于美味珍馐却似乎毫无节制。

她那双小手如宠物一般藏在巨大的腿间。这时候她抬起一只手,对女仆喊道:"别让任何人进来。我女儿来的话,就说我睡了。"

女仆退下了。老夫人转过脸来看着外孙女婿。

"亲爱的,我是不是丑死了?"她快活地问道,一边伸手去摸索她遥不可及的胸脯上的衣褶,"我女儿说,到我这把年纪都无所谓了——好像越是难遮掩就越是不怕丑了!"

"亲爱的,从没见你这么漂亮过!"阿切尔用她的口吻答道。她头一仰，哈哈大笑起来。

"啊，不过可没有艾伦漂亮！"她冷不丁说道，不怀好意地冲他眨眨眼睛。不等他回答，她又开口道："你去码头接她回来那天，她是不是漂亮极了？"

他笑起来。她接着说道："是不是因为你这么对她说了，她才半路把你赶下车的？我年轻的时候，可没有小伙子会扔下漂亮姑娘，除了迫不得已！"她又咯咯笑起来，然后突然停下，恼怒似的说道："可惜她没有嫁给你，我一直这么跟她说的。不然我也不会这么担心了。可谁会想到不让做奶奶的担心呢？"

阿切尔疑心她是不是一场大病后脑子糊涂了；可她突然嚷道："唉，无论如何，这事儿已经定下了：她要留下来陪我住，不管家里其他人怎么说！她来这儿没五分钟，我就要跪下来留她了——过去二十年，我要是看清楚问题在哪儿就好了！"

阿切尔听着，一言不发。她继续说道："他们一直在劝我，你肯定知道的：罗维尔、莱特布赖、奥古斯塔·韦兰，还有其他那些人，都劝我不要让步，削减她的津贴，直到她明白自己有责任回到奥兰斯基身边去。那个秘书还是什么的人带着最后的提议过来那会儿，他们都以为我被说服了。那些条件的确很优厚，我承认。但毕竟婚姻是婚姻，钱是钱——各有各的用处……我当时不知道怎么回答才好——"

纯真年代 | 321

她停下来,深深吸了口气,仿佛说话都有些费劲了。"可是我一看到她,我就说:'你这只可爱的小鸟!难道还要把你关进笼子?没门!'现在可定下来了,她就留在这儿照顾她奶奶,只要她还有个奶奶可以照顾。不算什么好前景,但她不在乎;当然我已经告诉莱特布赖了,她会有一份合适的津贴。"

年轻人激动地听她说着,但头脑却一片混乱,分不清这消息带来的究竟是喜悦还是痛苦。他之前就坚定了自己的方向,这时候倒一下子无法调整思绪了。但他慢慢意识到困难已被推迟,机会已奇迹般地出现,便暗自欣喜起来。如果艾伦已经同意过来陪她祖母住,那必然是因为她已经认识到自己没有办法放弃他。这就是她对他那天最后请求的回答:如果说她并没有采取他提出的极端做法,但至少接受了折中方案。他不由自主地松了一口气——原本打算孤注一掷的,却突然尝到了化险为夷的美妙滋味。

"她不能回去——不可能!"他嚷道。

"啊,亲爱的,我向来知道你是站在她一边的;所以我今天才叫你来,所以你的漂亮妻子说要跟你一起来的时候,我就跟她说:'不行,亲爱的,我很想见见纽兰,我不希望有别人在场。'因为你瞧,亲爱的——"她努力仰起头,想要尽可能摆脱下巴束缚似的,直视他的眼睛说道,"你瞧,我们还要打一场恶战。家里人都不希望她留在这儿,他们会说是因为我病了，因为我是个病歪歪的老太婆，她才说服我的。我的身子骨还没办法一个一个地跟他们干，所以你得帮我。"

"我？"他张口结舌。

"你。不行么？"她反问道，一双圆眼睛突然变得如刀锋般犀利，一只手从椅子扶手上飞过来落在他手上，细小苍白的指甲如鸟爪一般。"不行么？"她追问道。

在她的注视之下，阿切尔恢复了往日的沉着。

"哦，我算什么——我太无足轻重了。"

"你是莱特布赖的合伙人，对不对？你只能通过莱特布赖来对他们施加影响。除非你有理由。"她坚持道。

"哦，亲爱的，我支持你，你不用我的帮助就能对付他们所有人；但如果你需要，我是会帮助你的。"他安慰她道。

"那么我们就安全了！"她叹了口气，将头搁在靠垫上，微笑地看着他，狡黠地说道："我向来知道你会支持我们的，因为他们说她有责任回去的时候，从来没有提到你说过些什么。"

她这样可怕的敏锐令他眉头一皱，他很想问一句："那么梅呢？他们有没有提到她说过些什么？"但他觉得还是换个问题比较安全。

"奥兰斯卡夫人呢？我什么时候能见她？"他说。

老夫人咯咯笑起来，揉揉眼皮，狡猾地打起了哑谜。"今天不行。一次见一个。奥兰斯卡夫人不在家。"

纯真年代 | 323

他失望地涨红了脸,听见她继续说道:"她出去了,孩子。坐我的马车去看瑞吉娜·波福特了。"

她顿了顿,等待对方的反应。"我已经被她摆布到这个地步了。她到这儿的第二天就戴上最好的帽子,不动声色地告诉我说要去看瑞吉娜·波福特。我说:'谁?我不认识这个人。'她说:'是你的侄孙女,一个不幸的女人。'我就回答她说:'她是恶棍的妻子。'她就说:'噢,就跟我一样,而我家里人还都要我回到他身边。'唉,这下我可没辙了,就让她去了。后来有一天,她说雨下得太大,没办法步行出去,要借我的马车。我就问她:'你去哪儿?'她说:'去看瑞吉娜表姐'——还表姐呢!亲爱的,我一看窗外头,一滴雨都没有;但我理解她的心意,就让她坐马车去了……不管怎么说,瑞吉娜很勇敢,她也是;而我向来最欣赏的就是勇敢。"

阿切尔俯身,将嘴唇贴着依然搁在他手上的那只小手。

"喂——喂!年轻人,你以为你这是在吻谁的手?莫非是你妻子的吗?"她故意咯咯笑起来。他起身离去的时候,她在他身后喊道:"跟她说外婆爱她,但你最好不要提我们讲的事情。"

三十一

老凯瑟琳透露的消息令阿切尔震惊。奥兰斯卡夫人因为祖母召唤而从华盛顿匆匆赶来,这的确是再自然不过的,但她决定留在祖母家——尤其是明戈特夫人已差不多康复——这就不怎么说得通了。

阿切尔能够肯定奥兰斯卡夫人并非由于经济状况的变化而做出这一决定。她离开她丈夫的时候从他那里得到一小笔钱,其确切数目阿切尔是知道的。以明戈特家的标准而言,若没有她祖母的额外津贴,那数目并不足以维持生活;而现在,与她一起生活的梅朵拉·曼森已经破产,那点微薄的收入只能勉强应付两个女人的衣食。然而阿切尔相信奥兰斯卡夫人绝不会出于利益的考虑而接受祖母的建议。

她花钱任意而慷慨,常有心血来潮的挥霍,就跟所有阔气惯了、不在乎金钱的人一样;但是,那些她亲戚们认为必不可少的东西,她如果没有却也能安之若素。罗维尔·明戈特夫人和韦兰夫人常指责说,谁要是经历过奥兰斯基伯爵家的那种大气派,只怕会毫不在意"东西是怎么来的"了。而且,据阿切尔所知,几个月之前她的津贴就已经被取消,而她在那期间并没有做任何努力来重获祖母的欢心。因此,如

纯真年代 | 325

果她改变了原先的方向,那一定是另有原因的。

这原因无需远求。那天从码头回来的路上,她对他说他们必须分开,可说这话的时候,她却是将头依偎在他胸前的。他知道她那么说并非刻意撒娇;她跟他一样,也是在同自己的命运抗争,同时不顾一切地恪守自己的决定,决不辜负信任他们的人。但是在回到纽约之后的十天里,他既没有任何消息,也并未设法见她,这或许令她猜测到他正在考虑断然行动,破釜沉舟。想到这一点,她也许突然害怕起自己的弱点来,也许认为还是妥协为好,毕竟这是此类情况中最常见、也是最不费力的办法。

一个小时以前,当阿切尔拉响明戈特老夫人家门铃的时候,他认为路已经明明白白摆在眼前。他要跟奥兰斯卡夫人单独谈一谈,如果不行,就从她祖母那里打听到她哪一天、坐哪一班车返回华盛顿。他打算跟她上同一班车,跟她去华盛顿,或者去她愿意去远方。他自己想去日本。无论如何,她立刻就会明白,不管她去哪里,他都会跟随。他打算给梅留一封信,这样就没有其他退路了。

他觉得自己不仅有勇气,甚至渴望立刻行动;尽管如此,当他听说事情起了变化,还是松了一口气。然而此刻,他从明戈特老夫人家出来,却对即将面对的一切越来越厌恶起来。在他应该会踏上的道路上,没有任何未知或陌生的东西;不过他以前走这条路的时候,还是一个自由人,他的行为不需要对任何人负责，尽可以抱着超然的消遣心态面对角色所要求的那些提防与搪塞、隐瞒与顺从的游戏。这个过程被称作"保护女人的名誉"；这一绝妙谎言，连同长辈茶余饭后的闲谈，早就使他领会了其中的详细规则。

现在他从全新的角度看待这件事，自己在其中的角色就似乎大为削弱了。事实上，他曾经暗中自以为是地观察过索利·拉什沃思夫人对她那位蒙在鼓里的痴情丈夫上演的戏码：就是一个微笑、打趣、迁就、提防、永无休止的谎言。白天是谎言，夜里是谎言；所有的触碰或注视、所有的爱抚或争吵、所有的交谈或沉默，尽是谎言。

一个妻子如此对付自己的丈夫，相对来说是更为轻松也不那么卑劣的。人们心照不宣地降低了女人的忠诚标准：她是次等品，精通被奴役者的诡计。她总是能够借口心情不好或神经紧张，有权不承担过于严苛的责任；即便是在最为刻板的上流社会，嘲笑也总是针对丈夫的。

但在阿切尔的小圈子里，没有人嘲笑受骗的妻子，而婚后继续拈花惹草的丈夫会遭到一定程度的蔑视。虽说轮作周期内会有某段时间允许野燕麦生长，却绝不可以允许第二次。

阿切尔向来认为自己在心底里是鄙视莱弗茨的。而爱上艾伦·奥兰斯卡也并不意味着与莱弗茨同流合污。阿切尔生平第一次不得不面对一个令人忧惧的特例。艾伦·奥兰斯卡

纯真年代 | 327

绝不同于其他女人，他自己也绝不同于其他男人，因此，他们的情况也就不同于其他人，他们无需听命于任何裁决，除了他们自己的判断。

的确如此。然而十分钟之后，他就将踏上自家台阶，等待他的是梅，是习俗与名誉，是他与他圈子里的人素来信仰的一切礼仪……

他在十字路口略作踌躇，便沿着第五大道走下去。

在他的前方，一幢黑黢黢的大宅矗立在寒夜中。他往那宅子走去，心里想着曾经多少次见过它灯火通明，台阶上搭起凉棚，铺开地毯，一辆辆马车排成两行停在路边。正是在这宅子背后那座黑沉沉的温室里，他得到了梅的第一个吻；正是在这里舞厅的辉煌烛光下，他见到她窈窕的身影，银光闪烁，如同青春洋溢的狩猎女神。

而此刻，这宅子如坟墓般漆黑一片，只有地下室透出微弱的煤气灯光，楼上一间没有放下百叶窗的屋子也亮着灯。阿切尔走到墙边，见门前停着的马车正是曼森·明戈特夫人的。假如西勒顿·杰克逊先生此时恰巧经过，那对他来说该是多好的机会！听老凯瑟琳讲述奥兰斯卡夫人对波福特夫人的态度，阿切尔大为感动；相形之下，纽约社会的道德责难冷漠如路人。但他清楚地知道各个俱乐部和会客厅将如何解读艾伦·奥兰斯卡的探访。

他停下来仰望透出灯光的窗子。无疑那两位女子正坐在那里,而波福特也许去别处寻求安慰了。甚至有传言说他已经带范妮·瑞茵离开了纽约;但波福特夫人的态度使这种说法显得并不可信。

这时候,几乎只有阿切尔一人望着第五大道的夜景。大多数人都在家里,为晚餐梳妆。他暗自庆幸艾伦离开时多半不会有人注意到。正想到这里,大门忽然打开,她走了出来,身后是一点微弱的灯光,仿佛有人下楼来为她照明。她转回身,对谁说了句什么;门便关上了,她走下台阶。

"艾伦。"见她踏上人行道,他低声说。

她一惊,停下脚步。就在这时候,他瞥见两个衣冠楚楚的年轻人朝这边走来。两人的大衣以及叠在白领带上的漂亮丝巾,看上去有点眼熟。他奇怪他们这种身份的年轻人怎么这么早出来赴宴。然后他想起,住在几步之外的瑞吉·契佛斯夫妇今晚邀请了不少人去看阿德莱德·内尔森[①]主演的《罗密欧与朱丽叶》,想来这两位也在宾客之列。他们从一盏路灯下走过,阿切尔认出是劳伦斯·莱弗茨和一个姓契佛斯的小伙子。

不能让他们看见奥兰斯卡夫人站在波福特家门前——这个庸俗的念头刚从他脑海中闪过,就被她温暖的双手融化而

---

① Adelaide Neilson(1846—1880):英国舞台剧演员。

驱散了。

"我现在要见你——我们要在一起。"他突然开口道,连他自己都不知道在说些什么。

"啊,"她答道,"奶奶告诉你的?"

阿切尔看着她的时候,注意到莱弗茨和契佛斯正走到街角另一边,忽然知趣地穿过第五大道走远了。这算是一种男性同盟的表现,他自己也时常履行;而现在他们的纵容却令他恶心。她当真以为他俩能这样生活下去?若不然,她又有什么想法?

"明天我必须见你——找个只有我们两个的地方。"他说话的口气自己都听出来带着些怒气。

她迟疑着,一边朝马车走去。

"可我要待在奶奶身边——目前是这样。"她补充道,仿佛意识到需要解释一下自己为什么改变计划。

"找个只有我们两个的地方。"他不肯退让。

她轻轻一笑,令他听来揪心。

"在纽约?可这儿没有教堂……没有纪念馆。"

"艺术博物馆——就在中央公园,"见她为难,他说道,"两点半,我在门口……"

她没有回答便转身匆匆跳上马车。马车启动,她身子往前探了探,他觉得仿佛看见她在黑暗中挥了挥手。他注视着她远去,心里五味杂陈。仿佛同他说话的并不是他的心上人，却是另一个女人——那个女人曾给他带来欢乐，而这欢乐如今已令他厌倦。他痛恨自己无法摆脱那些陈腐之词。

"她会来的！"他自语道，几乎带着轻蔑。

大都会博物馆是一座铸铁与彩瓦构成的古怪建筑，几个主要展厅里最受欢迎的"伍尔夫珍藏展"[①]挂满描绘奇闻逸事的油画。他们避开人群，沿走廊信步来到另一间陈列室，房间里"塞斯诺拉文物"[②]在无人问津的孤独中慢慢朽去。

他们躲在这忧伤的角落，坐在环绕热水汀的长沙发上，默默注视着乌木架上的玻璃柜，柜子里摆着特洛伊文物的碎片。

"奇怪，"奥兰斯卡夫人说道，"我以前从没来过这里。"

"哦——我想，有朝一日这里会成为一个了不起的博物馆。"

"是的。"她心不在焉地赞同道。

她站起身，在展厅里踱着步。阿切尔依然坐着，望着她的轻盈动作。尽管穿着厚重的裘皮大衣，但她还是如少女一

[①] 指美国收藏家 Catharine Lorillard Wolfe (1828—1887) 捐赠给大都会艺术博物馆的绘画作品。
[②] 指美国军官和考古学家 Luigi Palma di Cesnola (1832—1904) 捐赠给大都会艺术博物馆的塞浦路斯出土文物。

般敏捷，皮帽上俏皮地插着一支鹭羽，两颊边各有一缕藤萝般鬈曲的深色头发垂在耳际。同每一次见面时一样，他的心思又完全被她身上那些与众不同的细微处吸引。这时候，他站起身，走到她驻足的柜子前。柜子里的玻璃架上摆满破碎的小物件——难以辨认的家常器皿、装饰物以及个人用品——有玻璃的，陶土的，也有褪了色的青铜，以及其他年代久远而辨不清的材料。

"瞧着真是残酷，"她说，"用不了多久，就什么都无关紧要了……就像这些小东西，曾经是重要而不可或缺的，对于那些被遗忘的人来说，而如今得拿着放大镜去猜测，还贴上标签说：'用途不详'。"

"是的；但与此同时——"

"啊，与此同时——"

她站在那儿，披着海豹皮大氅，双手笼在一个小巧的手筒里，薄纱如透明的面具一般垂到鼻尖，他带给她的那束紫罗兰随着她的急促呼吸而动，真难相信如此和谐的线条与色彩也要受制于愚蠢的变化规律。

"与此同时一切又都至关重要——只要与你有关。"他说。

她若有所思地望着他，又转身回到沙发边。他也在她身边坐下，等待着。突然，他听见远远有脚步声从空荡荡的展厅里传来，不由感到时间紧迫。

"你想对我说什么？"她问道，仿佛也收到了同样的警告。

"我想对你说什么？"他应道，"哦，我认为你来纽约是因为你害怕。"

"害怕？"

"害怕我去华盛顿。"

她低头望着自己的手筒，他看见她的手在里面不安地动着。

"嗯——？"

"嗯——是的。"她说。

"你是害怕了？你知道——？"

"是的，我知道……"

"既然如此？"他追问道。

"既然如此，还是这样更好，对不对？"她犹疑地叹了口气。

"更好——？"

"我们要减少对别人的伤害。毕竟那是你一直都希望的，对不对？"

"你是说，把你留在这里——可望却不可即？这样偷偷摸摸地同你见面？这与我所希望的恰恰相反。那天我已经把我的希望告诉你了。"

她迟疑着。"你依然认为这样——更糟？"

"糟一千倍!"他顿了顿又说,"要骗你很容易;但事实上我觉得这样很可恨。"

"噢,我也一样!"她嚷道,大大松了一口气。

他立刻不耐烦地跳起来。"既然如此——现在轮到我问你了:到底你认为怎样才更好?"

她垂下头,双手继续在手筒里攥紧又松开。那脚步声愈发近了,一个戴着穗带帽的警卫无精打采地从展厅走过,如同幽灵飘过坟场。他俩同时将眼睛盯在对面的柜子上,直到警卫的背影消失在木乃伊和石棺之间,阿切尔才又开口问:

"你认为怎样才更好?"

她并没有回答,只是喃喃道:"我答应奶奶跟她住,因为这样似乎危险少些。"

"没有我的危险?"

她微微低着头,没有看他。

"没有爱我的危险?"

她的侧影纹丝不动,但他看见一滴泪从她睫间涌出,挂在面纱网眼上。

"没有造成无法挽回的伤害的危险。我们不可以像其他人那样!"她争辩道。

"什么其他人?我可不敢自诩和我的同类不一样!我也有同样的向往和渴望。"

她惊恐地瞥了他一眼。他看见她颊边泛起红晕。

"我——到你身边来一次，然后回家？"突然她用低沉却清晰的声音大胆说道。

热血涌上年轻人额头。"最亲爱的！"他说道，却一动都不动，仿佛他已将自己的心捧在手中，如捧着满满一杯水，稍一动就会溢出来。

而当她最后那几个字传来，他的脸又阴沉下去。"回家？回家是什么意思？"

"回我丈夫家。"

"你以为我会同意？"

她抬起头，忧愁地看着他。"还能怎么办？我不可能留在这里，欺骗善待我的人。"

"所以我才请求你跟我走！"

"然后毁了他们的生活，在他们帮助我重建生活之后？"

阿切尔跳起来，低头看着她，只觉得难以言表的绝望。要说"来吧，来一次"再容易不过，他知道她一旦同意就是把决定权交到他手上了；然后再劝她不要回到丈夫身边，可谓易如反掌。

但不知怎么，他无法说出口。她的热忱与真挚使他无法将她引入那样的寻常陷阱。"如果我让她来，"他暗想，"就还得放她走。"他无法想像这样的事情发生。

但当他看着她湿润的面颊上闪动的睫影，又动摇起来。"毕竟，"他又开口道，"我们有自己的生活……不可能做到的事情尝试也没用。既然你对某些事情完全没有偏见，用你自己的话来说，你早已看惯了蛇发女妖，那我就不明白你为什么不敢正视我们的事，实事求是地面对它——除非你认为不值得去牺牲。"

她也站了起来，眉头一皱，嘴唇绷紧。

"这么说的话，那——我得走了。"说着，她掏出胸前的小怀表。

她转过身去，却被他紧赶一步抓住手腕。"既然如此，你来一次。"话刚出口，他便猛然想到就要失去她了，立刻将头转开。一时间，两人对视着，仿佛仇敌。

"什么时候？"他追问道，"明天？"

她犹豫着。"后天。"

"最亲爱的！"他又叹息道。

她将手腕挣脱出来，但两人依然对视着，他瞧见她苍白的脸庞从心底里焕发出光彩。他狂跳的心充满敬畏：他从未见过如此明白的爱情。

"哦，我要迟到了——再见。不，不要再往前了。"她嚷着，急急走过狭长的展厅，仿佛他眼睛里反射出的光彩让她害怕。走到门口，她才停步回身，匆匆挥手告别。

阿切尔独自步行回家，茫然踏进家门时，已经入夜。他环顾门厅，那一件件熟悉的物品，仿佛是隔着坟墓看到的。

客厅女仆听见他的脚步声,立刻跑去点亮楼梯平台上的煤气灯。

"阿切尔夫人在家吗?"

"不在家,先生。阿切尔夫人午饭后就驾马车出门了,还没有回来。"

他舒了一口气,走进书房,猛然坐进扶手椅。客厅女仆跟进来,拿来台灯,又往快要熄灭的炉火里添了几块煤。等她出去了,他还是一动不动地坐着,双肘按在膝头,双手紧握撑着下巴,眼睛盯着火红的炉栅。

他就那么坐着,不知道自己在想些什么,也不知道时间过去了多久,只有深重的惊愕,仿佛使生活停止,而不是加速。"非这样不可,那么……非这样不可。"他一味重复着这句话,仿佛难以逃脱宿命一般。这与他的梦想完全不同,令他在欣喜若狂之际感到彻骨的寒冷。

门一开,梅走了进来。

"我回来得太晚了——没让你担心吧?"她问道,一只手搁在他肩头,难得这么亲昵。

他惊讶地抬起头。"很晚了吗?"

"都过七点了。我以为你睡着了呢!"她笑起来,一边拔下帽针,将丝绒帽往沙发上一抛。她的面孔似乎比平日苍白,却又显出不同寻常的活力。

"我去外婆家了,刚准备出来的时候,正巧艾伦散步回来，我就留下来跟她谈了好一会。我们已经很久很久没有好好谈一谈了……"她在平常坐的那把扶手椅上坐下，正对他的方向，手指抚弄着凌乱的头发。他觉得她在等他开口。

"认认真真地谈一谈，"她继续说道，脸上浮起微笑，在阿切尔看来活泼得有些做作了。"她那么亲切——和以前一模一样。恐怕我最近对她太不公平。有时候我以为——"

阿切尔站起身，靠着壁炉，不让灯光照在自己脸上。

"嗯，你以为——？"见她顿住，他重复道。

"哦，也许我那么说她太不公平了。她那么与众不同——至少表面上如此。她接触的都是些那么古怪的人物——好像她喜欢惹人注意似的。我想她在有失检点的欧洲社交界过的就是这种日子吧；我们在她眼里无疑是乏味得很。但我不想对她作什么不公平的评价。"

她又停下来，难得讲这么多话，她有点喘不过气来。她坐在那儿，嘴唇微启，两颊泛起红晕。

阿切尔看着她，回想起她在圣奥古斯丁传教堂花园里时满脸绯红的样子。他意识到她心底里正隐然做着同样的努力，竭力追求着超出她寻常见识之外的某种东西。

"她讨厌艾伦，"他想，"她正努力克服这种恨，并且要我来帮助她克服。"

想到这点，他不由心中一震。他几乎想要打破两人之间的沉默，开口求她原谅了。

"家里人有时候会生气，"她又说下去，"其中的原因你也知道，对不对？开始我们都尽力帮她，可她好像从来不明白。现在竟然又想起来去看波福特夫人，还要坐外婆的马车去！恐怕她已经让范·德尔·吕顿夫妇疏远了……"

"啊。"阿切尔不耐烦地笑起来。两人之间的那道门又关上了。

"该换衣服了。我们还要出去吃饭，对不对？"他说着，从炉火边走开。

她也站起身，却仍在壁炉边踟蹰。当他从她身边经过时，她突然迎上去，仿佛要拖住他似的。两人四目相对，他看见她那双水汪汪的蓝眼睛就和那天他离开她去泽西城时一样。

她张开双臂搂住他的脖子，将脸颊贴在他脸颊上。

"你今天还没有吻过我呢。"她低声说道。他感到她正在他怀中颤抖。

三十二

"若是在杜伊勒里宫,"西勒顿·杰克逊先生微笑着追忆道,"这样的事情大家都是容忍的。"

那是纽兰·阿切尔去艺术馆的第二天傍晚,在麦迪逊大道范·德尔·吕顿家黑胡桃木餐厅。波福特破产的消息一出,范·德尔·吕顿夫妇即逃往斯库特克利夫,这时候刚回来没几天。那件丑闻将社交界搅得大乱,他们便越发有必要坐镇纽约了。用阿切尔夫人的话来说,去歌剧院露个面,甚至打开家门招待客人,都是他们"对社交界义不容辞的责任"。

"亲爱的路易莎,绝对不能让勒缪尔·斯图瑟夫人那样的角色以为他们能够取代瑞吉娜的位置。那些新人就是利用这种时候闯进来站稳脚跟的。斯图瑟夫人刚到纽约的那年冬天,恰好遇到水痘流行,那些结了婚的男人就趁着妻子忙着照顾孩子的机会溜到她家去了。路易莎,你和亲爱的亨利可一定要像往常那样挺身而出啊。"

对于这样的召唤,范·德尔·吕顿先生和夫人没办法一味装聋作哑,只能勉勉强强勇敢地返回纽约,打扫门庭,发出请束,办了两场晚宴、一场招待会。

这天晚上，他们邀请了西勒顿·杰克逊、阿切尔夫人以及纽兰夫妇去歌剧院看今年冬天的首场《浮士德》。范·德尔·吕顿家事事讲究客套，尽管只有四位客人，晚餐照样七点准时开出，好让每一道菜都从容用过，然后男士们还要安安心心抽一支雪茄。

阿切尔从前一天晚上之后就没见到妻子。他一大早就去了办公室，埋头处理了一堆琐碎公事。下午有一位上司突然把他召去，等他很晚到家，梅已经先去了范·德尔·吕顿家，又把马车打发了回来。

此刻，隔着斯库特克利夫的康乃馨和大盘子，他只觉得她苍白而疲倦，但一双眼睛闪闪放光，说起话来似乎活跃得过分。

西勒顿·杰克逊先生那句得意的评论全是因为女主人提出的话题（阿切尔认为她并非无心）。波福特的破产，或者不如说是波福特破产后的态度，依然是客厅伦理学家们成果斐然的课题；在对此彻底剖析谴责一番后，范·德尔·吕顿夫人将谨慎的目光转向梅·阿切尔。

"亲爱的，不知道我耳闻的是否真有其事？听说有人看见你外婆明戈特夫人的马车停在波福特夫人家门口。"显然，她已经不用教名称呼那位不受欢迎的夫人了。

梅的脸红了，阿切尔夫人忙接口道："假如真有其事，我相信明戈特夫人也是不知情的。"

纯真年代 | 341

"啊,你认为——?"范·德尔·吕顿夫人沉吟着,叹了口气,瞥了她丈夫一眼。

"恐怕奥兰斯卡夫人是出于善意,"范·德尔·吕顿先生说道,"才贸然去看望波福特夫人的。"

"或者是出于她对特殊人物的兴趣。"阿切尔夫人冷冷说道,一无所知似的看着儿子。

"很遗憾这件事情和奥兰斯卡夫人有关。"范·德尔·吕顿夫人话音未落,阿切尔夫人便喃喃道:"啊,亲爱的——尤其是你曾两次请她去斯库特克利夫!"

就是在这个当口,杰克逊先生抓住机会说出了他那句妙语。

"在杜伊勒里宫,"发现所有人都满怀期待地望着他,杰克逊先生又说道,"某些方面的标准非常松懈。若有人问起莫尔尼①的钱都是从哪儿来的——!又是谁在为宫里那些大美人偿债……"

"亲爱的西勒顿,"阿切尔夫人说,"我想你不见得是在建议我们接受这样的标准吧?"

"我可绝没有这个意思,"杰克逊先生沉着地答道,"但奥兰斯卡夫人是在国外长大的,或许并没有那么在意——"

---

① Charles-Auguste Louis-Joseph Morny (1811—1865):法国贵族,拿破仑三世同母异父的弟弟,曾靠投机致富。

"唉！"两位年长的夫人一起叹息。

"不过，也不能把她祖母的马车停在那个无赖门口啊！"范·德尔·吕顿先生嚷道。阿切尔猜他是想起了送到二十三街的那几篮康乃馨，因此愤愤不平。

"当然，我早就说她看事情跟大家都不一样。"阿切尔夫人总结道。

红晕涌上梅的额头。她隔着桌子望着丈夫，鲁莽开口道："我肯定艾伦是出于好心。"

"草率的人往往是出于好心。"阿切尔夫人说，仿佛认为这难以为她开脱。范·德尔·吕顿夫人喃喃道："她真该找人商量一下——"

"啊，她才不会！"阿切尔夫人答道。

这时候，范·德尔·吕顿先生瞥了他夫人一眼，夫人便朝阿切尔夫人微微一点头，于是三位女士拖着闪闪发光的裙裾出了门，男士们则开始抽雪茄。晚上若去歌剧院，范·德尔·吕顿先生便会拿出短雪茄，但品质依然出色，令客人们都要为主人严守时间而抗议了。

第一幕结束后，阿切尔离开同伴，躲到俱乐部包厢的后排。从那里望出去，越过各位契佛斯、明戈特和拉什沃思先生的肩膀，眼前的情景与两年前初见艾伦·奥兰斯卡那天晚上别无二致。他有意无意地盼望她依然坐在明戈特老夫人的包厢，但那里空无一人。他一动不动地坐着，眼睛凝视着那

纯真年代 | 343

里,突然间听到尼尔森夫人纯正的女高音高唱:"呣啊嘛……哝呣啊嘛……"

阿切尔转向舞台,依然是熟悉的场景,巨大的玫瑰、擦笔布似的三色堇,依然是那位高大的金发弱女子屈服在五短身材、棕色皮肤的引诱者面前。

他的目光离开舞台,转向弧形剧院中梅落座的地方。她正坐在两位年长的夫人中间,这与两年前坐在罗维尔·明戈特夫人和初来乍到的"外国"表姐中间是何其相似。那天晚上,她一身白衣,而今天,阿切尔一直没留意她穿了什么,直到这时候才认出是那件镶着老式花边的蓝白缎结婚礼服。

按照老纽约的规矩,新娘必须在婚后一两年内穿着这身昂贵的礼服露面。据他所知,母亲将自己的结婚礼服包好绵纸保存着,希望简妮有朝一日能穿,但是可怜的简妮眼看就到了穿珠灰色府绸的年纪,也再不"适宜"做伴娘。

阿切尔忽然想到,他们从欧洲回来之后,梅难得穿这身缎子礼服,没想到今天会穿上,他不由得比较起两年前他满怀喜悦憧憬张望的那个少女。

狩猎女神般的身材早就预示梅会略显粗大,但矫健的举止和清澈的神情并未改变,依然是订婚之夜那个抚弄铃兰的少女模样,除了阿切尔最近察觉到的些许倦意。这似乎使他对她添了几分同情:那一种天真如孩子毫不设防的拥抱一般令人感动。然后他又想到,在她的漠然与冷静之下其实隐藏着热忱与慷慨。他还记得,当他劝说她在波福特家舞会上宣布订婚时她眼神中流露的理解;记得她在传教堂花园里说那番话时的声音:"我不能将自己的快乐建立在对别人的伤害——对别人的不公上";他一定要把真相告诉她,请求她宽宏大量,将他曾经拒绝的自由交给他。

纽兰·阿切尔向来是个沉静克制的年轻人,恪守小圈子里的准则几乎已成为他的第二天性。他厌恶一切哗众取宠的夸张行为,一切为范·德尔·吕顿先生所不齿、为俱乐部包厢里的绅士所鄙视的不得体举动。但突然间,他将俱乐部包厢、将范·德尔·吕顿先生全然抛在脑后,忘记了他浸润其中而早已习以为常的一切。他沿着剧场背面的半圆形过道,走到范·德尔·吕顿夫人的包厢前,猛然将门推开,仿佛推开了一扇通往未知的大门。

"嗨啊嘛!"正当玛格丽特爆发出胜利的呐喊,包厢里的人都诧异地看着突然闯入的阿切尔。他已经违背了这个圈子的一条规矩:禁止在独唱时踏入包厢。

他轻轻从范·德尔·吕顿先生和西勒顿·杰克逊中间穿过,俯身在妻子耳边说:

"我头痛得厉害。别对任何人讲,跟我回家,好不好?"

梅会意地看了他一眼,悄悄对他母亲说了句什么,阿切尔夫人同情地点点头。梅又低声向范·德尔·吕顿夫人告辞,便在玛格丽特投入浮士德怀抱之际起身离座。阿切尔为妻子披上长斗篷的时候，注意到两位年长的夫人意味深长地彼此一笑。

在回家的马车上，梅羞怯地握住他的手。"真糟糕你不舒服。是事务所又让你操劳过度了吧。"

"不是——没那回事。我能开窗吗？"他不知所措地说着，一边放下他身旁的窗子。他望着窗外的街道，眼睛紧盯着一幢幢后退的房屋，感觉默默坐在身边的妻子正警惕地审问他一般。在家门口下车的时候，她被裙子绊了一下，跌倒在他怀里。

"有没有伤着？"他忙用胳膊扶稳她，问道。

"没有，不过可怜的裙子——瞧我把它扯坏了！"她嚷道。她弯腰拢起沾了泥土的裙裾，跟着他踏上台阶走进门厅。仆人们没想到他们这么早回来，楼梯上只闪着一点煤气灯的光亮。

阿切尔登上楼梯，捻亮灯光，在书房壁炉两侧托架上各放一支火柴。窗帘已拉上，房间里一股温馨的暖意令他感触，仿佛在完成一件难以启齿的差事时却遇到了一张熟悉的面孔。

他发现妻子脸色苍白，便问她是否要他去拿些白兰地来。

"哦，不用。"她脸一红，嚷道，一面解下斗篷。"你不是应该立刻上床吗？"见他打开桌上的银匣子取出一支香烟，她又说道。

阿切尔丢下烟,走到壁炉边他平常站的位置。

"不用,我头痛好些了,"他顿了顿,"而且我有件事情要说,非常重要,我要立刻对你说。"

她已经在扶手椅里坐下,听见他的话,便抬起头来。

"是吗,亲爱的?"她答道,语气温柔得令他疑惑她怎么对他的开场白毫不奇怪。

"梅——"他站在几英尺之外低头望着她,仿佛这短短距离竟是一道不可逾越的深渊。在这样的温馨宁静中,他的声音听起来好不怪异。他又说了一遍:"有件事情我要立刻对你说……关于我自己……"

她默然坐着,一动不动,连睫毛都没有闪一下。她的脸色仍是异常苍白,却显出不同寻常的平静,仿佛来自心底某种神秘的力量。

阿切尔强忍住涌到嘴边的所有司空见惯的自我责备。他决心直言不讳,抛开任何徒劳的指责或辩解。

"奥兰斯卡夫人——"他刚说出这个名字,他妻子便抬起一只手,仿佛示意他住口,结婚戒指在煤气灯光下闪出金光。

"哎,今天晚上我们为什么要提艾伦?"她不耐烦似的撇一撇嘴。

"因为我早该讲了。"

她的脸依然平静。"有这个必要吗，亲爱的？我知道我常常对她不怎么公平——也许我们都对她不公平。无疑你比我们都理解她，你一直对她很好。但那又有什么关系呢，既然一切都已经结束了？"

阿切尔茫然地看着她。他一直无法摆脱的不真实感，莫非已经传染给了妻子？

"都结束了——你在说什么？"他有些结巴地说道。

梅看着他，眼神依然清澈。"怎么——因为她马上就要回欧洲了；因为外婆已经同意并且理解她，已经安排好让她独立生活而不用依靠她丈夫——"

她突然停下来，阿切尔一只手颤抖着攥住壁炉一角，勉强支撑着站稳，而他试图同样控制住纷乱的思绪，却是枉然。

"我看你今天傍晚在事务所是被公事耽搁了，"他听见妻子继续平静地说道，"我想这事是今天早上定下来的。"在他茫然的注视下，她垂下眼睛，脸上飘过一阵红晕。

他知道自己的目光一定令人难堪，便转开去，双肘撑在壁炉架上捂住脸。他的耳朵不知怎么轰隆作响，不知道是血管里热血涌动的声音，还是壁炉架上的时钟滴答。

梅纹丝不动地坐着，一言不发，时钟慢慢走过五分钟。一块煤从炉栅边滚出来，阿切尔听见梅站起身，将它推回去，这才转过身面对着她。

"这不可能。"他嚷道。

"不可能——？"

"你怎么知道——刚才说的这件事？"

"我昨天见到艾伦了——我跟你说过我在外婆家见到她了。"

"她不是那时候告诉你的吧？"

"不是。是我今天下午收到她一张便笺。你想看看吗？"

他连话都说不出来了。她走出书房，转眼又回来了。

"我还以为你知道呢。"她直截了当地说道。

她将一张纸放在桌上，阿切尔伸手拿起来。信上只有几行字：

"亲爱的梅，我终于让奶奶明白我只是来探望她，不会留下；而她从来是那么和蔼、慷慨。现在她知道要是我回到欧洲就必须独立生活，或者与可怜的梅朵拉姑妈同住，她要跟我一起回去。我马上要回华盛顿收拾行李，下星期就起航。我走后你一定要好好照顾奶奶——就像你向来对我那样。艾伦。

"假如有朋友试图劝我改变计划，请务必转告他们那是没有用的。"

阿切尔读了两三遍，然后把信一扔，放声大笑。

这笑声让他自己都吓了一跳。他想起他收到梅告知婚期提前的电报时莫名其妙地笑个不停，把简妮都吓坏了。

纯真年代 | 349

"她为什么写这些？"他极力忍住笑，问道。

梅依然坦率地回答道："我想是因为我们昨天谈了些事情——"

"什么事情？"

"我告诉她说，我以前怕是对她太不公平了——没有自始至终理解她在这里有多难，她独自面对那么多人，是亲戚，却又是陌生人，他们都自以为有批评的权力，却往往不了解内情。"她顿了顿，又说下去，"我知道你一直是她可以依赖的朋友，而我也想让她知道，我和你是一样的——我们的感情是一样的。"

她沉吟着，仿佛在等待他开口，然后又缓缓说道："她明白我想把这些话告诉她。我想她什么都明白。"

她走到阿切尔跟前，拿起他冰冷的一只手贴在她颊上。

"我也头痛起来了。晚安，亲爱的。"说着，她转身向门口走去，拖着那条破损、沾了泥污的结婚礼服。

三十三

阿切尔夫人笑眯眯对韦兰夫人说得没错,第一次操办大型晚宴是一对小夫妻的大事。

纽兰·阿切尔夫妇成家以来接待过不少客人,都是非正式的。阿切尔常喜欢邀请三四个朋友来吃饭,而梅总是效仿母亲在婚姻中树立的榜样,笑容可掬地款待来客。她丈夫怀疑,若全由她自己决定,她是否会请谁来做客;他曾经试图从传统与教养的塑造中将她真正的自我解放出来,不过早已放弃了这种努力。纽约城里的规矩,有钱人家的年轻夫妇应当经常邀请亲友小聚,韦兰家与阿切尔家结亲之后,就更是有义务恪守这一传统了。

但大型晚宴可完全是另一回事:要雇一位大厨,借两名男仆,要有罗马潘趣酒、亨德森花店的玫瑰和镶金边的菜单,这些绝对不是轻而易举就能做好的。就像阿切尔夫人说的,有了罗马潘趣酒,一切就大不相同了,倒不是它本身有什么了不得,而是它包含多重意义——它意味着野鸭或淡水龟,两道汤,冷热甜食,短袖露肩礼服以及身份与之相称的贵客。

年轻夫妇头一次以第三人称发出邀请向来是有意思的事

情,而他们的邀请也很少被拒,即便是老于世故或炙手可热的人物都会欣然光临。尽管如此,梅仍然算得上旗开得胜,因为范·德尔·吕顿夫妇应她的要求,同意多留几天,为的是出席她为奥兰斯卡伯爵夫人举办的告别晚宴。

到了这天下午,两位亲家太太坐在梅的客厅,阿切尔夫人在蒂凡尼最厚的金边卡纸上写菜单,韦兰夫人则指挥仆人摆放棕榈树和落地灯。

阿切尔晚些时候从事务所回来,发现她们还在。阿切尔夫人已经转而留意餐桌上的名卡,韦兰夫人正在考虑是否把镀金大沙发往前挪一挪,好在钢琴和窗子之间再留出一个"角落"。

她们告诉阿切尔说,梅在餐厅检查长餐桌正中的杰奎米诺香水玫瑰和铁线蕨,以及大烛台之间装糖果的镂空银盆是否都摆好了。钢琴上放着一大篮兰花,是范·德尔·吕顿先生派人从斯库特克利夫送来的。总而言之,当重要时刻即将到来之际,一切都已就绪。

阿切尔夫人若有所思地看着名单,用手里的金笔笔尖逐一勾着客人的名字。

"亨利·范·德尔·吕顿——路易莎——罗维尔·明戈特夫妇——瑞吉·契佛斯夫妇——劳伦斯·莱弗茨和格特鲁德——(嗯,梅的确应该邀请他们)——塞尔弗里奇·梅里夫妇——西勒顿·杰克逊——范·纽兰和他的妻子。(时间过得真叫快！纽兰，他做你傧相就好像昨天的事呢）——奥兰斯卡伯爵夫人——没错了，我想就这些了……"

韦兰夫人亲切地打量着女婿。"纽兰，没人敢说你们为艾伦办的告别宴会不够体面了。"

"啊，是啊，"阿切尔夫人说，"我想梅是希望她表姐告诉那些外国人，我们还算不得野蛮人。"

"我相信艾伦会非常感激你们的。我想她今天早上就该到了。这将是最美好的回忆。上船前的晚上通常是很无聊的。"韦兰夫人兴高采烈地继续说道。

阿切尔转身朝门口走去。他的岳母在后面喊道："赶紧去瞧一眼餐桌。别让梅累坏了。"但他假装没听见，跳上楼梯去了书房，却见这屋子如一张陌生面孔彬彬有礼地扮出个怪相。他发现屋里陈设被无情地"整理"过，审慎地摆开了烟灰缸和松木盒，预备让男士们抽烟的。

"嗯，好吧，"他想着，"反正不会很久——"便去梳妆室了。

奥兰斯卡夫人十天前就离开纽约了。这十天里，阿切尔没有收到她任何讯息，只有一把还给他的钥匙，包着绵纸，封在信封里送到他办公室，信封上的地址是她的亲笔。这是对他最后请求的答复，本可以看作一场熟悉的游戏中典型的一步，但年轻人却要做出不同的理解。她仍然在与命运抗

纯真年代 | 353

争;她要去欧洲,却不是回到她丈夫身边。因此,什么都不能阻止他追随她;而一旦他迈出不可挽回的一步,并向她证明这不可挽回,相信她也不会送他走。

对未来的这份信念使他坚持着扮演目前的角色,使他不给她写信,不在言行中流露丝毫痛苦和羞愧。在他看来,他俩之间的这场无声对局中,手握王牌的依然是他;于是他等待着。

不过,也有十分难熬的时刻;那是在奥兰斯卡夫人走后第二天,莱特布赖先生请他去审核曼森·明戈特夫人为孙女办理财产信托的细节。阿切尔花了几个小时同上司一起审查条款,一边隐隐感到,找他商量不是因为显然他俩是表亲,其中的用意在讨论结束后就能大白。

"嗯,这位夫人将无法否认,这样的安排非常慷慨,"将协议概要轻轻念过一遍后,莱特布赖先生总结道,"事实上,我不得不说,她在各个方面都得到了慷慨的对待。"

"各个方面?"阿切尔不无嘲讽地重复道,"你指她丈夫提出把她自己的钱还给她?"

莱特布赖先生浓密的眉毛微微一挑。"亲爱的先生,法律就是法律;你夫人表姐的婚姻可是受法国法律约束的。她应该知道这意味着什么。"

"即便她知道,但后来的事——"说到这里,阿切尔停住了。只见莱特布赖先生将笔杆抵住皱起的大鼻子,目光顺着笔尖的方向落下，脸上的表情仿佛是德高望重的老绅士希望晚辈明白，德行不等于无知。

"亲爱的先生，我无意替伯爵开脱罪责；不过——不过另一方面……我不想自找麻烦……哦，对那个年轻的捍卫者来说……也没有到针锋相对的地步……"莱特布赖先生打开抽屉，将一份折起的文件往阿切尔面前一推。"这份报告，是小心询问的结果……"但阿切尔既没有兴趣瞥它一眼，也不反驳他的意见，律师只得干巴巴地说下去："我不是说这就是定局了，你瞧，远没有定局呢。但是有迹象显示……能达成解决方案，各方面基本上都极其满意。"

"哦，极其满意。"阿切尔赞同道，将文件又推了回去。

一两天后，应曼森·明戈特夫人的召唤，他的灵魂又经历了一次深刻的考验。

他发现老夫人情绪低落，满腹牢骚。

"你知道的吧？她抛弃我了！"她抢先说道；不等他回答又继续说下去："哦，别问我为什么！她说了那么多理由，可我现在全忘了。我自己觉得是因为她受不了无聊。至少，奥古斯塔和我媳妇都是这么认为的。我知道不能全怪她。奥兰斯基是混账透顶；但和他过日子还是肯定比留在第五大道快活。家里人可不承认，他们以为第五大道是天堂，跟巴黎和平街一样时髦。可怜的艾伦当然不想回到她丈夫身边。她坚决不肯的。所以她要跟梅朵拉那个笨蛋一起去巴黎定居……

纯真年代 | 355

唉，巴黎就是巴黎；你就算没几个钱，也能有一辆马车。可她快活得像只小鸟，我会想她的。"两滴眼泪——老年人干枯的眼泪——从圆胖的面颊滚落，消失在一望无际的胸前。

"我只求她们别来打扰我了，"她最后说道，"真得让我好好养养身子了……"她略带伤感地朝阿切尔眨了眨眼睛。

就在那天晚上，他一回到家，梅就宣布要为表姐举办一个告别晚宴。奥兰斯卡夫人匆忙返回华盛顿那夜之后，他俩就再也没提过她的名字；阿切尔惊诧地望着妻子。

"晚宴——为什么？"他诘问道。

她的脸一红。"你喜欢艾伦啊——我以为你会高兴。"

"你这么说——的确很好。但我实在不明白——"

"我是认真的，纽兰，"说着，她平静地站起身，走到书桌边，"请柬都写好了。妈妈帮我写的——她也认为我们应该办。"她不再说话，尴尬地微微一笑。阿切尔立刻发现站在他面前的正是家族的化身。

"哦，好吧。"他说，眼睛落在她递到他手里的宾客名单上，却什么也没有看见。

晚宴开始前，他走进客厅，见梅在壁炉前，正弯着腰小心翼翼地将木柴摆在难得纤尘不染的瓷砖上燃烧。

高大的落地灯已全部点亮，范·德尔·吕顿先生送来的兰花用新式瓷瓶和雕花银器盛着放在最显眼的地方。人人都说纽兰·阿切尔夫人的客厅布置非常成功。镀金竹花箱已经换上新鲜报春花和瓜叶菊,挡在凸窗前(老派人物则认为这里应该放一尊米洛的维纳斯);浅色锦缎的沙发和扶手椅巧妙地围绕着丝绒小桌,桌上摆满银制玩具、瓷器动物和花卉相框;高大的落地灯配着玫瑰色灯罩,如热带奇花耸立在棕榈树间。

"我想艾伦还没见过这屋子亮起灯的时候。"梅边说边直起身子,脸颊绯红,怀着可以理解的自豪环顾四周。丈夫答了句什么,可巧她靠在烟道旁的黄铜火钳当啷一声倒下,也没听清他说的是什么。他还没来得及将火钳拾起,就有仆人高声通报说范·德尔·吕顿先生和夫人到了。

其他客人也接踵而至,因为大家都知道范·德尔·吕顿夫妇喜欢准时开席。客厅里已高朋满座,阿切尔正忙着给塞尔弗里奇夫人看韦伯克霍恩[①]的一幅上了光的小画《绵羊的习作》,那是韦兰先生送给梅的圣诞礼物,突然间,他发现奥兰斯卡夫人就站在他身边了。

她脸色分外苍白,深色头发因此而显得比以往更浓密。也许是因为这个,但也许是因为她颈间绕着几重琥珀珠子,他回想起小时候在孩子们的舞会上见到的舞伴小艾伦·明戈特,那是她跟着梅朵拉·曼森第一次来纽约。

---

① Eugene Verbeckhoven(1798—1881):荷兰画家。

纯真年代 | 357

琥珀珠子不称她的脸色，也或者是裙子不太适合，总之她的脸庞毫无光彩，甚至丑陋，但他从未像此时此刻这样爱这张脸。他们的手握在一起，他觉得听见她说："是的，我们明天就要坐'俄罗斯号'出发——"然后传来几声毫无意义的开门声，又过了一会儿，听见梅的声音："纽兰！已经宣布晚宴开始了。你不带艾伦进去吗？"

奥兰斯卡夫人将手挽住他的胳膊，他注意到她没有戴手套。他想起曾与她同坐在二十三街她的小客厅里，留神看着她的手。从她脸上消失的美仿佛都已躲到挽住他胳膊的苍白纤长的手指和带着浅窝的指节上了。他暗想："仅仅是为了再看到这手，我也必须跟随她——"

只有在所谓为"外宾"举办的宴会上，范·德尔·吕顿夫人才会屈尊坐在主人左手边。这个告别仪式巧妙地强调了奥兰斯卡夫人的"外国人"身份；而范·德尔·吕顿夫人接受位置更换的和蔼态度也完全令人信服。有些事情是非做不可的，既然做了，不妨就做得慷慨彻底；其中一种情况，便是按照老纽约的规矩，家族为一名即将被除名的女性成员举办聚会。韦兰家和明戈特家为了宣告对奥兰斯卡伯爵夫人永不改变的关爱，没有什么不愿意做的，既然她远赴欧洲的旅程已经确定。此刻阿切尔坐在餐桌一头，惊叹地看着一整套在沉默中坚定履行的程序，而在这一套程序中，奥兰斯卡夫人因为得到家族的赞同而恢复了人缘，平息了愤恨，她的过去得到认可，她的现在熠熠生辉。范·德尔·吕顿夫人对她流露出含蓄的仁慈，对于这位贵妇人来说，这已经是近乎热忱了；坐在梅右手边的范·德尔·吕顿先生则远远投来目光，表示自己从斯库特克利夫送来那许多康乃馨是再自然不过的。

这样的场面，阿切尔的作用怪异得难以估测，仿佛他悬浮在吊灯与天花板之间，完全不知道自己在这一系列行动中究竟充当了什么角色。他的目光扫过一张张饱满的面孔，这些表情平静的家伙看上去毫无恶意，正全神贯注地对付着梅准备的野鸭，却不声不响地满腹阴谋，而他们构陷的目标正是他和他右手边这位脸色苍白的女士。刹那间，仿佛许多碎光连成一片，他突然意识到，在这些人眼里，他和奥兰斯卡夫人就是一对情人，"外国"词典里极端意义上的情人。他猜想这几个月来他一直被无数眼睛悄悄观察、被无数耳朵耐心侦听，他知道他和同案犯已经被某种他不清楚的手段拆散，而现在整个家族围绕在他妻子身旁，心照不宣地佯装什么都不知道、什么都没想过，就好像这次晚宴无非是梅·阿切尔发自内心的愿望，为亲爱的表姐送行。

这就是老纽约"杀人不见血"的手段：这些人以为丑闻比疾病更可怕，体面比勇气更重要，最没有教养的行为是"出丑"，而惹出风波的人本身却不在此列。

这些念头在阿切尔心头纷纷闪现，他觉得自己已成重重看防之下的囚徒。他看看周围这些吃着佛罗里达芦笋的冷酷无情的追捕者,揣度着他们谈论波福夫妇时的语气。"这是在警告我,"他心想,"我会有什么结果——"这样的保持沉默和含沙射影包含着强烈的盛气凌人之感,比鲁莽言辞和直截了当更让人不堪,阿切尔觉得那如同家族地穴的门正一重又一重在他面前关闭。

他哈哈大笑起来,正撞见范·德尔·吕顿夫人惊诧的目光。

"你觉得很可笑吗?"她挤出一丝微笑道,"当然,可怜的瑞吉娜想要留在纽约的确有些荒唐,我想。"阿切尔喃喃答道:"当然。"

这时候,他意识到奥兰斯卡夫人同坐在她另一边的一位夫人已经聊了好一阵子。同时,他看见餐桌另一端,梅端坐在范·德尔·吕顿先生和塞尔弗里奇·梅里先生之间,迅速往他这边瞥了一眼。显然,主人不可能和右边这位夫人整顿饭都不说一句话。他转向奥兰斯卡夫人,见她苍白的笑脸正对着他,仿佛在说:"哦,我们坚持到底吧。"

"一路上很劳累吧?"他语气自然得连自己都吃了一惊。她则回答说,恰恰相反,难得有如此惬意的旅途。

"只不过,你瞧,火车上热得够呛。"她补充道。他接口道,好在她即将去的国家不会有这样的苦处。

"有一年四月,"他加重语气说道,"我在加莱到巴黎的火车上差点冻僵了，从来没那么冷过。"

她说她不感到奇怪，不过毕竟可以多带一条毯子，而每一种旅行方式都有不舒服的地方；他突然回答说，他以为这些都不在话下，因为毕竟有远走高飞的幸福。她脸色大变，他却猛地提高声音说："我打算不久就一个人去旅行。"她的脸颤抖起来，他却探身对瑞吉·契佛斯嚷道："我说，瑞吉，你看环游世界怎么样，我是说立刻，下个月？你敢我就敢——"瑞吉的妻子立刻高声答道，复活节那一周她要为盲人院举办玛莎·华盛顿舞会，在此之前她绝不考虑放瑞吉出去；她丈夫则平静地接口道，到那时候他又得为国际马球赛训练了。

塞尔弗里奇·梅里先生却抓住"环游世界"几个字，讲起地中海港口水深过浅的奇闻，因为他曾经坐着自家汽艇周游地球。不过，他又说，这也没什么要紧；一旦你见识了雅典、士麦那和君士坦丁堡，其他地方还有什么可去的呢？梅里夫人则说，她太感激本科姆医生了，他要他们一定别去那不勒斯，因为那儿有热病。

"但你必须花上三个星期才能真正游遍印度。"她丈夫连忙说道，好让大家知道自己的环球旅行并不是轻浮的走马观花。

就在这时，女士们一齐起身去客厅了。

在书房里，尽管有重要人物在场，劳伦斯·莱弗茨却毫不谦虚地自任主角。

话题依然像往常一样转向波福特夫妇，就连范·德尔·吕顿先生和塞尔弗里奇·梅里先生也坐在众人特地留给他们的扶手椅里，听着晚辈慷慨陈词。

莱弗茨从未如此感情充沛地赞美教徒的人格，颂扬家庭的神圣。他义愤填膺，言辞犀利澎湃；显然，如果其他人也都以他为榜样，照他所说的行事，那么上流社会绝不可能懦弱到竟然接纳波福特这种外国暴发户——不，先生，即便他娶的不是达拉斯家的小姐，而是范·德尔·吕顿或拉宁家的千金也断断不可能。而他又是怎么乘机同达拉斯家联姻的？莱弗茨继续愤怒地质问，因为他早就钻进了某些家族，而勒缪尔·斯图瑟夫人之流也在他之后成功地钻了进来。如果上流社会决定向出身卑微的女人敞开大门，那危害还不算严重，尽管益处值得怀疑；但如果容忍了出身低贱、满手脏钱的男人，那结局必然是全盘崩溃——而且指日可待。

"如果照此速度发展下去，"莱弗茨咆哮道，俨然一位青年预言家，只是穿着普尔①礼服，也没有变成石头，"我们就要眼看着我们的孩子去争抢骗子家的请柬，娶波福特家的杂种！"

---

① Henry Poole & Co., 英国高级男装店。

"哦,我说——别太过分了!"瑞吉·契佛斯和小纽兰抗议道,塞尔弗里奇·梅里先生惊恐万状,范·德尔·吕顿先生敏感的脸上则露出痛苦而厌恶的神情。

"那他家可有没有呢?"西勒顿·杰克逊接着莱弗茨的话嚷道,竖起耳朵倾听回答;莱弗茨笑了一声,试图躲开这个问题,老先生对着阿切尔的耳朵悄声道:"这些总想着纠正的人真是奇怪。明明家里有个糟糕的厨师,却总要说出去吃饭中了毒。但是我听说我们的朋友劳伦斯这顿骂是大有来头的:这次是个打字员,我想……"

这番话从阿切尔耳边飘过,如同没有知觉的河水奔流而过,因为它不懂得停歇。他看见周围那些面孔都流露着好奇、开心甚至欢乐。他听见那些年轻人的嬉笑,听见范·德尔·吕顿先生和梅里先生对阿切尔家马德拉酒的认真赞誉。这一切使他隐隐感到他们大体上对他是友好的,仿佛看守他这个囚徒的警卫正试图放松对他的囚禁,而这种感觉使他更加坚定了对自由的渴望。

他们很快便来到客厅与女士会合。他望见梅的眼睛,洋溢着胜利者的喜悦和信心,仿佛在说一切"顺利"。她刚从奥兰斯卡夫人身旁站起来,后者便被范·德尔·吕顿夫人召去坐在镀金沙发旁的座位上,塞尔弗里奇·梅里夫人则从客厅另一头来到她们跟前。阿切尔看得明白,这里也正上演着一场修复与掩盖的阴谋。维系着他这个小圈子的团体已在无

纯真年代 | 363

声无息间决然宣告,奥兰斯卡夫人的行止、阿切尔家的美满从没有一刻被质疑过。这些和蔼而冷酷的人,他们坚定地彼此隐瞒,假装自己从不曾听说、从不曾怀疑,甚至从不曾想到过一丁点与之相反的情况;而这一系列精心配合的掩饰使阿切尔再一次猜透了纽约社会其实都认定他是奥兰斯卡夫人的情人。他看出妻子眼睛里闪动着胜利的光芒,这才第一次意识到她也是那么认为的。这个发现在他心中激起邪恶的狂笑,当他努力与瑞吉·契佛斯夫人、小纽兰夫人讨论玛莎·华盛顿舞会的时候,这狂笑就在他心中回荡;夜晚就这样悄悄流逝,如同没有知觉的河水,不懂得停歇。

终于,她看见奥兰斯卡夫人站起身,开始告别。他知道她马上就会离开,便用力回想他在饭桌旁和她说过的话,可一个字都想不起来了。

她朝梅走去,其余人都向她围拢来。两个年轻女子握紧手,梅俯首吻了吻表姐。

"显然是我们的女主人更漂亮。"阿切尔听见瑞吉·契佛斯低声对小纽兰夫人说。他想起波福特曾经无礼地嘲笑梅那种毫无用处的美。

转眼间,他已经在门厅,为奥兰斯卡夫人披上斗篷。

尽管思绪纷乱,他依然决心不说任何可能令她心惊或不安的话。他相信任何力量都无法改变他的意志,因此他有勇气任凭事情发展。然而,当他跟随奥兰斯卡夫人走进门厅时，却突然渴望能够单独送她到马车门前。

"你的马车在吗？"他问道。就在这时，正在庄重地穿着貂皮大衣的范·德尔·吕顿夫人温和地说："我们送亲爱的艾伦回家。"

阿切尔心头一紧。奥兰斯卡夫人一只手抓起斗篷和扇子，另一只手伸向他，说道："再会。"

"再会——但我很快就会在巴黎见到你的。"他大声回答——他觉得自己已经在喊了。

"哦，"她喃喃道，"如果你和梅能来——！"

范·德尔·吕顿先生走上前来，向她伸出胳膊，阿切尔则转向范·德尔·吕顿夫人。然后，在敞篷马车的茫茫黑暗中，他依稀看见她的鹅蛋脸，以及闪亮的双眸——很快便消失了。

他走上台阶，正遇见劳伦斯·莱弗茨同妻子下来。莱弗茨抓住主人的衣袖，退后一步让格特鲁德先过去。

"我说，老伙计：我想明天晚上同你在俱乐部一起吃饭，你介意吗？非常感谢，我的老朋友！晚安。"

"的确是非常顺利，对不对？"梅站在书房门口问道。

阿切尔猛然惊醒。当最后一辆马车驶离，他立刻上楼到书房，把自己关在里面，暗自希望还在下面忙碌的妻子会直接回自己房间。但她却站到门口，脸色苍白憔悴，却如同过

纯真年代 | 365

度劳累的人一般流露出一种造作的活力。

"我进来谈谈，可以吗？"她问。

"当然，只要你愿意。不过你一定是困极了——"

"没有，我不困。我想陪你坐一会儿。"

"好吧。"他说着，将她的椅子推到炉火边。

她坐下，他也回到自己椅子里，但两人很久都没有开口。终于，阿切尔突然说道："既然你现在不累，也想谈一谈，那么有件事情我一定得告诉你。那天晚上，我是想——"

她迅速扫了他一眼。"是的，亲爱的。你想说一件关于你自己的事情？"

"关于我自己。你说你现在不累，但是，我却很累，非常非常累……"

她瞬时变得非常温柔而焦虑起来。"哦，我早知道会这样，纽兰！你一直过度操劳——"

"也许是吧。不管怎样，我想歇一歇——"

"歇一歇？不做律师了？"

"想出去走走，不管怎样，立刻走。来一次长途旅行，远离——远离一切——"

他停下来，意识到自己并没有像希望的那样，以一种渴望变化却又因为太累而不想变化的冷漠口吻来说出这番话。不论他想做什么，渴望的心弦总在颤动。"远离一切——"他又说了一遍。

"远离一切？去哪儿呢？"她问。

"哦，我也不知道。印度——或者日本。"

她站起身。他低着头，双手支着下巴，感觉到她温暖的芬芳在身旁徘徊。

"那么远？不过只怕你走不了，亲爱的……"她颤抖地说，"除非你带着我。"然后，见他没有回答，她又说下去，语气清晰而平静，每一个字都如小锤子似的敲打在他的心头。"也就是说，如果医生允许我去……但只怕他们不允许。你瞧，纽兰，有一件我一直在盼望和期待的事情，今天早上确定了——"

他抬起头，厌倦地看着她。她蹲下来，泪流满面，脸贴在他膝头。

"哦，亲爱的。"他说，将她拉近些，冰冷的手抚摸着她的头发。

许久的沉默，内心的邪恶发出刺耳的狂笑。梅终于挣脱他的手臂，站起来。

"你没猜到——？"

"猜到了——我；不是，当然我曾希望——"

他们对视片刻，再次陷入沉默；然后，他将目光移开，突然问道："你还告诉谁了？"

"只告诉了妈妈和你母亲。"她停了停，又涨红了脸，急急补充道："还有——艾伦。就是我告诉过你的那天下午我

纯真年代 | 367

们长谈过——她对我非常好。"

"啊——"阿切尔觉得心脏停止了跳动。

他感到妻子正注视着他。"你介意我第一个告诉她吗,纽兰?"

"介意?为什么介意?"他最后一次努力保持镇定。"可那是两个星期前的事了,对不对?我以为你是说直到今天才确定。"

她的脸愈发红了,但她顶住了他的目光。"我当时是没有确定——但我还是那么告诉她了。你瞧我说对了!"她嚷道,湿润的蓝眼睛闪着胜利的光芒。

三十四

纽兰·阿切尔坐在东三十九街他的书房写字台前。

他刚参加了大都会博物馆新展厅落成的盛大官方招待会,阔大的空间摆满岁月的遗迹,时髦的人群在科学分类的宝藏之间穿行,此情此景猛然压紧了锈迹斑斑的记忆弹簧。

"哟,这儿老早就是塞斯诺拉展厅中的一间嘛。"他听见有人这么说。周围的一切瞬间消失,他仿佛独自坐在热水汀旁的硬皮长沙发上,望着一个身穿海豹皮大氅的纤细背影沿着老馆狭窄的走廊远去。

这景象又引发出一连串联想,而他坐在那里,以全新的眼光看着这间书房,这个三十多年来他孤独沉思以及家人闲谈的地方。

这间书房见证了他真实人生中的大多数事件。大约二十六年前,他妻子是在这里告诉他说已经怀孕,她红着脸闪烁其词的样子,新一代女子见了必然莞尔而笑;他们的长子达拉斯因为体弱,不能在隆冬时节带去教堂,便是由他们的老朋友——出类拔萃、无可取代的纽约主教,这个教区的骄傲和荣耀——在这里施洗。达拉斯在这里第一次蹒跚学步,叫着"爸爸",梅和保姆躲在门后哈哈大笑;他们第二个孩子玛丽(简直跟母亲一模一样)是在这里宣布与瑞吉·契佛斯那些儿子中最木讷却最可靠的一个订婚;阿切尔是在这里隔着婚纱吻了女儿,然后一同下楼坐汽车去恩典堂——在这个一切从根基上动摇的世界,"恩典堂婚礼"却仍是不变的习俗。

他和梅总是在这间书房里讨论孩子的未来:达拉斯和幼子比尔的学业,玛丽对"成就"的不可救药的漠然以及对运动和慈善的热情,而活泼好奇的达拉斯出于对"艺术"的朦胧爱好,最后进入了纽约一家新兴的建筑事务所。

现在的年轻人已不限于从事法律和商业,而进入各种新行业。如果对国家政治或市政改革不感兴趣,他们就很可能致力于中美洲考古、建筑和园林工程,热衷于本国独立战争前的建筑,研究并改造乔治王朝风格,反对滥用"殖民地时期"一词。如今已经没人拥有什么"殖民地时期"住宅了,除了郊区那些腰缠万贯的杂货商。

不过,最重要的是——阿切尔有时候认为这才是最重要的——纽约州长有一次从阿巴尼过来吃晚饭并过夜,就是在这间书房里,他咬着眼镜,握紧拳头猛一砸桌子,对主人说:"该死的职业政客!你才是这个国家需要的人才,阿切尔。如果要像赫拉克勒斯那样把马厩打扫干净,你这样的人就该出来帮忙。"

"你这样的人——"这话曾让阿切尔有多么得意！他又是多么热情地响应这召唤！就如同内德·温塞特曾力劝他"卷起袖子，下到污泥里"，而这次是由一位以身作则的人物提出，他的召唤让阿切尔难以抗拒。

回想当年，阿切尔不敢肯定他这样的人是否果真为国家所需要，至少是否能够适应西奥多·罗斯福总统所谓的积极尽责；事实上，有理由认为国家并不需要他，因为进入州议会一年之后，他竞选连任失败，谢天谢地回到了默默无闻但也许有用的市政工作中，而后又开始为一份旨在扫荡国内冷漠氛围的改革派周刊偶尔写几篇文章。并没有太多往事值得回忆；不过，当他想起他那一代、那个圈子里的年轻人也曾有所向往——尽管挣钱、消遣和社交的窠臼限制了他们的视野——他对新世界的贡献就如同一堵高墙中的一块砖，虽然绵薄却似乎还是有意义的。对于公共事业，他所做的不多，他生性就只适于思考和粗浅的涉猎；但他曾经思考过重大的事情，曾经在高尚的事物中尝到乐趣，也曾经从一位伟大人物的友谊中获得自豪和力量。

总而言之，他一直就是人们开始说的那种"好公民"。在纽约，多年以来，每一个新活动，无论是慈善事业、市政工作还是艺术活动，都会考虑他的意见，提到他的名字。当人们遇到问题，无论是开办第一所残疾儿童学校，重建艺术博物馆,还是设立格罗里埃俱乐部①,创建新纽约图书馆,组织室内乐学会,大家都会说:"去问阿切尔。"他的生活充实而体面,在他看来这就是一个男人应有的追求。

他知道自己错失了什么:生命之花。但是此刻,他认为那是不可能企及的东西,为此而苦恼就如同抽奖时为没抽中头奖而绝望。他的人生奖券数不胜数,奖品却只有一个;几率实在微乎其微。每当他想起艾伦·奥兰斯卡,一切便总是显得飘渺而宁静,如同追忆一本书或一幅画里所钟爱的虚构人物:他将自己错失的所有东西都集中在她身上,成为一个模糊微弱的幻影,使他再也不会想到其他女人。他一直就是人们所谓的忠实的丈夫;当梅猝然离世——她在照料他们最小的孩子时罹患传染性肺炎——他真诚地悼念她。他们共同度过的漫长岁月已使他懂得,婚姻是否仅为一段无聊的责任,这并不重要,只要能够维持责任的尊严:一旦放弃责任,婚姻就沦为丑陋欲望的争斗。回首往事,他以自己的过去为荣,却也为之感伤。毕竟,老派规矩自有其好处。

他环顾这间书房——达拉斯新添了英国铜版画、齐彭代尔式书橱、精美的蓝白色小摆设和漂亮灯罩的电灯——最后目光回到他永不会放弃的那张伊斯特雷克写字台,回到依然

---

① 纽约著名的藏书家协会,以法国藏书家 Jean Grolier de Servières (1489—1565) 的名字命名。

放在墨水台边的那帧梅的照片,这是他拥有的第一帧梅的照片。

照片上的梅,高挑婀娜、胸脯圆润,身穿浆过的细棉长裙,头戴飘逸的宽边草帽,正是他在传教堂花园橘子树下见到的装束。而她就一直是那天的样子,既没有太动人,也没有特别逊色:她慷慨、忠诚,永远精神抖擞,却那么缺乏想象力,那么难有长进,她年轻时的世界早已崩溃又重塑,她却浑然不觉。这样坚定而快乐的视而不见显然使她的眼界一成不变。既然她无法看到改变,于是孩子们也同阿切尔一样,向她隐瞒起自己的看法;从一开始,父亲和孩子便在无意中合力制造出一种始终如一的假象,一种单纯却虚伪的家庭氛围。临死时,她仍然以为这是一个美好的世界,每个家庭都和她的家一样和睦而充满爱意。离开这个世界,她毫无怨言,因为她相信无论发生什么,曾经塑造他们人生的那些原则和成见都会由纽兰灌输给达拉斯,然后,当纽兰随她离去,达拉斯也会将这神圣的信念传递给小比尔。至于玛丽,她像信任自己一样信任她。因此,当她将小比尔从死神手里夺回,却因此献出自己的生命后,她是心满意足地进入圣马可大教堂阿切尔家族墓园的;那里也是阿切尔老夫人的长眠之地,她早已安然避开了可怕的"潮流",而她的儿媳却丝毫没有察觉到这"潮流"的存在。

正对着梅的照片,摆着她女儿的一张照片。玛丽·契佛

纯真年代 | 373

斯和她母亲一样身材高挑,金发碧眼,但腰身粗阔,胸脯扁平,略显慵懒,符合已改变的时尚要求。如果玛丽·契佛斯的腰身只有二十英寸,能够轻松系上梅的那根天蓝色腰带,那么她的运动才能也就无从发挥了。这一差别显得很有象征意义,母亲的人生同她的身体一样受到严格束缚,而玛丽,虽然并不比母亲更开放更聪慧,却拥有更广阔的生活和更宽容的观念。新秩序也自有其好处。

电话铃响,将阿切尔的思绪从照片上拉回。他摘下身边的听筒。身穿黄铜纽扣制服的信差那两条腿曾是纽约唯一的快速通讯工具,而这样的日子已经一去不返!

"芝加哥来电。"

啊——一定是达拉斯打来的长途电话。达拉斯被事务所派去芝加哥,同一位年轻富豪商谈密歇根湖畔宅邸的建筑构思。这一类任务事务所总是派达拉斯完成。

"喂,爸爸——对,是我达拉斯。我说——星期三出一次海怎么样?毛里塔尼亚,没错,就是下星期三。客户要我去看几处意大利花园,然后再确定方案,要我赶下一班船出发。我六月一号回来——"他突然刻意地开怀大笑——"所以我们得打起精神来哦。我说,爸爸,我需要你帮忙,你一定要来。"

达拉斯的声音听上去就像在这间屋子里似的,这么切近而自然,仿佛他正坐在炉边他最喜欢的那张扶手椅里。阿切尔并不惊讶，因为长途电话已经和电灯以及五天横渡大西洋一样平常了。但达拉斯的笑声还是吓了他一跳：真是一种神奇的感觉，虽然相距遥远，虽然有森林、河流、山脉、平原、喧嚣的城市和无数奔忙的陌生人阻隔其间，但依然能听出达拉斯的笑声仿佛是在说："当然喽，无论怎样我都必须一号回来，因为六月五号我就要和范妮·波福特结婚了。"

话筒里的声音再次响起："还要考虑？不行，先生，一分钟也不行。你现在就得答应。为什么不行呢，你倒说说看？如果你能说出一条理由——不行，这个我早知道了。那么就说定了？因为我相信你明天一大早就会先给丘纳德轮船公司打电话的；而且你最好订一张到马赛的往返票。我说爸爸，这是我们最后一次一起旅行了——以这种方式。哦，很好！我就知道你会答应的。"

芝加哥那边挂断了电话，阿切尔站起身，在屋里踱起步来。

这是他们最后一次以这种方式一起旅行了：儿子说得没错。做父亲的相信，达拉斯结婚后，他们还是会有"许多次"一起旅行的机会；因为父子俩天生志同道合，至于范妮·波福特，无论别人怎么看她，似乎并不会干涉他们的亲密关系。相反，根据对她的观察，他认为她会自然而然地被吸纳进来。但不管怎么说，变化总归是变化，差异总归是差异，尽管他对未来的儿媳有好感，但依然希望抓住这最后的机会和儿子单独在一起。

其实他并没有任何理由不抓住这次机会,只有一个深层的原因——他已经没有旅行的习惯了。梅不喜欢出门,除非有充分的理由,比如要带孩子们去海边或去山里:她想不出有其他理由要离开三十九街的家,或纽波特舒适的韦兰别墅。达拉斯获得学位后,她认为有义务旅行六个月;全家人去英格兰、瑞士和意大利作了一次老派的旅行。因为时间有限(谁也不知道为什么),他们没有去法国。阿切尔还记得,当要求达拉斯考虑去布朗峰,而不要去兰斯大教堂和沙特尔大教堂时,他竟勃然大怒。但玛丽和比尔都想爬山,达拉斯参观英格兰的那些大教堂时,他们两个早就跟在后面一路打哈欠了。而梅总是力求公平对待每个孩子,坚持要在他们的运动爱好和艺术爱好之间保持平衡;她的确建议过丈夫去巴黎待上两个星期,他们则去"完成"瑞士,最后在意大利湖区汇合。但阿切尔拒绝了。"我们要在一起。"他说。梅立刻喜形于色,因为他给达拉斯树立了一个好榜样。

自从两年前她去世之后,他便再没有理由恪守成规。孩子们都鼓励他旅行:玛丽·契佛斯相信出国去"看看画展"对他有好处。这种疗法的神秘性更使她坚信其效果。但阿切尔却发现自己已被习惯、被记忆以及对新事物的惊恐畏惧牢牢束缚。

如今,当他回首往事,才发现自己深深陷入了刻板的生活。履行义务的最坏后果便是使人明显不再适合做其他事情了。至少他那一代男人就是这么认为的。对与错、诚实与欺骗、高尚与卑劣，它们的分野太过鲜明，容不下意料之外的情况发生。一个人的想象力往往受制于生活的环境，却偶尔有可能突然超越日常，得以审视命运的曲折起伏。阿切尔坐在那里，思索着……

他在一个小世界长大成人，并屈服于它的准则，而如今这个小世界还剩下些什么？他还记得可怜的劳伦斯·莱弗茨多年以前曾在这间书房里发出嘲讽的预言："如果照此速度发展下去，我们的孩子就会娶波福特家的杂种！"

而这正是阿切尔的长子——他一生的骄傲——就要做的事情；却并没有人诧异或责难。就连孩子的姑姑简妮——她还是当年闺中老姑娘的模样——也从粉色棉絮包中取出她母亲留下的芥子珠和祖母绿，双手颤抖着交给未来的新娘。没有收到巴黎定制珠宝，范妮·波福特非但不失望，反而赞叹那古朴之美，并说她戴上之后会觉得自己仿佛一帧伊沙贝[①]的小像了。

范妮·波福特父母已双双亡故，她十八岁初到纽约，像三十年前的奥兰斯卡夫人一般赢得了社交界的心，只是这个圈子并没有怀疑她、惧怕她，而是开开心心、顺理成章地接

[①] Jean-Baptiste Isabey（1767—1855）：法国画家。

纳了她。这姑娘漂亮风趣、才华出众；还想怎么样呢？再没有人会心胸狭窄地翻出那些几乎被遗忘的旧事，再去提她父亲的过去和她自己的出身。只有老人还依稀记得波福特破产在纽约生意场上掀起的波澜，记得他在妻子死后就悄悄娶了声名狼藉的范妮·瑞茵，后来带着续弦和继承她美貌的小女孩离开了美国。有人听说他去了君士坦丁堡，然后又去了俄国；十几年后，有美国游客在布宜诺斯艾利斯得到了他的热情款待，他在那里管理着一家大保险公司，直到有一天他和妻子在荣华富贵中离开人世。后来，他们的女儿孤身来到纽约，由梅·阿切尔的弟媳杰克·韦兰照顾，因为她的丈夫被指定为小女孩的监护人。就这样她和纽兰·阿切尔的孩子们几乎就是表兄妹了，因此当达拉斯订婚的消息宣布，没有人感到意外。

沧海桑田由此可见。今天的人们太忙碌——忙于各种改革和"运动"，忙于各种风潮、崇拜和无聊活动——再没有工夫理会邻居家的事情。万千原子都在同一个平面上旋转——在这样一个巨大的社会万花筒中，某个人的过去又算得了什么？

纽兰·阿切尔从旅馆窗前眺望优雅欢快的巴黎街景，觉得自己胸中跃动起青春的惶惑和热望。

他日益宽阔的马甲下面，那颗心已许久没有这样冲动和兴奋过，但转眼间，却又让他一阵空虚，太阳穴发烫。不知道儿子见到范妮·波福特小姐时心里是否也有这样的感觉——但他仔细一想，又断定不是。"他无疑也会激动，但不会是同样的节奏。"他回想起年轻人宣布订婚时那副冷静镇定的样子，认为家里人当然会赞成。

"区别在于，现在这些年轻人以为他们理所当然会得到他们想要的东西，而我们当时总是以为我们理所当然不应得到。只不过，我不知道，如果某样东西你早就认定自己能够得到，那么它还会让你心跳加速吗？"

这是他们抵达巴黎的第二天，阿切尔坐在敞开的窗前，笼罩在春天的阳光里，脚下就是银光闪耀的旺多姆广场。他答应跟达拉斯来巴黎的时候，提出一个条件——几乎是唯一的条件——不能要他去看那些新奇古怪的"宫殿"。

"哦，可以——当然啦，"达拉斯一口答应，"我会带你去个老派的快活地方——比如说，勒布里斯托——"阿切尔听了目瞪口呆，这百年历史的帝王下榻之地仿佛成了一家老式客栈，去那里仿佛只是为了感受古老陈旧，品味残存的地方色彩。

最初心烦意乱的那几年，阿切尔多少次想象自己重返巴黎；但渐渐地，身临其境的幻想退去，他只想去看一看这座城市，因为它是奥兰斯卡夫人生活的舞台。夜晚，当家人都已入睡，他便独坐书房，唤起明媚春光洒满沿街的七叶树以及公园里的花丛和雕塑，花车上飘来丁香的淡淡芬芳，壮丽的桥下大河奔流，充满艺术与学术之乐的生活令人热血沸腾。而现在，这壮阔的景象就铺展在他面前，可是当他果真望着它的时候，却畏缩起来，他觉得自己过时了，力不从心了：他曾梦想自己成为一个非凡的冷血男儿，而现实中的他却如此渺小可悲……

达拉斯兴高采烈地拍拍他的肩膀。"嘿，爸爸，这儿不错，对不对？"他们默默地站了一会儿，望着窗外，然后年轻人又说道："对了，我给你带来个口信——奥兰斯卡伯爵夫人等着我们五点半过去。"

他说得漫不经心，仿佛那只是随随便便的一件事情，就像在说明晚去佛罗伦萨的火车几点发车似的。阿切尔看着他，觉得他洋溢着青春活力的眼睛里流露出曾外祖母明戈特老夫人那种不怀好意般的神气。

"哦，我没告诉你吗？"达拉斯接着说道，"范妮要我答应在巴黎做三件事：买德彪西最新歌曲的谱子，去大木偶剧院看惊悚剧，拜访奥兰斯卡夫人。你知道有一年圣母升天节的时候波福特先生从布宜诺斯艾利斯送范妮来这儿住，奥兰斯卡夫人对她特别好。范妮在巴黎一个朋友也没有，奥兰斯卡夫人非常亲切，假日里还带着她到处跑。我想她跟第一位波福特夫人是好朋友，当然，也是我们的表亲。所以我今天早晨出门前就给她打了个电话，告诉她我和你要在这儿住两天，想去看看她。"

阿切尔依然瞪着他。"你告诉她我在这儿？"

"当然——为什么不能说？"达拉斯调皮地挑一挑眉毛。见父亲不作声，他又亲密地重重勾住父亲的胳膊。

"我说，爸爸，她什么样？"

儿子目不转睛地盯着自己，阿切尔觉得脸都红了。"得了，坦白吧。你跟她很要好，是不是？她是不是非常可爱？"

"可爱？我不知道。她很不同。"

"啊——你说着了！从来就是这样的，对不对？她出现在你面前，与众不同——你却不知道是为什么。这正是我对范妮的感觉。"

他父亲退后一步，将胳膊抽出来。"对范妮的感觉？可是，亲爱的儿子——我倒想这样呢！只是我看不出——"

"见鬼，爸爸，别老古董了。她——以前——不就是你的范妮吗？"

达拉斯是不折不扣的新一代。他是纽兰和梅·阿切尔的长子，他们却没能向他灌输最基本的谨言慎行。"故弄玄虚有什么用？只会让人想要探听。"嘱咐他谨慎时，他总是这么不以为然。但是阿切尔却从他的眼睛里看到了顽皮背后的孝心。

"我的范妮——？"

"嗯，就是你情愿抛弃一切也要追求的女人，只不过你没有去做。"儿子的话令他吃惊。

"我没有去做。"阿切尔语气郑重地重复道。

"是的,你瞧,你很守旧,亲爱的爸爸。不过妈妈说过——"

"你妈妈?"

"是的。她临死那天把我单独叫到身边——你记得吗?她说她知道我们和你在一起就不会受到任何伤害,永远不会,因为有一次,她叫你去追求你最想要的东西,你却放弃了。"

第一次听见这样的话,阿切尔沉默不语,眼睛依旧茫然地望着窗外阳光下熙熙攘攘的广场。最后他低声说:"她从来没有叫我去追求。"

"是的,我忘了,你们从来不叫对方做任何事,对不对?你们也从来不告诉对方任何事。你们只是坐着观察对方,猜测对方的心思。简直就像聋哑人福利院!我敢打赌,你们这代人都知道彼此心里的秘密,而我们却连了解我们自己的时间都没有。我说,爸爸,"达拉斯突然不再说下去,"你不生我的气吧?你要是生气了,我们就去亨利饭店吃午饭弥补一下,好不好?吃完饭我还得去凡尔赛呢。"

阿切尔没有陪儿子去凡尔赛。他宁可独自漫步巴黎街头,消磨这一下午。突然间他不得不面对平生郁结心中的无数悔恨和回忆。

过了一会儿，他不再为达拉斯的鲁莽而遗憾。仿佛他的心上被除去了一道铁箍，毕竟有人猜透了他的心事，并为他可惜……而这个人竟是他妻子，他的感慨难以形容。达拉斯固然爱他，明白他的想法，但不可能理解。毫无疑问，在这孩子看来，那不过是一段徒受挫折、枉费心力的可怜插曲。但果真仅此而已吗？阿切尔坐在香榭丽舍大街的长椅上沉思许久，岁月之河滚滚奔流……

再过几条街，再过几个小时，艾伦·奥兰斯卡就会在等着他。她从没有回到丈夫身边，几年前他去世了，她也没有改变自己的生活方式。现在，再也没有什么能将她和阿切尔隔开——而今天下午，他就要去看她。

他站起身，穿过协和广场和杜伊勒里花园，往卢浮宫走去。她曾对他说过她经常去那儿，他突然想在见到她之前去一个她最近可能去过的地方。于是，接下来的几个小时，他就在一个又一个展厅里徘徊，在午后明媚的阳光中，一幅又一幅绘画在他面前展开已被淡忘的壮丽，在他心中激起悠长的美的回响。毕竟，他的生活太贫瘠了……

在一幅璀璨夺目的提香①作品前，他猛然想到："可我只有五十七岁——"然后转身离去。追求那些盛年的梦想已然太晚，但默默地待在她身旁，静静地收获志同道合的情谊却

---

① Titian (1490? —1576)：意大利画家。

纯真年代 | 383

并不会晚。

他回到旅馆,与达拉斯会合,然后一同步行穿过协和广场,跨过通往国民议会的大桥。

达拉斯没有意识到父亲的想法,他兴奋地大谈凡尔赛。此前他只在一次假期旅行时匆匆去过那里,当时他将不得不跟家人去瑞士而错过的所有名胜都走了一遍。他激动得满嘴都是武断的评论。

阿切尔听着,越来越感到力不从心,无法表达。他知道这孩子并非冷漠无情,但他的天赋与自信是由于他并不认为自己受制于命运,而是以平等的眼光看待它。"正是如此:他们平等地对待世事——他们知道如何处世。"他思索着。他认为儿子代表着全新的一代,他们将一切历史遗迹连同指示方向和危险的标志一并扫除干净。

突然,达拉斯不再说下去,紧紧抓住父亲的胳膊。"我的天啊!"他嚷道。

他们才刚走进荣军院前那片树木葱茏的空地。新芽初绽的高树和长长的灰色立面上方,孟萨尔[①]设计的穹顶轻盈地飘浮着,将午后阳光完全汇聚于一身,成为这民族荣耀的直观象征。

阿切尔知道,奥兰斯卡夫人就住在荣军院周围某条大街

[①] Jules Hardouin-Mansart (1645—1708):法国建筑师。

附近的一个街区；他曾想象那里幽静得几乎偏僻，却忘了还有这样一处光彩照人的胜景。此刻，在他离奇的幻想中，那片金色的光芒氤氲成一片辉煌，将她围绕。近三十年来，她就生活在这样浓郁的氛围中，令他感觉自己的肺都无法承受这强烈的刺激——而他对她的生活竟然几乎一无所知。他想象着她必定去过的剧院，她必定看过的绘画，她必定时常出入的庄严壮丽的老宅，她必定交谈过的人，还有这个热衷交际的民族借着自古流传的礼仪不断抛出的所有新颖的观点和物品、影像和联想。突然间，他记起那个法国年轻人曾对他说过："啊，高雅的对话——没有什么可与之比拟，对不对？"

阿切尔有近三十年没有见过里维埃先生了，也没有听说过他的消息；由此可见他并不知道奥兰斯卡夫人的状况。横亘于他们之间的已是大半生的光阴，在这漫漫岁月中，她生活在他素昧平生的人中间，生活在一个他只能猜测一二的社交圈，一个他永远无法完全理解的环境里。在此期间，他一直保留着年轻时关于她的记忆，而她却毫无疑问有过其他更为真实的同伴。也许她也保留着一份关于他的独特记忆，但即便如此，那也仅仅如同昏暗狭小的礼拜堂里的一件遗存，不可能天天去祷告……

他们穿过荣军院广场，走上旁边一条大道。虽然这个街区景致壮丽，历史悠久，但依然是一个僻静的所在。这样优美的地方留给了少数普通人,巴黎能够动用的财富可见一斑。

白昼渐渐退去,日光柔和的雾霭时不时被电灯的黄色光芒穿透。他们转入一处小广场,行人稀少。达拉斯突然再次停下,抬头张望。

"一定是这儿。"他说着,伸手轻轻挽住父亲的胳膊。阿切尔并没有避开,两人站在那儿,一起抬头看那房子。

这是一栋新式建筑,毫无特别之处,但窗子很多,宽阔的米黄色立面点缀着漂亮的阳台。高处的阳台遥遥挂在广场七叶树的树冠顶端之上,其中有一个依然遮篷低垂,仿佛阳光才刚离开它似的。

"不知道在几楼——?"达拉斯一边揣摩着,一边往门廊走去,往门房里探了探头,然后退回来说:"在五楼。一定是有遮篷的那一家。"

阿切尔没有动,抬头凝视上面的窗子,仿佛已经抵达了朝圣之旅的终点。

"我说,你看都快六点了。"终于儿子提醒他说。

父亲回头看见树下一张空长椅。

"我想我要在那儿坐一会儿。"他说。

"怎么了——你不舒服?"儿子嚷道。

"噢,我很好。但我希望你一个人上去。"

达拉斯看着父亲说不出话来,显然非常不解。"可是,听我说,爸爸,你是说你根本不想上去?"

"我不知道。"阿切尔慢慢说道。

"如果你不上去,她会不理解的。"

"去吧,孩子,也许我随后就去。"

达拉斯在暮色中久久望着他。

"可我到底该说什么呢?"

"好孩子,你不总是知道该说什么的吗?"父亲微笑着答道。

"好吧,我就说你过时了,不喜欢电梯,宁可爬五楼。"

父亲又笑起来。"就说我过时了,这就够了。"

达拉斯又看着他,然后做了一个不敢相信的手势,便走进拱廊不见了。

阿切尔在长椅上坐下,继续望着那个带遮篷的阳台。他默默计算着时间,想着儿子坐电梯到了五楼,按响门铃,被让进门厅,然后引进客厅。他仿佛看见达拉斯自信而敏捷的步伐、讨人喜欢的笑容;有人说这孩子"像他",不知可果真如此。

然后他想象着已经在客厅里的其他人——正是社交时间,那儿可能不止一个人——其中有一位面庞苍白的深色头发的夫人,她立刻抬起头,微微起身,伸出一只纤长的手,手上戴着三枚戒指……他想她也许靠着火炉坐在沙发一角,身后的桌上杜鹃花正在怒放。

纯真年代 | 387

"对我来说,留在这里比上楼去更真实。"突然他听见自己说。他害怕真实失去最后一丝力量,于是一动不动地坐着,等着时间一分一分过去。

他在长椅上坐了很久,暮色越来越浓,他的眼睛一直没有离开那阳台。最后,一道灯光从窗子透出,过了一会儿,一名男仆走上阳台,拉起遮篷,关好百叶窗。

这时候,纽兰·阿切尔仿佛看到了久等的信号,慢慢站起身,独自朝旅馆走去。

图书在版编目(CIP)数据

纯真年代/(美)伊迪丝·华顿(Edith Wharton)
著;吴其尧译. —上海:上海译文出版社,2016.12(2023.1重印)
(译文经典)
书名原文:The Age of Innocence
ISBN 978-7-5327-7345-9

I.①纯… II.①伊…②吴… III.①长篇小说-美
国-现代 IV.①I712.45

中国版本图书馆 CIP 数据核字(2016)第 211042 号

Edith Wharton
The Age of Innocence
根据 Norton Critical Editions 2003 年版译出

纯真年代
[美]伊迪丝·华顿 著 吴其尧 译
责任编辑/顾真 装帧设计/张志全工作室

上海译文出版社有限公司出版、发行
网址:www.yiwen.com.cn
201101 上海市闵行区号景路159弄B座
江阴市机关印刷服务有限公司印刷

开本 787×1092 1/32 印张 12.5 插页 8 字数 180,000
2016 年 12 月第 1 版 2023 年 1 月第 6 次印刷
印数:16,001-19,000 册

ISBN 978-7-5327-7345-9/I·4477
定价:48.00 元

本书中文简体字专有出版权归本社独家所有,非经本社同意不得转载、摘编或复制
如有质量问题,请与承印厂质量科联系调换。T:0510-86688678